A Filha Ideal

AIONE SIMÕES

A Filha Ideal

HARLEQUIN

Rio de Janeiro, 2025

Copyright © 2025 by Aione Simões. Todos os direitos reservados.

Todos os direitos desta publicação são reservados à Casa dos Livros Editora LTDA. Nenhuma parte desta obra pode ser apropriada e estocada em sistema de banco de dados ou processo similar, em qualquer forma ou meio, seja eletrônico, de fotocópia, gravação etc., sem a permissão dos detentores do copyright.

COPIDESQUE	Laura Folgueira
REVISÃO	Natália Mori e Julia Páteo
DESIGN DE CAPA	Ren Nolasco
PROJETO GRÁFICO E DIAGRAMAÇÃO	Mayara Menezes

Créditos das músicas:
"Esse meu Coração", "Não adianta chorar", "Confesso",
"Em chamas", "Identidade" e "Nosso mundo" — Aione Simões
"Outra vez" — Flávio Gerab e Aione Simões

Crédito das imagens:
The Noun Project: Ashwin Vgl; Aulia; Besticons; emma Mitchell; fonk; hibernut; Larea; NAPISAH; varvarvarvarra; Yuniarti Pahlevie; zidney.
Freepik: kamimiart; rawpixel.

Dados Internacionais de Catalogação na Publicação (CIP)
(Câmara Brasileira do Livro, SP, Brasil)

Simões, Aione
    A filha ideal / Aione Simões. -- Rio de Janeiro : Harlequin, 2025.

    ISBN 978-65-5970-503-0

    1. Romance brasileiro I. Título.

25-256485   CDD-B869.3

Índice para catálogo sistemático:
1. Romances : Literatura brasileira B869.3

Eliete Marques da Silva - Bibliotecária - CRB-8/9380

Harlequin é uma marca licenciada à Editora HR LTDA.
Todos os direitos reservados à Editora HR LTDA.

Rua da Quitanda, 86, sala 601A - Centro,
Rio de Janeiro/RJ - CEP 20091-005
Tel.: (21) 3175-1030
www.harpercollins.com.br

*A vocês, mamãe e papai, por terem
me colocado em contato com as histórias
da Disney, e tantas outras, desde pequena
— e por todo alicerce que vocês sempre
me deram para que eu chegasse aqui.*

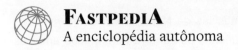

FASTPEDIA
A enciclopédia autônoma

Yasmin

Nota: Se procura outras pessoas com esse nome, veja Yasmin (desambiguação).

Yasmin dos Santos Abdala (15 de novembro de 1995) é uma artista brasileira. Depois de alcançar o sucesso como cantora mirim, Yasmin se estabeleceu como um dos grandes nomes do pop brasileiro de sua geração.

Vida e carreira

Filha única de mãe desconhecida da mídia e de Almir Abdala, chamado de Sultão da indústria musical brasileira pelo sucesso em representar inúmeros artistas desde a década de 1990 por meio da Ágrah, sua empresa de entretenimento musical, Yasmin demonstrou precocemente a inclinação para o canto. Abdala via a filha cantarolar pela casa desde que aprendeu as primeiras palavras e ficou surpreso ao notar a percepção musical dela[1], o que foi definitivo para sua decisão de levá-la a se apresentar.

Yasmin apareceu pela primeira vez na mídia ao participar do quadro *Show de Talentos* do apresentador Gaul Rio em abril de 2000. Com apenas 4 anos, a menina de "longo cabelo escuro, expressivos olhos castanhos e uma presença de palco sem igual"[2], como apontado pelo jornal *Página Paulista*, conquistou o público com a voz afinada e infantil com que interpretou a canção "No fundo do coração", da dupla Sandy e Junior. O impacto foi tanto que a aparição lhe rendeu, dias depois, um contrato de representação com a Ágrah.

Em seguida, veio o contrato com a Mundial Records e, no fim do mesmo ano, foi lançado *Bate o sino*, o primeiro álbum de Yasmin, composto por covers de músicas de Natal. Em 2001, *Yasmin*, primeiro álbum de músicas inéditas da cantora mirim, ficou entre os dez mais vendidos do ano e foi definido como "um sopro de doçura e talento"[3] pelo jornal *A Esfera*. O videoclipe do single "Flores do meu jardim" apareceu por cinco semanas consecutivas no programa *Ligue*, da TVM. No ano seguinte, o álbum *Yasmin: remix* teve lançamento duplo, junto ao primeiro DVD da carreira dela, esquema mantido em seus lançamentos consecutivos. Ao longo dos anos posteriores, Yasmin lançou mais quatro álbuns de estúdio e chegou a receber Disco de Platina por *Meu segredo*, que representou o início da transição para a pré-adolescência.

YaYa Dance marcou a entrada definitiva de Yasmin na adolescência, então aos 14 anos. Com letras mais maduras, variando das românticas às dançantes, seu estilo estava definitivamente consolidado. Pela primeira vez, uma música da cantora foi trilha sonora de uma produção da Esfera, o seriado adolescente *Academia*, e os clipes dos singles foram publicados com exclusividade via YouTube no canal oficial da gravadora. Seu trabalho seguinte, *A maior estrela*, rendeu uma indicação ao prêmio de Álbum do Ano, e a cantora foi elogiada no jornal *Página Paulista*, que a descreveu como detentora de "uma voz encantadora e de um jeito meigo e delicado"[4].

Contudo, o álbum mais recente de Yasmin, *Fases da lua*, não teve a mesma recepção. Prestes a completar 18 anos, a cantora pela primeira vez desde o fim da infância teve menos foco nas canções românticas e trouxe letras que o jornal *A Esfera* definiu como "rebeldes sem causa"[5], embora o comportamento de Yasmin nunca tenha dado indícios de qualquer tipo de revolta adolescente.

Meses depois do lançamento, no início de 2014, Yasmin assumiu publicamente o namoro com Gabriel Rocha, cantor de sertanejo universitário conhecido por sempre ser visto acompanhado de diferentes mulheres e que já havia afirmado não ter interesse em se "prender a ninguém"[6].

Discografia

Álbuns de estúdio

- *Bate o sino* (2000)
- *Yasmin* (2001)
- *Yasmin: remix* (2002)
- *Brincadeiras de quintal* (2004)
- *Férias* (2005)
- *Meu segredo* (2007)
- *Gostinho de verão* (2009)
- *YaYa Dance* (2010)
- *A maior estrela* (2012)
- *Fases da lua* (2013)

Prêmios e indicações

Ano	Prêmio	Categoria	Trabalho	Resultado
2013	Prêmio Polishow	**Álbum do ano**	*A maior estrela*	Indicado

• EDIÇÃO DIGITAL •

ENTRETENIMENTO

Yasmin anuncia novo álbum e turnê em comemoração aos quinze anos de carreira

por Redação, publicado em 18/11/2014, 18h24

Quem aí estava com saudade da nossa princesa preferida? Yasmin anunciou hoje em sua *fanpage* oficial no Facebook o lançamento de um novo álbum, ainda sem título divulgado, para 2015, em comemoração aos quinze anos de carreira. Tudo indica que, desta vez, as coisas serão diferentes: o novo álbum terá o lançamento exclusivo no Espot, uma plataforma de streaming recém-chegada ao Brasil.

"Mal posso esperar para dividir tudinho com vocês", disse Yasmin em seu post. "São músicas especiais, que tocaram fundo em mim." A equipe da *Ousada* procurou Almir Abdala, pai e empresário da cantora, para mais informações e, em resposta, ele disse: "Ainda não há muito o que possamos adiantar, mas será um marco na trajetória do pop nacional!".

E não teremos apenas novas canções para embalar nossos dias: Yasmin também anunciou a turnê comemorativa de seus quinze anos de carreira, que promete trazer os hits de sucesso da cantora, além dos lançamentos. A lista de cidades por onde Yasmin deve passar ainda não foi divulgada.

E aí? Estão ansiosas? Considerando todo o bafafá do último álbum e o tom carinhoso de Yasmin para falar das músicas, será que teremos agora um álbum mais próximo de sua essência, tão conhecida e elogiada?

Retrospectiva: relembre os momentos mais marcantes da carreira de Yasmin

- A **fofíssima apresentação** no Gaul Rio.
- **Playlist** de *Bate o sino*. Simone e Roberto Carlos que nada, minha referência natalina é todinha Yasmin!
- **Clipe** de "Flores do meu jardim". Levanta a mão quem sabe a coreografia até hoje!
- Veja **aqui** a capa icônica de agosto de 2008 da edição impressa da *Ousada*, estampada por Yasmin: "Não gosto de sutiã!".
- **Relembre as fotos** da festa de 15 anos de Yasmin, na Disney, assim como as de sua formatura no Ensino Médio.
- O **namoro e o término** da princesa do pop com Gabriel Rocha, o bad boy do sertanejo universitário, que deu o que falar no Twitter.

---

97 comentários

Julia Diniz: Ahhhhhh não acredito!!! 😄

Samuca: "álbum mais próximo de sua essência", Ousada? Todo dia um 7x1 diferente mesmo, viu... Não posso nem comemorar o lançamento da diva em paz.

adudinhah: como pode ser tão linda mds

Bárbara Paiva: lança quando???

Fabiana: essa aí é sonsa ou se faz

    raquel_cunha: também acho 😅

    Jaqueline Silvério: afff se a menina é na dela criticam, se não é, criticam também

      Andressa Hirota: exatamente, isso aí pra mim é recalque

    ✿ **Eve** ✿: projeto de Sandy

Thiago Souza: as músicas de Yasmin embalaram toda uma geração, da qual faço parte com orgulho! É nítida a evolução da cantora, cuja voz amadureceu, bem como suas canções e desempenho no palco. Parabéns à Yasmin e que venham ainda mais sucessos 👏 👏 👏 👏

Mari Luchesi: minha infância todinha!

André: ruim

 **NA MIRA**

 MÚSICA

Segurem os forninhos, a princesa liberou o novo single no Espot!

por Nádia Luz em 20/3/2015, 10h08

O primeiro single do novo álbum de Yasmin, "Esse meu coração", estreou nesta sexta na plataforma digital Espot e tem tudo para ser *a* balada do ano. Com uma melodia marcante e expressiva, talvez seja a melhor canção romântica de Yasmin — além de uma forte candidata a música do ano. Mal lançou e não consigo parar de ouvir!

"Porque em cada batida resiste um abrigo, um lugar que me diz pra continuar", diz o refrão, perfeito para qualquer um que já teve seu coração partido, mas não desistiu de encontrar o amor. "Me identifico muito com a esperança que nasce após o fim", Yasmin comentou no Twitter imediatamente após o anúncio do single. Seria essa música uma alfinetada para o Gabriel Rocha? Estaria Yasmin dizendo que deseja encontrar o amor que ela não viveu com o cantor?

Vale lembrar que "Esse meu coração" é parte de *15*, o novo álbum de Yasmin, que será lançado completo na próxima semana. A turnê comemorativa de quinze anos de carreira da cantora acontece ainda este ano.

Ouça agora: **"Esse meu coração", novo single de Yasmin**

12

ESSE MEU CORAÇÃO

Composição: Juca Rocha e Eloah Dias
Intérprete: Yasmin

Ah, esse meu coração
Que só sabe sonhar
Com o dia que vai te encontrar
Esse meu coração
Que já pulou, já correu
Não desiste de te procurar

Porque em cada batida
Resiste um abrigo
Um lugar que me diz pra continuar
Uma esperança
De que você também me espera
E deseja
Esse meu coração

Esse meu coração
Já chorou, já sofreu
Mas não se gasta
Nem desgosta

Porque em cada batida
Resiste um abrigo
Um lugar que me diz pra continuar
Uma esperança
De que você também me espera
E deseja
Esse meu coração

MÚSICA

O bad boy do sertanejo ataca novamente!

por Nádia Luz *em 2/7/2015, 10h47*

Gabriel Rocha lançou ontem sua nova música, "Foi tarde", que não deixa dúvidas sobre a quem se refere.

É mais do que conhecido que o bad boy do sertanejo universitário namorou com a cantora Yasmin no ano passado. A relação foi um choque — já que Gabriel é conhecido por seus numerosos casos passageiros e Yasmin nunca tinha namorado —, mas não surpreendeu ninguém quando acabou menos de um ano depois.

Na época, houve muita especulação e fofoca: se Gabriel teria traído Yasmin, se ele teria se cansado dela, se ela não teria dado conta do recado, rumores que só aumentaram pelos comentários que Gabriel fez em entrevistas e em suas redes sociais a respeito da vida sexual dos dois. O cantor chegou a dar uma indireta para Yasmin **no Twitter** a chamando de frígida. Mesmo sem a mencionar, todo mundo sabia que era dela que ele falava. Yasmin, por outro lado, não alimentou os boatos, e o máximo que tivemos dela foi uma alusão durante o lançamento de "Esse meu coração", que especulei **nesse post**.

Se Yasmin falou do ex em seu hit, que é um estouro desde o lançamento, nunca saberemos, porque ela se recusa a dar mais detalhes da vida pessoal. Porém, Gabriel Rocha nunca foi conhecido pela mesma discrição — e sua nova música é prova disso.

"Frio e calor, os opostos não se atraem, eu faço pegar fogo e você não sabe acompanhar. Leva esse seu coração e não volta pra lamentar. Foi tarde, pode acreditar!"

Será que podemos aguardar uma tréplica da nossa princesa? Ou ela vai manter a classe e não se pronunciar?

NOTÍCIAS

Yasmin ganha prêmio inédito por *15*

por Portal Notícias *em 21/3/2016, 12h43*

A cantora Yasmin recebeu, na noite de ontem, o prêmio Polishow de Álbum do Ano por *15*, lançado ano passado. Ela já havia sido indicada à mesma categoria por seu trabalho com *A maior estrela* (2012), mas é a primeira vez que vence a disputa.

Retomando o estilo romântico e inconfundível de Yasmin, *15* se torna, assim, um marco na carreira da cantora, sobretudo depois das críticas que *Fases da lua* recebeu. Se o talento de Yasmin foi questionado no último álbum, como se próprio de sua infância e incapaz de resistir à ação do tempo, o mais recente lançamento, agora premiado, deixa essa dúvida para trás.

Veja o vídeo do momento da premiação.

MÚSICA

Oi, cheguei! E cheguei falando da princesa!

por Samuca *em 21/3/2016, 23h32*

Olá, muito prazer! Meu nome é Samuca e eu sou — ou espero ser — seu novo porta-voz do mundinho pop, mas de um jeito diferente.

Ok, talvez "porta-voz" seja muito ambicioso e, na verdade, não tenho a menor intenção de ser nada, eu só precisava começar este post de algum jeito. A questão é que venho ensaiando há um tempo ter uma página minha para compartilhar minhas reflexões (por isso o nome do blog!) sobre os artistas que gosto de acompanhar, e esse dia finalmente chegou.

E, sim, vou ser hipster e ter um blog. No Instagram, o foco são as fotos, ninguém lê textão em legenda, e prefiro não chegar perto daquele lixo radioativo que está virando a rede dos boomers. Como eu falei, não tenho a menor intenção de ser viral ou fazer sucesso; só quero ter meu cantinho para falar o que bem entender.

(Lembrando que liberdade de expressão é diferente de ofensa e de crime, tá bem?)

Mas por que *hoje* foi o dia do nascimento do *Babado Reflexivo*?

Simples, porque foi um dia muito agridoce, e, depois de ruminar à exaustão tudo que passou pela minha cabecinha, percebi que precisava colocar para fora em vez de ficar queimando neurônios.

Vamos lá: como fã da Yasmin só um pouco mais velho que ela e que, portanto, cresceu com ela, ouvindo suas músicas, estou mais do que feliz em ver minha princesa sendo enfim reconhecida e ganhando um prêmio como o Polishow. Sei bem que a gente pode — e deve — questionar todo e qualquer prêmio do tipo, no sentido de que tem muito artista incrível que sequer é considerado e, em geral, há outros critérios que definem as indicações e premiações que não o talento ou o merecimento de fato. É só pensar naquele Oscar roubadíssimo da Fernanda Montenegro, por exemplo. Apesar disso, a gente não pode negar e ignorar o prestígio de premiações desse porte e, por isso, é óbvio que comemorei com a Yasmin como se fosse da família dela.

Mas — é claro que viria um *mas*. Você também sentiu, né? — não posso negar que também fiquei preocupado com o que esse prêmio pode representar na carreira da Yaya.

Quando 15 estreou, eu estava ansiosíssimo como todo fã. *Fases da lua* foi uma grata surpresa, independentemente do que a mídia falou a respeito, porque trouxe uma perspectiva um pouco diferente da Yasmin — e, arrisco dizer, mais honesta também. Eu senti muita verdade ouvindo aquelas músicas, conseguindo conectar as canções à cantora. Vale lembrar que a Yasmin é intérprete, não compositora, mas quem compôs aquelas músicas parecia ter feito para ela, como se a tivesse compreendido muito bem. Conseguem entender o paradoxo disso? Era algo um pouco diferente do que ela fazia, mas que, ainda assim, era cem por cento a Yasmin — ou, ao menos, o que ela era naquele momento.

Aliás, vejam só como isso realmente faz sentido: vocês lembram como a Yasmin criança, nas primeiras aparições, era sincerona? É uma coisa fácil de esquecer, porque sempre focam a imagem fofinha dela. Acho, também, que ela deve ter passado por algum tipo de orientação sobre como se portar em público, porque esse jeito espontâneo foi ficando cada vez mais raro, até ela assumir de vez a postura comedida.

Lembro de achar muito engraçadas as coisas que ela dizia e, revendo alguns vídeos hoje em dia — montei uma **lista de reprodução** para quem quiser ver o compilado de melhores momentos da Yasmin na TV —, percebo que não eram só engraçadas, eram sagazes também, especialmente para uma criança daquela idade. Não vou negar, acho que parte da minha personalidade foi moldada pela aparição dela no *Sabadão do Felixão*, quando a Yasmin disse que gostava de axé e o Felix Silva pediu para ela cantar "O pinto". Nunca vou esquecer como ela disse "não", por perceber que estavam zombando dela, muito menos quando Felixão insistiu e perguntou por que ela não queria cantar — Yasmin apenas disse: "Porque eu não quero". Ali, aquela menina me ensinou sobre estabelecer limites.

Quando ouvi *Fases da lua*, acho que percebi um pouco dessa voz perspicaz e genuína nas músicas. Então, por mais que eu tenha curtido 15, fiquei também um tanto quanto decepcionado. Minha sensação é a de que tentaram apagar o álbum anterior e reforçar a imagem polida da Yasmin, porque é a essa imagem que todo mundo está acostumado. E, agora, pensem:

- Fizeram algo diferente → foram criticados.
- Retomaram o conhecido → foram premiados.

Entendem minha preocupação? São fortes indícios de estarem não só negando que ela tem direito a mudar, como qualquer pessoa muda, mas de estarem também limitando sua produção artística.

Espero muito estar errado. Porém, essa resposta só o tempo trará.

FACES BRASIL

Transformação: confira o antes e o depois das celebridades

por Fábio Alcântara | *ATUALIDADES*
@fabio_alcantara, publicado em 16/8/2016, 9h34

Celebridades existem aos montes e de todos os tipos: aquelas que surgiram na última semana e das quais, talvez, você ainda não tenha ouvido falar; aquelas que fizeram um sucesso estrondoso alguns anos atrás, mas, desde então, não se teve mais notícias; aquelas que são famosas há tanto tempo que parecem existir desde que o mundo é mundo — e assim vão continuar. Separamos alguns artistas que já passaram por diferentes fases na fama para você conferir o antes e depois de cada um!

Meninada

Quem aí se lembra do trio formado pelas crianças Crocodilinho, Julya e Taiana? No início dos anos 2000, eles explodiram com hits infantis, mas, apesar da fama precoce, seguiram carreiras separadas. Hoje em dia, Crocodilinho é dentista, Julya é influencer de estilo de vida e Taiana é motorista de aplicativo.

Jorge Carlos

Jorge não é parente nem de Roberto nem de Erasmo, mas por ser tão famoso quanto é considerado patrimônio nacional. O ator, que acaba de comemorar 84 anos de vida, estreou nas telinhas brasileiras ainda nos anos 1960, tendo sido um dos maiores galãs de sua geração.

Yasmin

Próxima de completar 21 anos, a queridinha do pop já é parte do imaginário brasileiro. Desde a primeira aparição, a morena conquistou o público por seu jeito meigo e cativante, além da beleza marcada pelos grandes e expressivos olhos, sua marca registrada junto de seu longo cabelo escuro. De menininha graciosa, Yasmin se revelou uma deslumbrante mulher, o que já dava sinais desde mais nova. Aos 12 anos, a cantora foi capa da revista *Ousada*, na qual revelou não gostar de usar sutiã porque a incomodava. O corpo em transformação naquela idade antecipava o que estava por vir, mas já resultava na beleza atraente de uma flor desabrochada.

Atualmente, Yasmin conserva os traços conhecidos desde a infância, mas amadurecidos e próprios de uma jovem adulta, que segue encantando diferentes gerações por sua belíssima voz e pela aparência fascinante de ares exóticos, que, associada à personalidade contida, lhe dão um toque um tanto quanto enigmático e encantador.

Leia mais

Você também pode gostar:
- Ex-participante do BBB anuncia gravidez não planejada
- Nova novela da Rede Esfera tem queda de audiência
- Celibatária ou sigilosa? A misteriosa vida amorosa de Yasmin

A Esfera

CULTURA

Fim do sultanato: Almir Abdala vende Ágrah para evitar falência

por Mira Bacon em 11/10/2016, 13h47 • Atualizado há 3 minutos

Almir Abdala, conhecido como Sultão na indústria musical, não é mais sócio da Ágrah, empresa do ramo de entretenimento fundada na década de 1990. Abdala vendeu sua parte no negócio depois de um investimento malsucedido em IAG, uma nova criptomoeda, de maneira a capitalizar a Ágrah e evitar sua falência.

Além de CEO e sócio majoritário, Sultão é o empresário responsável pela ascensão de importantes nomes da música brasileira, como a dupla Marcão e Marianinho e a cantora Yasmin, filha de Abdala. Contudo, junto da venda das ações, os clientes de Almir também foram realocados dentro da Ágrah a fim de compensar o prejuízo causado pelo investimento. Yasmin é a única que seguirá sendo representada pelo Sultão.

A mudança do padrão de consumo musical no país, com a chegada dos serviços de streaming e diminuição da venda de álbuns, já havia representado um abalo para os negócios do ramo. Empresas, artistas e empresários que se adaptaram a essa mudança sofreram impactos menores, mas perfis mais conservadores não tiveram a mesma sorte. Abdala parecia ter se flexibilizado nesse sentido, considerando que os artistas por ele representados, inclusive Yasmin, vinham realizando lançamentos em parceria exclusiva com o Espot. Contudo, a transição pode ter sido menos tranquila do que se imaginava, de maneira a, ironicamente, incitar Sultão a se garantir por meio de investimentos.

Jafé Santiago, antes sócio minoritário, assumiu na manhã de hoje o controle acionário e executivo total da empresa. As informações foram dadas na coletiva de imprensa que aconteceu mais cedo na sede da Ágrah.

Ariana Medeiros, economista e consultora de investimentos, analisou o caso: "É surpreendente. Abdala é um investidor experiente e, mesmo que não estivesse familiarizado com aplicações em criptomoedas, sabe do risco de investir em qualquer novo negócio. A situação fica ainda mais incompreensível após IAG ter apresentado desvalorização crescente nos últimos meses". Quando procurado, Sultão afirmou também não entender o que aconteceu. "Eu acessava a plataforma e via a moeda valorizando a cada dia. Achei que estava fazendo o melhor dos negócios."

A confusão de Abdala preocupou a filha, Yasmin. "Meu pai sempre foi um homem muito lúcido, e a convicção dele sobre ver e acompanhar uma curva de crescimento que não existe...", comentou a jovem, sem finalizar a frase. Jafé Santiago informou estar disponível para qualquer ajuda que o amigo e antigo sócio possa vir a precisar. "Ofereci férias ao Almir e recomendei que se consulte com um especialista. A idade chega para todos, e é preciso ficar atento aos sinais falhos da mente", disse o novo CEO.

Leia também:
- Seis lições valiosas para aprender com o péssimo investimento de Almir Abdala
- "Sou só um pai que cuida da própria filha", reage Almir Abdala em relação a críticas sobre ser superprotetor
- Quem é Jafé Santiago? Conheça o melhor amigo e sócio do Sultão

⊙ rede esfera

JORNAL PÁTRIO

(Transcrição do programa televisivo de 11 de outubro de 2016)

(Em um estúdio de reportagem, um homem grisalho, usando terno grafite, camisa social escura e gravata combinando está sentado em uma mesa. Ao lado, uma mulher quase uma década mais jovem, de cabelo escuro, liso e de corte chanel, usa uma camisa social bordô.)

Guilherme Gooder: O Jornal Pátrio *está começando.*

(Vinheta de abertura)

Renata da Gama: *Jafé Santiago assume o comando da Ágrah, uma das maiores agências musicais do país, depois de investimento malsucedido realizado pelo ex-CEO e ex-sócio majoritário, o empresário Almir Abdala, fundador da Ágrah.*

Guilherme Gooder: *O anúncio aconteceu na tarde de hoje, em coletiva de imprensa convocada pela agência, e surpreendeu a indústria da música brasileira.*

(Imagens de cobertura e narração voice-over.)

Guilherme Gooder: *Almir Abdala fundou a Ágrah em meados da década de 1990, agenciando desde aquela época diversos nomes que se tornariam sucessos. A consolidação de Abdala como o "Sultão" da indústria musical, como ficou conhecido, no entanto, veio no início dos anos 2000, depois de passar a representar a filha Yasmin.*

Renata da Gama: *Com a ascensão da cantora na década de 2010, Jafé Santiago se tornou sócio minoritário, permitindo a expansão da Ágrah.*

(Gravação de uma entrevista. Um homem de meia-idade de rosto afilado, cabelo e cavanhaque escuros, aparece em close.)

Jafé Santiago: *É uma nova fase para a Ágrah, claro, mas sem deixar de lado suas origens. Almir seguirá representando Yasmin, nossa* *maior cliente. E, embora eu esteja assumindo a presidência, o que sem dúvida é um novo desafio, eu já era parte da administração e da história da empresa. Espero honrar o legado do Sultão ao mesmo tempo que levo a Ágrah por novos caminhos.*

Guilherme Gooder: *Almir Abdala também esteve presente na coletiva de imprensa e afirmou estar satisfeito pela Ágrah estar em boas mãos, além de grato por poder continuar representando a filha.*

(Imagens de cobertura mostrando um homem na casa dos 60 anos, de cabelo e barba brancos, dando depoimentos na coletiva de imprensa próximo ao homem das imagens anteriores. Os takes são acompanhados de narração voice-over.)

(Retorno ao cenário do estúdio de gravação.)

Renata da Gama: *A seguir, os romeiros de Aparecida contam com diferentes pontos de apoio ao longo da rodovia para a peregrinação segura. Confira as principais informações depois dos comerciais.*

NÃO ADIANTA CHORAR

Composição: Eloah Dias
Intérprete: Yasmin

Hey, você sabia
Que eu não tô de brincadeira?
Você achou que podia
Me enrolar com essa baboseira?

É melhor ficar esperto
E não dar como jogo certo
Porque, baby

Depois não adianta chorar
E nem me chamar
Eu sei o que quero
É melhor não ficar de lero-lero
Porque, baby
Eu sei o que quero

React: "Não adianta chorar", novo single de Yasmin

 SOLTA O PLAY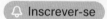
 2,3 mil curtidas
 112 mil inscritos

(Transcrição do vídeo publicado em 17 de junho de 2018)

(Uma moça loira de cabelo liso está sentada em frente a um monitor de computador.)
Tati Passos: *E aí, gente linda? Bora pra mais um react do* Solta o play?
(Vinheta de abertura.)
Tati Passos: *Confissão, o novo álbum da Yasmin, está entre nós e não são poucas as expectativas pra ele, depois do sucesso de* 15 *e do hiato da cantora que veio em seguida. Eu particularmente tava bastante ansiosa por esse lançamento, mas, antes de eu dar o play em "Não adianta chorar", já deixa aqui sua curtida neste vídeo e se inscreve no canal, que tem vídeo novo toda terça e quinta!*
(Após um efeito de transição, o ângulo da câmera fica mais próximo do rosto da youtuber e do monitor à frente dela, onde ela clica em um botão. A seguir, começa a introdução de "Não adianta chorar", e a tela do vídeo se divide entre a gravação da youtuber e o clipe da música.)
Tati Passos: *Opa, essa aqui vai ser dançante, a julgar pelas batidas.*
(Ela movimenta a cabeça no ritmo da música. No clipe, Yasmin está sentada sozinha em um estúdio, com a cabeça abaixada. A câmera se aproxima dela.)
Tati Passos: *Achei esse começo meio pobre, podia ter um acompanhamento melódico mais interessante.*

27

(Yasmin olha para a câmera, o close em seu rosto, e começa a cantar.)

Tati Passos: *Ela é superafinadinha, né? Reparem como ela já brinca com um falsete nessa primeira estrofe sem se perder.*

(Tati continua ouvindo em silêncio, a mão no queixo e o rosto sério. No clipe, Yasmin se levantou do banco e agora dança no estúdio.)

Tati Passos: *Mas a voz dela infelizmente não foi bem aproveitada. O refrão é o primeiro momento de crescimento e explosão da música, digamos assim, mas isso quase não acontece aqui, ela mal muda o tom ou o registro. E, vamos combinar, essa letra não ajuda muito.*

(Uma batida de música pop segue audível por uns instantes, até o refrão ser repetido. No clipe, as cenas se alternam entre closes no rosto de Yasmin e planos abertos, mostrando a dança dela. Então, a música se encerra, e a tela do vídeo volta a mostrar apenas a youtuber e seu cenário de gravação.)

Tati Passos: *Espera, é só isso? Acabou?*

(A câmera dá close no rosto de Tati, que arregala os olhos.)

Tati Passos: *Bom, a música é bem comercial, bem chiclete. Não duvido que vá pegar e, tipo, não chega a ser ruim. Mas é muito mais do mesmo e, sinceramente, é decepcionante em termos de construção de carreira e potencial da Yasmin. Ainda não ouvi o álbum todo pra fazer mais comentários, mas, se as outras músicas são diferentes, essa foi uma péssima escolha de single. Se as outras são no mesmo estilo... Vixe!*

(Após um efeito de transição, a câmera volta ao ângulo original.)

Tati Passos: *Acho que temos aqui dois problemas. O primeiro é que os produtores da Yasmin pelo jeito não sabem o que querem. Ninguém duvida que ela seja a queridinha do Brasil, amada por todo mundo desde criança e tudo mais, mas, poxa, ela já tem 20 e poucos anos, gente, não dá mais pra ficar alimentando esse estilinho adolescente da década passada. Pera aí, deixa eu melhorar o que eu disse pra não ser cancelada: não é só porque é de adolescente ou de criança que é ruim, viu? Muito pelo contrário, é só olhar pra própria carreira da Yasmin. Ela é o que é hoje porque, desde pequena, entregou músicas de qualidade. E aí* *entramos no segundo problema: todo mundo lembra do lançamento de* Fases da lua *uns anos atrás, né?*

(A tela do vídeo volta a se dividir: de um lado, a câmera em close em Tati Passos. Do outro, trechos de diferentes clipes do álbum *Fases da lua*.)

Tati Passos: *Nele a gente viu, pela primeira vez, uma Yasmin um pouco diferente daquela coisa mais água com açúcar de até então — e isso não é uma crítica! O ponto é que ela foi massacrada pela mídia, porque todo mundo estranhou não ver a menininha de sempre. Do meu ponto de vista, não tinha nenhum problema com as novas letras, até porque,* (a youtuber levanta o dedo indicador) *um, a estética em si das músicas não era tão diferente do que ela produzia e,* (levanta outro dedo) *dois, a Yasmin continuava sendo a Yasmin, era só uma Yasmin mais velha. A adolescência tem esse quê de intensidade, rebeldia e tudo mais.*

(A tela volta a exibir apenas Tati Passos no ângulo original da câmera).

Tati Passos: *E aí, veio 15, que foi superelogiado, mas que parece ter se esforçado para resgatar a imagem da Yasmin a que todo mundo estava mais acostumado. E, sinceramente, do meu ponto de vista, já pareceu uma espécie de retrocesso. Agora, em "Não adianta chorar", minha impressão de retrocesso é maior ainda. É uma tentativa de mostrar uma Yasmin determinada e, a julgar pela letra e pela coreografia empoderada* (a câmera dá um close na expressão incerta e confusa de Tati Passos ao dizer "empoderada" e volta ao ângulo anterior), *mas de um jeito muito bobinho e infantil, que não combina com a mulher que hoje ela é, então, nada convence. É como se estivessem com medo de fazer algo realmente empoderador ou maduro e serem de novo criticados.*

(O ângulo da câmera fica mais próximo de Tati Passos)

Tati Passos: *E o problema maior é que, pra isso, empobreceram a qualidade musical visando manter a associação com o público infanto-juvenil, o que é também uma forma de subestimar esse público. Basta saber se essa síndrome de Peter Pan é mesmo de quem produz a Yasmin* ou se temos aí uma princesa resistindo ao próprio crescimento, assustada depois do experimento em Fases da lua.

(Botões de curtida e inscrição aparecem na tela com efeitos sonoros quando o ângulo da câmera volta a ser mais aberto.)

Tati Passos: *E você, o que acha? Me conte nos comentários! Não esqueça de curtir e se inscrever. Beijos, até o próximo vídeo!*

De: Claudia Arantes <clau.arantes@angel.com>
Para: Almir Abdala <almirabdala@agrah.com.br>
Data: 28/5/2019, 9h04
Assunto: Proposta | Embaixadora Angel

Prezado Almir,

Me chamo Claudia Arantes e sou diretora de marketing da Angel no Brasil.

A Angel é uma marca norte-americana de roupas femininas que preza a qualidade, a elegância e a discrição com versatilidade, uma vez que nossas peças são adequadas para diversas situações do cotidiano.

Estamos em busca de uma figura de destaque na mídia para atuar como embaixadora brasileira da marca, a fim de que a Angel possa se estabelecer no país. Achamos que a Yasmin seria perfeita para o que buscamos!

Podemos agendar uma call para conversarmos?

Atenciosamente,

Claudia Arantes
Diretora de marketing | Angel Brasil

ATA DE REUNIÃO
ÁGRAH LTDA.

Aos 24 dias do mês de julho do ano de 2019, às 15 horas e 30 minutos, na sede da Ágrah, reuniram-se o CEO Jafé Santiago, o empresário musical Almir Abdala e a cliente Yasmin Abdala, abaixo assinados, para discutir as composições cantadas por Yasmin *versus* os termos da proposta de contrato oferecida à cliente pela empresa Angel LLC.

Determinou-se por unanimidade que, a fim de evitar conflitos com a empresa, as canções da cliente continuarão sendo compostas por terceiros e a proposta da marca norte-americana Angel será aceita e encaminhada ao departamento jurídico da Ágrah a fim de se dar prosseguimento aos trâmites legais.

Nada mais havendo a ser tratado, lavram a presente ata e encerram a reunião.

Brasil, 24 de julho de 2019

_____
Jafé Santiago

_____
Almir Abdala

_____
Yasmin dos Santos Abdala

(Transcrição da reunião)

Jafé: *Tá quase no horário, Almir. Cadê a Yasmin?*

(Dedos tamborilando sobre a mesa.)

Almir: *Me avisou agora, tá quase chegando. Pegaram trânsito no caminho.*

Jafé: *Sempre a mesma desculpa.*

Almir: *Pega leve, Jafé. A avenida tá em obras, tá mesmo caótico, tudo parado.*

Jafé: *Sei. Tá em obra o mês inteiro. Por que ela não saiu mais cedo?*

Almir: *Ela teve ensaio, o show já é esse fim de semana. O Roger já tava na saída do estúdio com o carro no horário combi...*

(Toc-toc.)

(Porta sendo aberta.)

Almir: *Ah, olha ela aí.*

Yasmin: *Oi, pai. Oi, Jafé.*

Jafé: *Boa tarde, princesa. Estávamos aguardando sua chegada.*

Yasmin: *Ainda não deu três e meia, deu? Me desculpem, o ensaio demorou mais do que o previsto.*

Almir: *São três e meia agora, filha, você chegou no horário.*

Jafé: *Bom, podemos começar, então? Tenho outra reunião depois daqui.*

Almir: *Claro, claro. O negócio é o seguinte, Jafé. Eu e a Yasmin estávamos discutindo sobre a proposta da Angel.*

Jafé: *Algum problema com os termos?*

Almir: *Não exatamente. A questão é que, se a gente assinar, envolveria seguir trabalhando a linha de carreira da Yaya que o público conhece.*

(Silêncio.)

Almir: *Eu e a Yasmin estivemos pensando em mudar um pouco as coisas. Talvez seja interessante trabalhar outros formatos de música, amadurecer a imagem dela com o público...*

Jafé: *E repetir o fiasco de* Fases da lua?

Yasmin: *É, porque* Confissões *foi muito melh...*

Almir: *Estranharam aquela fase de transição, é verdade, mas a Yaya também já passou dela. É importante lembrar o público que agora ela é adulta.*

(Silêncio.)

Jafé: *Não vejo como esse amadurecimento de imagem exclui a proposta da Angel. Eles têm roupas para todas as idades, é só não escolher algo muito juvenil.*

Yasmin: *Na verdade...*

Almir: *Isso é. Mas não é só o vestuário. Essa imagem de "menina comportada" tá meio batida e envolve diretamente as composições que ela canta.*

Jafé: *Ué, é só mudar de "menina comportada" para "mulher comportada". É o que ela é, não? Qual a dificuldade? E em que isso afeta as músicas? Vocês estão pensando em contratar outros compositores?*

Yasmin: *Eu quero compor. E ter uma maior participação nos arranjos das músicas.*

(Silêncio.)

(Jafé solta uma risada contida.)

Jafé: *Olha, Yasmin, admiro sua iniciativa, mas acho um passo muito arriscado. Você não tem experiência nenhuma como compositora, vai ser um tiro no pé. Podemos conversar com a equipe que fez o último álbum pra trabalhar algo na mesma linha, mas mais adulto. Concordo que sua imagem precisa crescer com você, mas mudar o estilo que te consagrou? Ainda mais beirando os vinte anos de carreira, um momento perfeito pra se honrar e reforçar o que foi construído até agora? Aliás, por que estamos tendo esta discussão em vez de falar da turnê comemorativa do ano que vem?*

Almir: *Não sei, Jafé. Ainda acho que pode ser interessante uma espécie de rebranding, especialmente por estarmos tão perto de uma comemoração desse porte.*

Jafé: *Almir, você é um homem sensato. Acha mesmo que esse é o melhor momento? Não falo só pela Ágrah. Como CEO, não é um risco que eu esteja interessado em correr, mas estou aberto a discutirmos alternativas. O interesse da minha maior cliente com certeza precisa ser* *levado em conta! Mas, como seu amigo, sinceramente acho que vocês dois teriam muito mais a perder do que a Ágrah.*

(Almir suspira.)

Jafé: *E digo mais, seria loucura desperdiçar uma proposta dessas. Vocês estão mesmo dispostos a arriscar um contrato que pode enfim compensar parte de tudo que vocês perderam? Estão dispostos a arriscar destruir uma carreira sólida, uma reputação que a gente sabe que funciona? Almir, meu amigo, pense em tudo de bom que está por vir. Vocês dois, mais do que ninguém, merecem essa tranquilidade depois dos últimos dois anos.*

Almir: *Bom, pensando por esse lado...*

Yasmin: *Papai...!*

Jafé: *Calma, Yasmin, não é necessário se exaltar. Sinto muito que seja frustrante, mas de verdade não acho uma boa ideia.*

Almir: *E se a Yasmin se comprometer em manter as coisas como estão, mas puder apresentar, em troca, uma composição de autoria dela? Seria só para sua avaliação, como um teste. Pode ser um jeito mais concreto de ela mostrar o que tem em mente sem arriscar a carreira e comprometer a Ágrah.*

Jafé: *Não vejo por que não. Desde que a composição esteja alinhada com a proposta da Angel, podemos fazer um teste de público, medir a recepção...*

Almir: *Me parece o melhor dos dois mundos!*

Jafé: *Estamos acertados, então? Vou pedir pro jurídico prosseguir com o contrato. Yasmin, quando você tiver a música pronta, marcamos uma reunião pra falar a respeito disso.*

Almir: *Certo, muito obrigado, Jafé!*

(Cadeira sendo arrastada.)

Jafé: *Se é tudo, peço licença e me despeço. Tenho outra reunião, que não pode ser atrasada.*

CONTRATO DE PUBLICIDADE

Pelo presente CONTRATO DE PUBLICIDADE, doravante designado "CONTRATO", de um lado **ÁGRAH LTDA.** representa **YASMIN DOS SANTOS ABDALA**, brasileira, solteira, Yasmin nas artes, doravante designada **ARTISTA**, e do outro **ANGEL LLC**, empresa devidamente constituída, com sede nos Estados Unidos, doravante designada **MARCA**, têm justo e acertado pelas cláusulas e condições seguintes:

Cláusula 1ª: *DAS OBRIGAÇÕES DA ARTISTA*

I.   Divulgar as peças da **MARCA** nos eventos designados e previamente estabelecidos por e-mail.

II. Incorporar, de forma natural e parcimoniosa, as peças em sua rotina, além de usá-las em campanhas publicitárias.

III. Participar de campanhas publicitárias previamente estipuladas por acordo e definidas na CLÁUSULA 3ª deste contrato.

IV. Não se envolver em quaisquer tipos de escândalos na mídia, em especial os de cunho sexual ou que possam resultar em calúnia para a **ARTISTA**.

V.   Não utilizar em eventos, entrevistas, redes sociais ou qualquer outro meio em que haja exposição e contato com público quaisquer peças de roupas que contribuam para uma imagem sexualizada da **ARTISTA** enquanto representar a **MARCA**, nem mesmo quando não for solicitado que utilize peças da **MARCA**.

VI.   Não utilizar palavreado de baixo calão em eventos, entrevistas, redes sociais ou qualquer outro meio em que haja exposição e contato com público quaisquer enquanto representar a **MARCA.**

VII. Não fazer aparições na mídia e em redes sociais consumindo ou deixando subentendido o consumo de bebidas alcoólicas, sobretudo cervejas e destilados com alto teor alcóolico. Outras bebidas, como vinhos, espumantes e drinks adocicados, são permitidas em situações sociais, desde que não infrinjam o inciso VIII deste CONTRATO.

VIII. Não fazer aparições na mídia e em redes sociais em estado de embriaguez.

IX.   ....

X.   ....

XI.   ....

FACES BRASIL

A Filha Ideal: **Yasmin, a queridinha do Brasil,** assina **novo contrato** para salvar a pele do pai

por Fábio Alcântara | *ATUALIDADES*
@fabio_alcantara, publicado em 2/8/2019, 17h29

Vive na Lua o brasileiro que não associa o nome "Yasmin" à adorável cantora pop que encanta gerações desde a infância. Aos 23 anos, não é de agora que a jovem é uma das personalidades de maior destaque na mídia — e seu prestígio só aumentou depois de receber pela primeira vez o prêmio Polishow de Álbum do Ano por *15*, seu disco de comemoração que estreou em 2015. Seu último lançamento, *Confissões* (2018), rendeu à artista a indicação ao prêmio Queridinhos do Público na categoria Artista Brasileiro Favorito.

Filha de Almir Abdala, Yasmin acredita que ter sido representada desde pequena pelo pai influenciou positivamente seu desenvolvimento como cantora. "Pude focar minha voz, tranquila de estar sendo cuidada por alguém que zelasse por meus bens." De fato, Almir continua sendo o empresário da filha mesmo após **o abalo** sofrido pela Ágrah há quase três anos. E a sorte parece estar virando mais uma vez, agora a favor do Sultão: Yasmin acaba de assinar um contrato milionário com a Angel, famosa marca de roupas femininas norte-americana interessada em expandir negócios no Brasil.

Quando questionada sobre a sensação de ter sido escolhida para ser embaixadora da Angel, Yasmin afirmou estar muito feliz pelo convite e, acima de tudo, confiante em honrar o compromisso, uma vez que compartilha os valores da Angel sobre elegância e discrição.

Seja pela aparência sóbria, pela ausência de escândalos — o namoro com Gabriel Rocha foi apenas um deslize adolescente, incapaz de manchar sua imagem — ou por salvar a pele do próprio pai, Yasmin sem dúvida merece o título de "Filha Ideal".

Você também pode gostar:

- Aos 23 anos, Yasmin mora com o pai e não sai de casa sozinha
- Ousadia! De biquíni, Yasmin exibe cinturinha e bronzeado da cor do pecado na praia
- Yasmin reage ao carinho dos fãs: "Muito bom!"

Luz na escuridão (título provisório)
5/8/2019

A vela na cabeceira* vela ~~meu sono~~ o silêncio

(é um verso melódico?)

Um ponto de luz ~~desafiando~~ contra a ~~escuridão~~ noite

(estava pobre, explícito e dramático)

Sua chama me chama   (abuso de jogo de palavras?)

~~Porque Para existir~~ A queima é condição* de existência*

*palavras com muitas sílabas,

difíceis de encaixar na melodia

está, como um todo, destoando do estilo Yasmin

9 de agosto de 2019

O Jafé é um cuzão. Um grandessíssimo filho de uma puta. Um desgraçado nojento que devia ir para a porra do inferno e sumir de vez da minha vida.

Será que ao menos aqui eu posso falar? Será que pelo menos para isso este diário enfim vai ser útil?

Diário. Nunca me vi como alguém que tem um. Engraçado, porque até há poucos instantes era só um caderno, como foi por anos. Quando papai me deu um pacote todo bonito depois de voltar de uma viagem, nem lembro mais quando, sorri e agradeci empolgada, curiosa pelo que ele tinha trazido... Mas não soube muito bem o que fazer depois de abrir a embalagem.

Enquanto eu desembrulhava, papai explicava que não resistiu ao trabalho artesanal e que não conseguiu ir embora sem fechar a compra. Foi quando percebi que não era bem um presente, mas um improviso, um disfarce para mais uma compra impulsiva do meu pai. Dar outro nome não muda a essência da coisa. Um presente é algo pensado para alguém, mas aquilo não teve nada a ver comigo. A diferença na intenção era sutil, mas estava ali. E só tive mais certeza quando me deparei com a encadernação em couro. Eu estava tentando me tornar vegetariana naquela época e tinha passado a procurar por produtos veganos. E meu pai sabia.

Não é de se espantar que o diário tenha ficado tanto tempo enfurnado em um armário qualquer do meu closet.

Estou sendo amarga? Sim, mas foda-se. E acho que tem mais a ver com o agora, e com o Jafé, do que com como me senti à época. Se eu pensar bem, nem me lembrava da existência desse caderno, tanto que precisei de alguns instantes para me situar de onde ele viera quando o encontrei por acaso. E aí, sem a deformidade da minha frustração de anos atrás, pude ver o que ele é e ter um vislumbre do que atraiu papai.

Ele é mesmo muito bonito, e não só pelas costuras à mão. Na verdade, os entalhes na capa em formato de flores me hipnotizaram por um instante, como se me chamassem. Senti aquele torpor, o deslumbramento que a arte proporciona e meio que um, sei lá, raio de inspiração ou qualquer coisa do tipo, como se, de repente, eu tivesse tomado um soro da verdade que me dava vontade de falar. Pensando agora, ter guardado o caderno no meu móvel de cabeceira talvez tenha sido mais premeditado do que percebi na hora.

Porque, uns dias atrás, quando me sentei na cama muito aérea, a primeira coisa que fiz foi abrir a gaveta. Já era tarde e eu estava prestes a dormir, mas minha mente estava em looping. Tinha acendido uma vela e pedido para a Alexa tocar uma música tranquila, mas já sentia que não era o bastante. Eu não conseguiria dormir se não tentasse, primeiro, escrever uns versos.

E é por isso — e por outras coisas — que o Jafé é um grandessíssimo cuzão.

Antes daquela merda de reunião, eu estava empolgada. Mais empolgada do que estive em muito tempo.

Desde pequena interpreto composições de outros artistas. Como sempre foi assim, eu nem sequer cogitava a ideia de que poderia ser diferente. É curioso o quanto a gente se acostuma a uma realidade a ponto de nem ao menos questioná-la.

Então, ano passado, vi por acaso um post em que fui marcada no Instagram de uma conta aleatória. Não sei como vi, porque minhas notificações para esse tipo de publicação são desativadas. Não lembro se o post apareceu para mim nas sugestões, se a pessoa me enviou por DM e eu acabei abrindo... Sei que vi.

Acho que era o universo me mandando uma mensagem.

O post era uma lista de cantores que não compunham as próprias músicas. Não era uma crítica, era um conteúdo feito em tom de curiosidade, e meu nome aparecia entre vários outros intérpretes brasileiros e internacionais. Bom, nem tinha como ser uma crítica, não quando Elis Regina era um exemplo (sendo sincera, eu também não sei o que meu nome e o da Elis faziam juntos em um post).

De qualquer forma, foi a primeira vez que pensei no fato de que eu sou intérprete e, se existe essa denominação, é porque existem outras opções do que ser. E então eu me fiz a fatídica pergunta: e se eu compusesse minhas músicas?

Talvez eu não me preocupasse com isso quando era menor porque estava mais interessada em me divertir. Não que não fosse um trabalho árduo, sempre foi, mas era mais divertido do que qualquer outra coisa. Bastava me deixar levar pelo ritmo e pelos versos que me entregavam de bandeja.

Só que as coisas foram mudando ao longo dos anos. Eu mudei. E acho que o significado da música também está mudando para mim. Porque, de repente, o que faço passou a parecer errado. Ou será que já era? Alguma vez minha voz expressou o que eu queria dizer? Se eu pensar bem, me lembro de sentir um impulso de rabiscar versos que surgiam quase prontos na minha cabeça em momentos inusitados, de ouvir melodias ritmadas nos sons do mundo... E que eu reprimia, todas as vezes, por já tomar como certo o fato de que não era compositora. Que havia pessoas melhores e mais experientes para compor por mim. Por mim? Para mim? Sei lá.

Não consegui parar de pensar nisso desde aquele momento. E quanto mais penso, mais as coisas se encaixam, como se eu conectasse fatos em um quadro de cortiça. Quer dizer, faz sentido ter ficado afetada desse jeito com aquela postagem considerando que foi um pouco depois de *Confissões*, não faz? Com toda aquela pressão envolvida para repetir o sucesso de *15*, com toda a expectativa de ser nossa salvação depois do meu pai ter praticamente falido... E o banho de água fria que o álbum representou.

Cada vez mais tenho a sensação de que *15* foi meu auge. E atingir o auge só tem uma consequência: o que vem depois é a descida.

Talvez eu esteja sendo influenciada por tudo que eu sei agora, mas *Confissões* me incomoda desde a gravação. Eu simplesmente... não consegui me sentir animada. Pela primeira vez, achei as harmonias pobres e as letras, rasas, infantis.

Por que minhas músicas não cresceram comigo?

E quem melhor do que eu mesma para compor o que acredito que realmente me representa?

Já faz muito tempo que deixei de ser a menina que não entendia de acordes, arranjos, harmonia, tudo aquilo que um dia foi grego para mim. Cacete, eu estudei música. Fiz questão disso. E é por entender do assunto que com *Confissões*, pela primeira vez, fiquei... constrangida. O trabalho desse álbum me pareceu preguiçoso, em uma perspectiva, ou forçado, em outra.

Nenhum desses pontos de vista é bom.

Pior ainda: como eu aceitei ter meu nome associado a isso? Por que achei que era melhor sorrir e dizer para os produtores que tinha gostado do que ser sincera?

Eu sei que não adianta ficar me remoendo e por isso tentei conversar com meu pai. Se alguém poderia me ajudar, era ele. Foi sempre papai quem resolveu meus problemas, quem correu atrás das burocracias.

Como eu sabia que falar da minha vontade de compor poderia parecer repentino demais, achei que o próprio problema com a Ágrah seria um bom argumento. Se o pior tinha acontecido, por que não recomeçar? Por que não apostar no novo?

Quando penso naquele instante, na hesitação do meu pai enquanto considerava, quando havia uma chance de as coisas serem diferentes — quando eu me senti diferente pela coragem de ter tomado, pela primeira vez, uma atitude daquelas, questionando minha carreira e as decisões do meu pai... Por um instante, houve uma possibilidade. E, como toda possibilidade, ela me encheu de vida.

Meu Deus, que ódio daquele filho de uma puta do Jafé.

De que adianta agora eu compor uma música se ela já foi podada antes mesmo de ser escrita? Nem tive a chance de descobrir o que quero escrever, porque agora só posso compor algo que converse com aquela outra Yasmin já conhecida de todos.

Não deveria haver um "ela", só um "eu".

Hoje, quando entrei no quarto e fui pisando duro até minha mesa de cabeceira, não foi pensando em compor. Eu só queria escrever. Alguma coisa. Qualquer coisa. Existe conforto na tentativa de transformar impressões em algo concreto, ainda que sejam só rabiscos e palavras soltas. E existe prazer no som da caneta deslizando pelo papel, sussurrando segredos contra a noite. Mais do que isso, é um alívio desenhar letra por letra. Cada nó atado para formar uma sílaba é um que desato em mim. Escrever tem disso, essa transferência de carga para o papel. É como se os nós que agora vejo juntando as letras ainda fossem meus, mas não mais me pertencessem. Há uma separação entre mim e o papel.

Assim como há entre mim e aquela Yasmin.

Faz algum sentido?

Eu acredito que cada som conte uma história. Se o ruído da escrita está me contando uma história de alívio e desabafo, o apito crescente no meu tímpano desde que ouvi Jafé me descrever como "mulher comportada" ou dizer que não sou capaz de compor me conta uma muito menos agradável.

Não ajudou ler as palavras "filha ideal" na matéria da *Faces*. Em tese, foi um elogio, certo?

Mas, se é o caso, por que não consigo sentir como se fosse?

← Dália

HOJE

Dália
\<Imagem> 19h17 ✓✓

\<Imagem> 19h17 ✓✓

\<Imagem> 19h17 ✓✓

\<Imagem> 19h17 ✓✓

Yasmin
HAHAHAHAHA 19h18 ✓✓

Meu Deus, de onde saíram esses prints?? 19h18 ✓✓

da minha nuvem! 19h19 ✓✓

Por que você tem isso guardado??? 19h19 ✓✓

"Eu amo fazer template de blog", você, nerd de computadores desde pequena! 19h19 ✓✓

E a gente tava mesmo na comunidade "Deus me disse: desce e arrasa!" aos 13 anos? 19h20 ✓✓

A gente tinha essa autoestima toda? 19h20 ✓✓

| Yasmin: Por que você tem isso guardado???
pq eu printei tudo antes de apagarem de vez 19h20 ✓✓

| Yasmin: A gente tinha essa autoestima toda?
eu sigo tendo, dá licença 19h20 ✓✓

e vc tbm devia ter 19h20 ✓✓

| Dália: pq eu printei td antes de apagarem de vez
E por que você printou nossos perfis do Orkut?? 19h21 ✓✓

ai, Yas, pra guardar de recordação, ué 19h21 ✓✓

e pq talvez a advogada em formação em mim goste de ter tudo guardado etc. etc. 19h21 ✓✓

> Hummm dependendo do que você tem printado aí, não contaria mais a nosso favor apagar? 19h22

não mesmo! 19h22

isso aqui é um retrato de quem a gente foi 19h22

é uma cápsula do tempo preservando nossas eus pré-adolescentes 19h22

ou ao menos a Dália pré-adolescente e a mın GATINHA pré-adolescente 19h23

ou sei lá qual era a fonte bizarra que vc usava 19h23

"min_gatinha" era seu e-mail tb não era? 19h23

o que é mais uma prova irrefutável de que vc tinha sim toda aquela autoestima 19h24

eu sabia que os prints seriam úteis 19h24

> Em minha defesa, eu precisava de algum nome que não entregasse quem eu era 19h24

> **Dália:** é uma cápsula do tempo preservando nossas eus pré-adolescentes

<Imagem> 19h26

eu tinha esquecido dessa!! 19h26

como eu pude esquecer a clássica "Eu amo a Yasmin sem filtro"?? 19h27

> Desenterraram essa uns anos atrás e virou meme 19h29

vdd!! pegaram uns vídeos das suas entrevistas criança tbm, n foi? 19h30

> Pra minha completa vergonha, foi 19h30

ai, Yas, não fala assim =/ 19h31

n tem que ter vergonha de nada 19h31

1, vc era criança 19h31

2, n tinha nada de mais no que vc falava... era espontâneo e, mtas vezes, bem sincero 19h32

e era engraçado pq eram verdades q ngm falaria, pra manter as aparências 19h32

E eu era sem noção o bastante pra falar 🙈 19h32

VC PARA, MULHER! 19h33

mas desculpa se isso te incomoda e eu trouxe à tona 19h33

Não, relaxa, eu que tô fazendo drama. 19h33

Meu humor não anda nos melhores dias 19h33

Aliás, já não tá supertarde aí? Você não tá em horário de verão? 19h34

tá e tô 19h34

mas tbm tô de férias 19h34

Ah, é! 19h34

vc não consegue uma folguinha pra vir visitar sua amiga preferida n?? 19h35

Era tudo que eu mais queria agora 19h35

Luz na escuridão (título provisório)
5/8/2019

A vela na _cabeceira_* vela ~~meu sono~~ o silêncio

(é um verso melódico?)

Um ponto de luz ~~desafiando~~ contra a ~~escuridão~~ noite

(estava pobre, explícito e dramático)

Sua chama me chama   (abuso de jogo de palavras?)

~~Porque Para existir~~ A queima é _condição_* de _existência_*

*palavras com muitas sílabas,
difíceis de encaixar na melodia

está, como um todo, destoando do estilo Yasmin

Vi uma luz brilhando na noite
Não era minha vela, era uma estrela
Me chamando, mostrando o caminho
Um lembrete para não desistir

parecido demais com o estilo Yasmin

11 de agosto de 2019

E se eu cresci achando que era especial porque foi o que me disseram quando eu era pequena, mas na verdade eu só sei cantar por ter praticado desde sempre? E se o Jafé tiver razão e essa ideia de compor for uma insanidade?

Achei que o processo seria natural, que as palavras e acordes viriam com facilidade, mas o silêncio na minha cabeça conta uma história de frustração.

Não faço ideia de por onde começar. Se tento a letra, os versos parecem forçados, artificiais. Se tento a melodia, meus dedos parecem esquecer onde encontrar as notas no teclado.

Jafé me pediu para seguir a linha do que cantei até aqui, só que simplesmente não sei como fazer isso. Tentei ouvir meus álbuns do jeito mais imparcial possível, tentando esquecer que era eu cantando. Como se eu estivesse ouvindo as músicas de outra pessoa.

E pareceram mesmo ser de outra pessoa.

Nada do que ouvi conversa comigo no agora. Não se trata de gostar ou desgostar, se trata de identificação. Acho que, um dia, elas me representaram de verdade. Lembro de ter dito, quando anunciamos o lançamento de 15, que aquelas músicas tinham me tocado profundamente ou qualquer coisa do tipo, então devia fazer sentido para quem eu era cinco anos atrás...

Mas será que fazia mesmo? Ou eu estava tentando me convencer daquilo porque era o que todo mundo esperava que eu dissesse? Porque é algo que um artista deve sentir em relação à própria arte?

Ah, tanto faz também. Acho que não importa destrinchar o que era ou deixava de ser se, naquela época, não era um problema. O ponto é o agora. Se as músicas não mais têm a ver comigo, como ainda assim esse pode ser o "meu estilo"? Como pode ser isso o que todo mundo reconhece como meu e acha minha cara? Eu não sinto nada disso!

Odeio pensar que todo mundo me conhece enquanto eu mesma não faço a menor ideia de quem sou. E perceber isso me assusta. Muito.

Sou cantora há tanto tempo que nunca precisei pensar a respeito do assunto. É algo tão definido quanto acordar pela manhã e dormir de noite. Você não questiona. É assim que é e ponto.

Mas e se essa for só mais uma das coisas que aceitei sobre mim sem pensar a fundo? E se me acostumei tanto que me acomodei?

E se eu me permitir pensar e descobrir que, na verdade, não é o que eu quero para mim?

Não. Não, Yasmin, não. Você sabe que não é isso.

Uma das coisas que mais acho incríveis na música é sua capacidade de fazer sentir. Quantas vezes meu humor não foi moldado por ela? Já fui da melancolia à euforia a depender do que estivesse nos fones de ouvido. O que papai viu em mim criança acompanhando as canções que ele colocava para tocar não foi um talento único, mas o quanto eu era suscetível a elas. Não sei de onde essa sensibilidade veio, se é algo intrínseco meu ou só a influência do meio em que cresci, mas o que importa é que é parte de mim. Não vivo sem música. É mais do que meu trabalho ou uma vocação, é uma fração do que sou e do que preciso, tão importante quanto comer ou beber água. Então, o que está me barrando não é isso, mas...

Cacete, a música é mesmo tudo para mim. E se respeito e reconheço o que ela é...

Quem sou eu para criar algo dessa magnitude?

O que de relevante eu tenho a dizer?

Minhas músicas favoritas são aquelas que me soam tão sinceras que doem, e sei que, quando me identifico, consigo passar ao menos uma parcela da emoção por meio da minha voz. Já vi isso nos meus shows, de provocar no público diferentes reações, de modular a atmosfera no avançar do setlist. Mas o que de tão honesto eu tenho para falar que ainda não tenha sido dito?

A verdade é que vejo a música como uma extensão do artista. Ela revela algo de quem a compôs ou interpreta e é um recorte atemporal. É, sim, produto de um momento, mas que ressoa além. O *Fruto proibido* da Rita Lee nasceu durante a ditadura e o período de reconstrução pessoal da Rita. É um grito de liberdade, um marco na vida da cantora e na história da música brasileira, e segue inspirando as gerações que vieram depois.

Em que eu contribuiria?

E o principal: se minha música é uma extensão de mim, mas eu não sei quem sou, como minha música pode existir?

← **Roger**

HOJE

Roger
Psiu, estava tudo bem hoje? 19h22 ✓✓

Yasmin
Tava sim, Rog. Por quê? 19h29 ✓✓

Te achei muito quietinha no carro. 19h52 ✓✓

Distante. 19h52 ✓✓

Ah, só tava pensativa. 20h08 ✓✓

Obrigada por perguntar! 20h08 ✓✓

13 de agosto de 2019

Aconteceu uma coisa hoje.

Tive uma sessão de fotos para a Angel. É uma parte bastante cansativa do trabalho, mas eu gosto do mesmo jeito, ainda mais quando me dou bem com a equipe. Em geral, todo mundo só quer terminar tudo logo, então, quanto mais um colaborar com o outro, melhor.

Por que estou escrevendo tudo isso? Também não sei. Não é como se alguém além de mim vá ler. Mas talvez, se eu registrar os acontecimentos em ordem e em detalhes, eu possa analisar depois, sem a interferência das emoções — e ter a consciência de que foi assim mesmo que tudo aconteceu. Não foram invenções da minha mente.

Ou talvez seja minha forma de ficar adiando pensar naquilo que realmente importa.

Enfim, o ponto é que a Angel contratou uma equipe com quem eu já tinha trabalhado uns anos atrás. Na campanha da Tudora, talvez? Não, essa foi mais recente, acho que faz mais tempo... Sei lá, mas foi alguma de cosméticos, porque o Rafa Amaro trabalha com fotografias desse ramo de moda. Eu me lembrava mais ou menos dele e, pelo visto, ele também se lembrava de mim, porque, quando fui me despedir, disse que era um prazer trabalhar comigo e acrescentou: "Sempre uma boa moça!".

Talvez, em outro momento, tivesse passado batido. Mas, agora, as palavras dele me incomodaram — não no sentido de me aborrecer, até porque ele não disse nada de mais, mas de me deixar intrigada.

Na hora, não entendi muito bem por quê. E fiquei o resto do dia pensando. Mesmo no carro, voltando para casa, quando Roger me olhou pelo retrovisor, com a sobrancelha franzida do jeito que ele faz quando se preocupa comigo, querendo saber se estava tudo bem. Aparentemente, ele tinha me feito alguma pergunta antes daquela e eu não prestei atenção. Respondi que estava bem, porque o que mais eu diria?

Mas não parei de pensar naquilo, nem depois de Roger me deixar em casa. Havia alguma coisa naquele "boa moça" que gritava por atenção, mas que eu não conseguia entender o que era.

Boa moça. Boa moça. Boa moça.

Comecei a reparar em que eu pensava quando ouvia a expressão. E a ficha caiu.

Nunca me dei conta da diferença que faz ser uma "boa moça" e uma "moça boa". Não tem a ver com ser uma boa pessoa com o próximo ou em fazer o bem — embora, talvez, esses conceitos estivessem embutidos na ideia. Na verdade, tinha muito mais a ver com obediência e submissão, com a maneira de se vestir ou se portar socialmente.

Ser uma "boa moça" estava relacionado, de novo, com ser a tal da filha ideal.

Por que são esses os valores que fazem de mim "boa"? Se eu me vestisse ou me portasse de outro jeito, não mereceria mais ser chamada assim? Não preciso ir muito longe para ter minha resposta. Quantas vezes não ouvi meu pai dizer "é por isso que você deve se comportar"?

Britney Spears. Lindsay Lohan. Miley Cyrus. Demi Lovato.

Todas mulheres. Todas "boas moças", até deixarem de ser. Até terem cometido o erro de errar. De surtar. De adoecer.

Não sou ingênua, cresci sabendo como a exposição da mídia funciona. Os pesos e medidas nunca foram os mesmos entre mim e meus colegas da época de escola, por exemplo. As notas vermelhas deles eram resolvidas em casa e com reforço, enquanto as minhas eram transformadas em manchetes de notícias e em escrutínio público, avaliando o quanto eu era ou não era boa aluna. É muita pressão, mas é o preço a ser pago — e sempre aceitei os termos.

Mas eu não tinha sentido com tanta força, até agora, o peso atribuído pela medida de ser mulher.

Yasmin ✓

@yasmin_oficial

Embalando sua trilha sonora desde os anos 2000 🎙 🖤 🎵

758 Seguindo   **15,4 mi** Seguidores

Yasmin ✓   @yasmin_oficial · há 5 segundos
Queria entender por que a Britney segue não podendo ter controle dos próprios bens. Pra ela voltar a ter carreira, uma vida, oportunidades etc., era só ter matado o marido e dado pros cachorros comerem?

💬 86   🔁 143   ♡ 365

> **fcyasmin:** 💧 💧 💧 💧
> **adudinhah:** o shade que eu precisava!!
> **naty2512:** porque ela n nasceu com um p*u
>
>> **gabi_moreira:** @naty2512 gênero e sexo não são a mesma coisa
>> **naty2512:** @gabi_moreira já chegaram os fiscais de internet
>> **gabi_moreira:** @naty2512 só tô dizendo que você pode discutir gênero sem ser transfóbica
>> **naty2512:** @gabi_moreira e eu tô dizendo que vc é chata
>> **gabi_moreira:** @naty2512 👍
>
> **Paul284027:** morre vadia feminista
> **mariluchesi:** vivi pra ver a Yasmin falar umas verdades 🗣🗣🗣
> **enzo.dias:** o que uma coisa tem a ver com a outra? A Britney foi dada como incapaz e tem o pai zelando pelos bens dela. O Bruno cometeu, sim, um crime, mas cumpriu (e ainda cumpre) a pena dele.
>
>> **adri89:** @enzo.dias zelando??? é sério?? me diz que é ironia
>> **thiagosouza:** @enzo.dias Pô, cara, não é bem por aí... O que a Yasmin tá apontando é como a Britney não fez nada demais e sofre até hoje toda essa represália. O Bruno cometeu um crime hediondo e tá retomando a carreira

De: Claudia Arantes <clau.arantes@angel.com>
Para: Almir Abdala <almirabdala@agrah.com.br>
CC: Yasmin Abdala <yasmin@agrah.com.br>
Data: 13/8/2019, 22:17
Assunto: Postagem no Twitter

Prezados Almir e Yasmin,

Chegou até nós o post em anexo na conta da Yasmin no Twitter. Embora o conteúdo em si não infrinja nenhuma cláusula do nosso contrato e nós sejamos a favor da liberdade de expressão, ele não está alinhado com os valores que buscamos em nossa marca, que preza pela discrição e pelo não envolvimento em questões polêmicas.

Sabemos que o post foi feito na página pessoal da Yasmin e que ela não representava a Angel naquele momento. Contudo, sendo ela nossa embaixadora e dada a repercussão da discussão levantada, gostaríamos de solicitar que o post seja apagado e que outros similares não sejam feitos futuramente, uma vez que a imagem da Yasmin não pode deixar de ser discreta enquanto estiver associada à Angel.

Se tiverem qualquer dúvida ou quiserem discutir quaisquer questões, podemos agendar uma call.

Atenciosamente,

Claudia Arantes
Diretora de marketing | Angel Brasil

16 de agosto de 2019

Jafé veio me perguntar como andam minhas composições. Eu estava na Ágrah esperando papai quando a gente se cruzou. Ele me disse que está ansioso para ouvir o que tenho a dizer, e a única coisa que consegui fazer foi sorrir e responder que estou trabalhando nelas.

Mas a vontade de mandá-lo para a puta que o pariu não passou até agora.

Talvez eu esteja sendo implicante, mas o jeito como ele falou comigo... Não sei. Era quase como se ele soubesse que não estou tendo muito sucesso e estivesse se divertindo com isso.

Mas sou suspeita para falar. Nunca fui com a cara dele.

Minha primeira lembrança de Jafé é meio indefinida. Ele só virou sócio da Ágrah em 2012, mas conhece meu pai desde antes de eu ficar famosa. Aliás, sendo muito sincera, é até difícil pensar em uma época em que Jafé não existiu em nossa vida. Antes de a gente se mudar para a casa onde moramos atualmente, vivíamos em um condomínio não muito longe daqui, e Jafé era nosso vizinho. Como eu era muito pequena, não me lembro dos detalhes, mas sei que ele e meu pai se aproximaram aos poucos até virarem muito amigos, apesar de Jafé ser duas décadas mais novo que papai — o que faz dele também duas décadas mais velho do que eu.

Acho que parte da minha birra com ele vem daí: ele sempre esteve entre nós. Não lembro muito como eram as coisas antes da fama, mas, depois dela, nossa vida mudou. Não tive uma infância convencional, embora papai tenha feito o possível para manter o mínimo de normalidade: frequentei a escola, ia em aniversários dos meus colegas, tinha horário para deveres e, também, para brincar. Pode parecer estranho que eu tivesse um momento na agenda reservado para isso, mas era a forma de meu pai garantir que eu não deixasse de ser criança. Nos raros intervalos livres, eu queria aproveitar o tempo com ele.

E nós fazíamos isso — mas, quase sempre, com a presença de Jafé. E eu queria meu pai só para mim.

Hoje eu entendo. Não era fácil para papai administrar a empresa e cuidar da nossa vida sozinho. Além disso, acho que ele nunca superou de verdade o fato de ter sido deixado pela minha mãe. Não conversamos muito sobre ela, mas o que sei é que ela nunca quis ter filhos, e meu pai, sim. Então, acho que ele sentia falta de ter outro adulto em sua vida particular, e Jafé supriu isso, em partes, ocupando o posto de melhor amigo.

É engraçado como tudo na vida parece ter mesmo um preço. O do sucesso do meu pai teve um custo alto demais para mim. Jafé ingressou na Ágrah, o que, para papai, era uma somatória de benefícios: ele ajudou o amigo, que estava buscando novas oportunidades enquanto terminava o MBA, e conseguiu auxílio na parte burocrática da empresa para poder se concentrar em fazer o que amava — representar os artistas.

Não sei se, naquela época, papai imaginava que um dia ele e Jafé seriam sócios. Acho que não. Com certeza, não previa perder seu negócio dos sonhos para o melhor amigo.

A merda é que, no fundo, eu devia ser grata àquele nojento, porque o fato de Jafé ter comprado a Ágrah tão rápido foi o primeiro motivo para termos segurado as pontas. O outro foi papai sempre ter sido muito justo com nossas finanças e jamais ter se aproveitado do dinheiro que eu ganhava. Por isso, quando a Ágrah faliu, eu não fali. Por consequência, a gente não faliu.

Só que o preço de a gente não ter falido foi minha independência.

Ainda lembro a época de final de ensino médio, meus colegas fazendo planos de prestar vestibular em outras cidades... Eu sabia que nada daquilo era a minha realidade, mas parte de mim ainda lamenta não ter vivido aquela fase como eles. Tentei pelo menos negociar com papai a possibilidade de morar sozinha, e achamos melhor que isso acontecesse quando eu completasse 21 anos.

Faltava pouco mais de um mês para meu vigésimo primeiro aniversário quando a Ágrah faliu.

Tentei convencer papai a me deixar alugar um apartamento, nada muito luxuoso. Ao menos isso nossas finanças permitiriam. Mas Jafé ouviu nossa conversa e se intrometeu, me dizendo para ser paciente, para esperar... Era "o mais sensato a se fazer" ou qualquer outra merda do tipo. E papai concordou.

Então, não, não sou muito fã de Jafé, e sou menos fã ainda de meu pai ser tão dependente das opiniões dele. Não foram poucas as vezes que não consegui algo que queria por isso.

Só que não para por aí. Talvez eu esteja sendo mimada, mas sei que é mais do que um caso de não ter meus caprichos atendidos... Jafé simplesmente não me desce. Há muito tempo que fico desconfortável perto dele.

Reconheço que, quando eu era criança, minha birra com ele se resumia a ciúme, querer ter mais de papai para mim. Mas, conforme fui crescendo, esse sentimento foi virando outro, muito mais desagradável.

Jafé me deixa em constante estado de alerta.

Lembro exatamente quando a transformação ocorreu. Eu tinha quase 13 anos e era a festa de inauguração da nossa casa, quando tínhamos acabado de nos mudar para cá. Os convidados do meu pai começaram a chegar antes que eu estivesse pronta, então, quando fui para a varanda, havia várias pessoas no quintal, ao redor da piscina. A sala social, por onde eu passava, estava quase vazia, com apenas alguns garçons e garçonetes circulando.

De repente, senti a mão de alguém no meu ombro.

Quando me virei, Jafé estava atrás de mim. Muito perto. Mais perto do que eu gostaria.

Ainda lembro como o "Boa noite, Yasmin" que ele me disse fez meu estômago revirar. Não teve tanto a ver com o timbre agudo de tenor. A questão era a forma penetrante como ele me olhava.

Não era um jeito aceitável de um adulto olhar para uma pré--adolescente.

Eu já tinha percebido, desde que meu corpo havia começado a mudar — meus seios despontando, minha cintura ganhando contornos, meu quadril alargando —, que as pessoas estavam me vendo de um jeito diferente. Os indícios estavam ali: nos tipos de pergunta que eu passara a receber, nos comentários que a mídia fazia sobre mim — e nos comentários que os homens faziam a meu respeito. Aquilo me assustava, mas, ao mesmo tempo, não parecia pessoal, talvez fosse só mais um aspecto de se estar sob os holofotes.

Fui entender que, não, não era outro aspecto da fama, somente uns anos depois.

Foi também quando papai contratou uma assessora de moda para me orientar sobre vestimenta e definir meu estilo. Nada de roupas muito curtas, muito justas ou muito decotadas. Minhas roupas deveriam me vestir, não me exibir. Era para as pessoas prestarem atenção à minha voz, não ao meu corpo. Era a forma dele de tentar me proteger de um universo onde, mesmo de armadura, eu sempre estaria exposta.

Mas, na festa daquela noite, entendi que o que eu vestia não fazia diferença. Meu vestido era longo. Bonito, mas discreto. Bastante adequado a uma adolescente: não me sexualizava nem me fazia passar por mais velha.

Mesmo assim, Jafé agiu como se não houvesse nada em cima de mim.

Eu odiei como me senti exposta. Como me senti vulnerável. Como ele agiu como se tivesse direito de me olhar como bem entendesse.

Era injusto demais como era ele quem fazia algo que não deveria, mas eu que me sentia errada, como se, de alguma forma, tivesse provocado aquilo.

Foram poucos instantes, rápidos a ponto de eu ter repensado aquele olhar por muito tempo depois. Será que eu enxergara coisas? Será que era minha indisposição natural contra ele falando alto?

Mas, quanto mais o tempo passou, mais certeza eu tive. Porque nunca deixei de me sentir desconfortável perto dele.

Jafé nunca fez ou falou algo inapropriado diretamente para mim. Também por isso jamais contei para papai como me sinto. Não sei se ele acreditaria. E em que eu basearia meu desconforto, se não tenho nenhum argumento concreto?

No fundo, acho que papai jamais entenderia, porque existe um abismo entre nós dois. Talvez seja instinto, talvez seja sobrevivência, mas eu apenas *sei* quando um olhar é inocente ou não. Sei desde antes daquela noite. Acho que toda mulher sabe.

Meu pai jamais passou ou vai passar por algo semelhante. Se eu tentar explicar, vou ser taxada de exagerada. Ou louca. Mais do que tudo, não quero arriscar descobrir que a amizade dele com outro homem é mais forte do que o vínculo que ele tem comigo.

Por tudo isso, Jafé não é bem minha pessoa favorita no mundo. Talvez, quando ele me perguntou hoje mais cedo sobre minha música, tenha sido só uma pergunta comum.

Não sei. Posso estar errada. Porém, acho que, mais uma vez, eu apenas *sei* que não estou.

19 de agosto de 2019

O último fim de semana foi curioso, para dizer o mínimo. Na verdade, me deixou pensando em tanta coisa que não sei bem por onde começar, mas sei que preciso organizar tudo o que estou sentindo.

Fiz um show em outra cidade, o primeiro em alguns meses, e foi também minha primeira aparição pública usando roupas da Angel. Para o show em si, óbvio, tenho trajes específicos, que desde pequena chamo de "fantasia de palco". Mas, durante a viagem e tudo o mais, vesti Angel.

Quando terminei de me arrumar e me olhei no espelho, tive uma sensação muito esquisita. A imagem refletida era minha, mas não parecia eu. Era como se outra pessoa estivesse me encarando. Não havia problema algum com as peças — confortáveis, de qualidade, elegantes. O problema era <u>eu</u>.

Eu já vesti Angel antes, na sessão de fotos, mas talvez não tivesse estranhado porque estava apenas modelando. Não é que eu seja falsa em público, mas a minha versão cantora é só uma fração do que sou. Faz parte do trabalho usar coisas que, normalmente, não seriam minhas escolhas pessoais. Só que, dessa vez, eu estava vestindo algo no meu dia a dia — e me dei conta de que estava sendo paga para ser a cara da Angel, mas a Angel não era minha cara. Em circunstâncias normais, eu não seria cliente da marca.

Ao menos não hoje em dia.

Acho que foi este o choque: perceber que alguma coisa tinha mudado. Porque as roupas de fato combinavam com o que eu era. Como foi mesmo que me definiram naquela notícia? "Aparência séria"? Não, "aparência sóbria". Era bem isso o que o espelho retratava, mas falar "<u>era</u>" implica em algo que deixou de ser — e, agora, é outra coisa.

E eu não faço a menor ideia do meu significado de "sou", e muito menos de como uma coisa virou outra sem que eu sequer me desse conta.

Talvez eu estivesse sendo influenciada pelo que escrevi aqui na noite anterior. Lembrar a história com Jafé me fez pensar em coisas que há anos não passavam pela minha cabeça — como o fato de ter tido uma consultora de estilo aos 12 anos. Ou de isso ter sido feito para me proteger.

Como se a culpa de um possível assédio fosse minha ou de como escolho me vestir.

Eu me sinto tão estúpida de escrever isso! Estamos em 2019, "a culpa nunca é da vítima" é bordão mais do que batido em qualquer discussão de assédio, mas, de alguma forma, acho que eu nunca tinha assimilado de verdade o significado. Porque, por mais que me envergonhe de admitir, não via problema na decisão do meu pai. Cresci como uma pessoa reservada porque foi assim que aprendi que deveria ser.

Exatamente como também demorei anos para perceber que podia, se quisesse, ser compositora.

O que mais em mim é resultado de tudo que não questionei e poderia ser diferente? O que mais me tornei porque fui condicionada a ser?

As pessoas sempre se referem a mim como meiga e gentil. São mesmo traços da minha personalidade? Ou é algo que me ensinaram, porque me torna alguém muito mais passiva? Obediente? Mesmo na época da escola. Sempre fui a aluna exemplar, apesar da minha rotina caótica: boas notas, comportada... Eu era assim ou tinha medo de errar?

E se eu não sou nada disso, então, o que de fato sou?

Faz sentido me perguntar isso? Porque, se me porto como me disseram para me portar, se falo o que me disseram para falar, então eu <u>sou</u> a filha ideal. Essa é a verdade que existe no mundo, não é?

Então por que tudo me parece tão errado?

Afinal, o que faz alguém ser quem é? Alma, essência, personalidade, subjetividade, qualquer termo do tipo, ou o meio onde ela existe, as condições que a moldam? Tem como uma coisa existir sem a outra?

Existe em mim uma parte dormente, nunca descoberta por todas as camadas modeladas que aceitei vestir sem questionar? Ter aceitado com tanta passividade não é também um forte indício de quem sou de verdade?

Mas não foi só o não reconhecimento no espelho que causou essa avalanche — foi também o show daquela noite.

Perdi as contas de quantos shows já fiz na vida, mas, em todos eles, sempre senti o mesmo arrepio na espinha de empolgação nos segundos antes de subir no palco ou os pelos do braço se arrepiando ao ser recebida pela multidão. Sempre desejei que fosse possível, nem que por alguns instantes, trocar de lugar com o público — não porque eu queria estar onde eles estavam, mas porque desejava que eles vissem o que eu via dali de cima. Não consigo expressar como é arrebatadora a imagem de uma multidão reunida em uníssono, o quanto a energia vibrante que dela emana me deixa eletrizada e emocionada.

Porém, dessa vez, não senti absolutamente nada. Foi o show mais protocolar que fiz na vida.

Tentei me conectar, tentei sentir o momento, mas era como se nada daquilo dissesse respeito a mim. Cantei de forma tão mecânica que eu ou um playback não teria feito a menor diferença. Reproduzi com perfeição os passos de cada coreografia — e é o mais próximo que consigo chegar de descrever o que fiz, porque, sem dúvida alguma, não dancei. "Dançar" implica um mínimo de participação ou consciência, implica um estado de espírito alinhado aos movimentos. Meu corpo executou os passos de forma coordenada, talvez até por memória muscular, mas eu não estava ali.

Não queria estar ali.

Porra, eu sempre amei cantar! Quem é essa pessoa indiferente?

Acho que nunca fiquei tão assustada. A música sempre foi a minha vida. Sem ela... Não sobra nada de mim. Não tem nada que eu seja capaz de vislumbrar que não envolva cantar.

Não, isso não está em questão. Não existe uma vida sem música para mim. E se a música que até então eu conhecia está perdendo o significado, preciso descobrir um novo.

O fim de semana reforçou a sensação de haver eu e haver a Yasmin, e a cada dia pareço me distanciar dela — mas não estou mais perto de decifrar quem é esse "eu".

E, para descobrir, preciso realmente ouvir o que a voz dentro de mim quer dizer.

(?) 19/8/2019

Tenho uma confissão a fazer*, você está preparado?
~~Porque~~ essa confissão não tem nada a ver com aquela
Como poderia ter, se não era sincera?
Não era sequer minha

**

***Eu confesso que cansei e confesso que não quero mais
~~Agora eu quero~~
~~O que eu quero é~~
(O que eu quero??)

Escrita → Transferência de peso   → (tirar de mim pra
                                       colocar no papel)
Incluir metáfora sonora

**

Repetir refrão (?)

   *repensar pra não ficar um plágio de Foo Fighters
   **precisa de mais uma estrofe
   ***refrão?

← **HISTÓRICO DE PESQUISA**

Hoje — terça-feira, 20 de agosto de 2019

🕐 07:18   angel marca   ↖

🕐 07:19   angel marca polêmicas   ↖

🕐 07:27   angel marca machista   ↖

🕐 07:45   feminismo   ↖

🕐 08:06   feminismo tipos   ↖

🕐 08:17   simone de beauvoir   ↖

🕐 08:19   simone de Beauvoir amazon   ↖

MÚSICA

Yasmin está bem? Cantora apaga foto no Instagram e reposta com outra legenda

por Nádia Luz *em 22/8/2019, 15h47*

A princesa da música brasileira, Yasmin, causou confusão nos fãs hoje em seu perfil pessoal no Instagram. A cantora, que felizmente nos mantém bem atualizados de sua rotina profissional, postando com frequência selfies, bastidores de shows, ensaios e gravações que a gente a-do-ra acompanhar, postou duas vezes a mesma foto, com legendas de teor bastante diferente!

Na foto, Yasmin aparece encostada em sua varanda de vidro, olhando para o gramado do quintal na parte de fora. (Quem não ama aquele quarto dos sonhos dela, quase que uma casinha particular dentro da sua casona?) A grande questão é que a primeira versão dessa foto veio acompanhada de uma legenda diferente para os padrões da nossa princesa, em um tom até meio melancólico e que deixou a imagem com essa mesma vibe. Ela escreveu: "Quem você gostaria de ser se pudesse escolher?". É claro que na mesma hora os fãs começaram a comentar, alguns respondendo à pergunta, outros demonstrando surpresa, além daqueles que, com certeza, não leram o que ela escreveu e já saíram disparando elogios — quem nunca, não é?

Então, algumas horas depois, a foto misteriosamente sumiu, apenas para reaparecer dez minutos mais tarde com uma legenda muito diferente e muito mais a cara dela: "Tão bom ter um cantinho para chamar de nosso ♥. Qual seu lugar favorito no mundo?". Por que será que Yasmin mudou de ideia?

Perdeu essa tour? Não tem problema, a gente tirou print do post original antes que fosse apagado — nossa equipe sempre preparadíssima! — e inseriu a postagem atual para você poder conferir tintim por tintim!

← **Dália**

[HOJE]

Dália
https://namira.com.br/musica/yasmin-esta-bem-cantora-apaga-foto-no-instagram-e-reposta-com-outra-legenda/ 16h04

o que rolou? 16h04

> **Yasmin**
> "Sugestão de alteração" da assessoria de imprensa 😒 17h36

> "Para não destoar" do meu perfil. 17h36

> (Só vi agora, desculpa.) 17h36

imaginei 17h37

mas algum motivo específico pra vc ter postado aquela legenda? aconteceu alguma coisa? 17h37

> Sim e não. Sei lá, tô meio confusa. Tá com tempo? Posso te mandar um áudio? Tô no carro voltando pra casa. 17h38

manda, acabei de jantar e tô sentada no sofá sem planos de levantar tão cedo daqui 17h38

(dá oi pro Roger!) 17h38

> Ele mandou oi de volta! 17h38

05:44 17h43

vou ouvir tudo e já te respondo 17h43

tá, vamos por partes 17h50

primeiro, eu AMEI que vc tá querendo compor 17h50

acho que vai te fazer mto bem 17h51

não só como musicista, mas por ser uma coisa fora da sua zona de conforto, e a gente sabe que sair da zona de conforto não é lá muito sua praia 17h51

> Pois é, foi o que eu pensei também 17h51 ✓

depois, eu diria pra não se importar muito com o que o Jafé disse. é mais importante vc se permitir escrever... mas sei tbm que isso afeta várias coisas, e seria uma droga conseguir compor uma música que vc goste e ele vetar depois 17h53 ✓

ainda assim, diria pra vc arriscar e escrever o que quer 17h53 ✓

o que ele vai achar é uma incógnita de qualquer jeito, então whatever 17h53 ✓

"e se" por "e se", vai que ele morre engasgado amanhã, sei lá, e deixa de ser um problema? 17h54 ✓

> DÁLIA HAHAHAHAHA 17h54 ✓

mas assim, falando sério, não sei mto bem o que te dizer sobre a outra parte 17h54 ✓

sobre essa crise de identidade e tal 17h55 ✓

porque não me parece bobeira, uma coisa que vai passar 17h55 ✓

> Obrigada? 17h55 ✓

não, não tô falando pra te desanimar 17h56 ✓

e sim que é algo pra vc realmente considerar 17h56 ✓

pq são perguntas importantes, Yas 17h56 ✓

tipo, é normal a gente mudar e tal, mas no seu caso é mais do que isso 17h57 ✓

o seu senso de identidade tá mto ligado ao seu trabalho e seu trabalho tá muito ligado aos seus desejos e ao jeito que vc vive 17h58 ✓

> Não é assim com todo mundo? 17h58 ✓

quer dizer, acho que pra todo mundo é meio assim, mas pra vc tudo tem um impacto de outro jeito. tipo o fato desse senso de identidade ser muito público e consequentemente afetar demais como as pessoas te leem mexe em algo mais amplo do que pra mim, por exemplo, que ninguém nunca ouviu falar   18h00 ✓

> Yasmin: Não é assim com todo mundo?

isso, eu tava digitando kkkk   18h00 ✓

Desculpa, tô impaciente rsrs   18h00 ✓

mas o que eu quero dizer é que, se de repente eu resolver mudar de profissão, entender que não sou lésbica e sim bi (deus me livre sair com homem), sei lá, mudar algo que mexe na noção que eu tenho de quem eu sou, eu que lide na minha terapia, sabe? não vai afetar de fato a vida de ninguém   18h03 ✓

mas vc passar por algo assim é diferente   18h03 ✓

mesmo que isso não vá mudar de fato a vida de alguém. e vc não tem que se importar com o que as pessoas vão pensar (mesmo que isso seja quase impossível, pq te conheço e sei que vc se importa)   18h04 ✓

mas, mesmo sem mudar a vida de ngm, as pessoas vão comentar, vão se envolver, vão palpitar, vão julgar...   18h04 ✓

e É mta pressão lidar com a opinião pública e É mta pressão saber que isso pode afetar diretamente sua carreira (e vc não sabe se pro bem ou pro mal)   18h05 ✓

Lidar com a opinião do público não é tanto um problema, acho, porque eu faço isso desde pequena, né... Não tem muita novidade aqui   18h06 ✓

mas arrisco dizer que o que mais pega pra vc é o fato de que td isso significa uma mudança enorme... é vc "abandonar" td o que conhece, td que é seguro pra vc   18h06 ✓

E a parte da carreira me preocupa um pouco, mas não muito. Quer dizer, não sei. Por um lado, eu fico empolgada com a perspectiva de tentar algo novo, sabe? Não tô feliz em como as coisas estão e, sendo sincera, acho que isso já tem um tempo, é que só tô admitindo agora 18h07

Profissionalmente falando, não seria tanto uma questão se meu pai não tivesse perdido a Ágrah. A segurança financeira que eu tinha me permitia arriscar sem problema algum, porque eu não precisaria fazer aquilo por dinheiro 18h08

Só que agora as coisas não são assim. Eu sei que continuo tendo um puta padrão de vida, mas a gente não recuperou o que tinha... meu pai depende de mim... 18h09

mas o contrato da Angel foi bom, não foi? 18h09

O que me pega mais mesmo é ter perdido o senso de quem eu sou, sabe? 18h09

Dália: mas arrisco dizer que o que mais pega pra você é o fato de que tudo isso significa uma mudança...

É isso. 18h10

Dália: mas o contrato da Angel foi bom, não foi?

Foi, pelo menos isso. Foi um alívio quando a gente fechou, porque eu sabia que podia mais ou menos restabelecer as coisas 18h10

e vc acha que o contrato tbm pode ser afetado? 18h11

Isso que eu não sei... E que também tá me preocupando. 18h11

Porque me diz: como eu posso trabalhar sendo a cara da marca se eu não sou mais a cara da marca? 18h12

em outras condições eu diria "mas eles precisam saber disso?", mas td aqui envolve exatamente isso, vc poder mostrar quem é etc. etc.... 18h12

> Só que eu também não posso ficar sem eles. Afetaria não só eu, mas meu pai também 18h13 ✓✓

e quando o contrato acabar? 18h13 ✓✓

> Pensei isso também, e tentei propor pro meu pai sobre tentar algo novo na minha carreira depois do fim do contrato 18h13 ✓✓

> Mas a vigência é de cinco anos 18h14 ✓✓

=/ 18h14 ✓✓

que bosta de situação, Yas 18h14 ✓✓

nessas horas eu sinto uma puta saudade de estar no Brasil, de ter nossas noites de plebeia comendo chocolate e vendo comédias românticas 18h14 ✓✓

> Eu também 💔 18h15 ✓✓

NOVO EPISÓDIO DE PODCAST

YASMIN — POPCAST #3

Popcast
30 de ago. · 58 min 19 s

Priscila Andrade e Kika Stéfano: *OIÊ!!*

Priscila Andrade: *Eu sou a Priscila Andrade*

Kika Stéfano: *E eu sou a Kika Stéfano*

Priscila Andrade e Kika Stéfano: *E ESTE É O POPCAST!*

Priscila Andrade: *Seu podcast de música pop favorito!*

Kika Stéfano: *Nosso episódio de hoje é muito especial, né, Pri? Porque é o primeiro com uma convidada. E não é qualquer pessoa, viu, gente?*

Priscila Andrade: *Pois é, mas antes de a gente revelar quem é, vou lembrar que, se você perdeu os últimos episódios, é só entrar na nossa página aqui do Espot pra ouvir os anteriores. Nos dois primeiros desta temporada de estreia, eu e a Kika conversamos sobre nossas influências, artistas favoritos e a evolução da música pop nas últimas décadas, mas a gente estava MUITO ansiosa pra começar esse quadro de entrevistas.*

Kika Stéfano: *Não só isso, a gente estava muito ansiosa pra falar com essa convidada em particular. Vocês não vão conseguir ver isso, óbvio, mas eu tô aqui me tremendo inteira.*

Yasmin: (risada)

Priscila Andrade: *Ela tem 23 anos, quase vinte de carreira e é referência não só pra nossa geração, mas pro pop brasileiro.*

Kika Stéfano: *São doze álbuns lançados, recordes de streamings, prêmios acumulados... A mulher é uma máquina! Com vocês...*

Priscila Andrade e Kika Stéfano: *YASMIN!*

Yasmin: *E aí, pessoal? Muito obrigada pelo convite, Pri e Kika, é um prazer estar aqui!*

Kika Stéfano: *Não, o prazer é nosso! Você tem noção que eu cresci te ouvindo? E agora eu tô aqui te entrevistando? É surreal!*

Yasmin: (Rindo.) *Imagina! Acha que eu não acompanho vocês e também não surtei quando recebi o convite? Sério, Kika, Dez dias com você foi minha comédia romântica favorita dos últimos tempos, e sua temporada de Academia é minha favorita até hoje, Pri!*

Priscila Andrade: *Ahhh, mas é uma fofa mesmo. Inclusive, sua música era a trilha sonora romântica do meu casal, lembra?*

Yasmin: *Claro que lembro, eu fiquei toda feliz quando meu pai me contou que a gente conseguiu! Foi a primeira vez que uma música minha foi trilha sonora de alguma coisa, e foi muito especial porque eu amava Academia. Mesmo não conseguindo assistir certinho no horário todos os dias...*

Kika Stéfano: *É difícil a agenda de uma pop star, né, gente.*

Yasmin: *Exatamente, era pela agenda mesmo, mas eu sempre dava um jeito de ver depois. E só pra constar, Pri, sua temporada foi a minha favorita não por causa da música, tá, mas pela história mesmo.*

Priscila Andrade: *Pronto, ganhei o dia, zerei a vida, posso me aposentar. Mas, assim, embora eu ame falar de mim, a gente não tá aqui pra isso, então, voltemos o foco pra você! Eu vou aproveitar um gancho seu pra te perguntar: como foi essa vida de pop star criança e adolescente? Porque, assim, eu e a Kika temos noção de como é a vida adulta de uma artista, mas a gente não era famosa quando era novinha, como você. Academia foi meu primeiro trabalho grande da vida na televisão e eu já tinha mais de 20 anos...*

Kika Stéfano: *Fazendo papel de 17.*

Priscila Andrade: *Fazendo papel de 17, mas aí são outros quinhentos.*

Yasmin: *Ah, era diferente da vida dos meus colegas de escola. Sei que cada pessoa tem uma vida, mas o que quero dizer é que eles em geral tinham aquela rotina de colégio, cursos extracurriculares, MSN, coisas que não eram minha realidade.*

Kika Stéfano: *E você ficava triste por isso?*

Yasmin: *Não ficava, não, até porque as coisas sempre foram assim. Eu fiquei conhecida muito novinha, então mal lembro como era antes.*

Não existiu um momento antes e depois da fama, que mudou o jeito que eu vivia. Minha realidade era aquela. Eu sentia falta, claro, de estar mais por dentro das coisas. Sempre tinha os grupinhos na sala, assuntos que rolavam entre a galera, e eu acabava ficando meio de fora, porque não conseguia acompanhar. Era sim um pouco solitário e, às vezes, isso me chateava.

Priscila Andrade: *Eu imagino. Ainda mais nessa idade, que é um cu.*

Yasmin e Kika Stéfano: (Gargalhando de fundo.)

Priscila Andrade: *Ai, desculpa, escapou! Mas não é assim? É tudo muito intenso, tudo parece vida ou morte, e a gente precisa ter um senso tão grande de pertencimento. Quer dizer, acho que todo mundo, de alguma forma, precisa se sentir pertencente a alguma coisa ao longo da vida, mas na adolescência parece que a necessidade é ainda maior. Até isso das panelinhas da escola tem a ver com isso, porque é uma forma da gente se identificar com um grupo.*

Yasmin: *É, então! Mas, na maior parte do tempo, minha vida também era tão legal, eu tinha a oportunidade de fazer tanta coisa diferente e de que eu gostava, que compensava a outra parte.*

Kika Stéfano: *Você tem algum amigo daquela época, o famigerado "do terceirão pra vida"?*

Yasmin: *Tenho uma, a Dália. É a minha amiga mais antiga, e acho que a única amiga amiga que eu tive na escola. O pai dela é diplomata e ela se mudou algumas vezes de país antes de entrar na minha sala.*

Kika Stéfano: *Ahh, então ela entendia como é ter uma vida, digamos assim, com uma rotina mais instável, né.*

Yasmin: *Isso! E acho que eu nunca vi alguém mais capaz de se adaptar a qualquer tipo de situação quanto a Dália, então ela não se importava em eu ter pouco tempo livre ou não conseguir fazer as coisas normais de adolescente, porque a gente conseguia fazer a amizade funcionar. Minha maior dificuldade com meus outros colegas era realmente conseguir criar o vínculo, porque não dava pra manter a constância, a presença, a atenção, sabe? E com a Dália deu certo.*

Priscila Andrade: *Mas ela continuou estudando com você por muito tempo? Ou ela mudou de país de novo?*

Yasmin: *É que os pais dela se separaram, então ela ficou morando com a mãe e só viajava pra visitar o pai de vez em quando. Aí deu pra gente crescer juntas, ou tão juntas quanto possível. Hoje em dia ela é advogada e mora na Inglaterra, foi pra lá pra se especializar em direito digital, mas a gente mantém contato. Ela tem até um alerta no Google com meu nome, acreditam?*

Priscila Andrade: *Quem tem amigo tem tudo! Você acha que teve alguma influência nessa escolha profissional dela, considerando que seu nome tá sempre rodando o mundo virtual? Uma forma de ela tentar te proteger, talvez?*

Yasmin: *Não, não tive nada a ver! Ela sempre foi nerd de computador, sabe? Quando a gente era mais nova, ela adorava mexer com códigos de blogs, criar templates, essas coisas e...*

Priscila Andrade: *Desculpa te cortar, só preciso dizer que eu tinha um blog também e a-ma-va ficar mudando as cores dele, mexer nas fontes...*

Yasmin: *O auge eram os gifs e os efeitos, tipo aqueles brilhinhos caindo na tela, né?*

Priscila Andrade: *Isso! Mas desculpa, pode continuar!*

Yasmin: *Ah, não, era só isso mesmo. Ela sempre gostou dessas coisas, até ficou em dúvida sobre prestar Direito ou TI, mas acho que, no fim, encontrou o melhor dos dois mundos.*

Kika Stéfano: *Adorei tudo isso! Mas, voltando um pouquinho, você acha que essa dificuldade de ter outros amigos na sua infância tinha a ver, também, com o fato de você meio que intimidar as pessoas? De os alunos ali terem receio de se aproximar? Porque eu senti muito isso depois de ficar conhecida, que as pessoas que não são famosas param de tratar a gente normalmente.*

Priscila Andrade: *Meio que param de tratar a gente como gente, né? Tem sempre um deslumbramento, um endeusamento. Às vezes tenho vontade de dizer: "Galera, vocês sabem que eu também cago? E que não cheira a rosas?".*

Yasmin e Kika Stéfano: (Gargalhando.)

Priscila Andrade: *Tá, eu prometo que vou me comportar, senão a Yasmin não volta mais aqui.*

Yasmin: *Até parece, Pri, você não imagina como eu estava precisando rir assim! Com certeza tinha isso, Kika. Acho que as pessoas costumam enxergar só a celebridade e não a pessoa que vem antes disso. Na escola, eu percebia que os alunos ou tinham vergonha de falar comigo, ficavam intimidados mesmo, ou então meio que decidiam por mim que eu não estava interessada em ser amiga deles.*

Priscila Andrade: *Uma síndrome do impostor desde criança, um "nunca que ela vai me notar"!*

Yasmin: *Por aí! Às vezes eu me sentia mais ou menos como... Como eu posso explicar? Tipo aquela louça bonita que a gente tem em casa e que fica juntando poeira? Ela está ali disponível sempre, não tem nada impedindo o uso, mas nem vira uma possibilidade usar porque a gente aceitou que só vai usar o copo de requeijão. Não que meus colegas fossem copos de requeijão, pelo amor de Deus!*

Priscila Andrade e Kika Stéfano: (Gargalhando.)

Kika Stéfano: *Adorei a metáfora!*

Priscila Andrade: *E eu ouvi você falando uma vez numa entrevista que era super CDF na escola, muito boa aluna. Você gostava de ir pras aulas ou era muito inteligente mesmo?*

Yasmin: *Ah, eu gostava das aulas, sim. Sempre gostei de aprender coisas novas e era também bastante dedicada, então ir bem era consequência.*

Priscila Andrade: *De fato uma filha ideal, como a mídia resolveu te chamar.*

Yasmin: (Risada contida.)

Kika Stéfano: *Aliás, como é pra você ser rotulada desse jeito? A gente cresceu tendo você como um modelo a se seguir, a mídia sempre foi só elogios... Você não teve uma fase adolescente rebelde?*

Yasmin: (Hesita.) *Bom, acho que ser rotulada de alguma coisa é parte do pacote, todo mundo é retratado e visto de algum jeito na mídia. Eu nunca me vi como modelo de nada nem tentei ser isso. Acho que só* é meu jeito de ser e também minha criação. Capaz que minha maior rebeldia tenha sido virar vegetariana por um tempo.

Kika Stéfano: *Jura? Eu também sou, que legal! Quando foi isso?*

Yasmin: *Faz alguns anos, eu devia ter uns 17, 18... Vi uma reportagem sobre o abate de animais e me senti péssima, não quis mais comer carne a partir daquele dia.*

Priscila Andrade: *Pelo que você falou, foi só uma fase, né? Ou você ainda é vegetariana?*

Yasmin: *Foi só uma fase mesmo. Meu pai ficou preocupado com minha dieta, me mandava vários artigos sobre consumo de proteínas, marcou consulta com nutrólogos... Ele sempre foi muito habituado a comer carne, então o pessoal da cozinha lá de casa também não sabia muito bem como preparar refeições sem carne. Lembro que uma vez perguntei se podiam fazer um prato vegetariano e me olharam com aquela cara de incredulidade, sabe, e falaram: "Mas a senhorita vai comer o que, então?". (Risadas.) Depois de um tempo, acabei desistindo, era mais fácil seguir como estava.*

Priscila Andrade: *Bom, tudo isso reforça também o que a gente estava falando do rótulo que te deram de "filha ideal": a maior demonstração de rebeldia da pessoa foi ser vegetariana por um tempo.*

Kika Stéfano: *E que não durou muito, porque ela ouviu o pedido do pai, preocupado com ela.*

Priscila Andrade: *Aliás, seu pai é muito rígido? Deve ser puxado que seu empresário seja também seu pai.*

Yasmin: *(Pigarreia.) Meu pai sempre buscou o melhor pra mim. Ele me educou a ser disciplinada porque era o único jeito de dar conta das coisas e porque sabia que eu podia me deslumbrar com esse mundo de fama. Quer dizer, se até as pessoas adultas, com a maturidade emocional desenvolvida, às vezes se perdem quando ficam famosas, pra uma criança em formação pode ser bem complicado. E meu pai também sempre se preocupou com a questão da exposição, então basicamente me dizia pra não dar motivo pra terem o que falar de mim, que o foco deveria ser a música.*

Kika Stéfano: *Ele estava certíssimo em te orientar e em cuidar de você, porque é um mundo muito injusto nesse sentido. Quer dizer, não era você quem deveria ou não dar motivo para ser comentada; você e todas nós deveríamos ter nossa privacidade respeitada. Estar sob os holofotes não é sinônimo de que tudo na nossa vida é público. Deveriam respeitar os limites entre o profissional e o pessoal.*

Priscila Andrade: *É, mas isso só na teoria mesmo, e ficou ainda pior com as redes sociais. Mas, assim, Yasmin, acho que o que a Kika tinha também perguntado sobre seu jeito de ser é se você sempre se identificou com esse retrato que fazem de você ou se, no fundo, você se vê de outra forma.*

Yasmin: *Ah... Bom. Acho que eu sempre... Quer dizer. Não acho que ninguém seja cem por cento uma coisa ou outra.*

Kika Stéfano: *Então existe um lado da Yasmin que não é esse lado certinho?* (Risada.)

Yasmin: (Risada nervosa.) *Olha, se eu contar, perde a graça!*

Priscila Andrade: *Não, e agora também você nem pode! Só existe um lado da Yasmin e ele é todo angelical, se é que vocês me entendem. Oi, marcas, mandem publis!*

Kika Stéfano: *Ah, é verdade, tem mais essa! Aliás, parabéns pelo contrato, não é pra qualquer um.*

Yasmin: *Poxa, obrigada!*

Priscila Andrade: *Não é pra qualquer uma mesmo, eu nunca que receberia um convite desses.* (Risada.)

Yasmin: *Ai, até parece, Pri!*

Priscila Andrade: *Não, é verdade, e não tô falando pra me diminuir, não! É que eu não tenho nada a ver com a marca, né? Eles têm um tipo de mulher bem definido como público-alvo, e eu não me enquadro nele.*

Yasmin: *Mas eu amo o jeito que você se veste, sempre te achei extremamente elegante, cheia de personalidade.*

Kika Stéfano: *Eu também falo isso pra ela, Yasmin! Minhas inspirações de looks vêm de pastas no Pinterest e fotos da Pri.*

Priscila Andrade: *Olha, já falei que adoro falar de mim e, desse jeito, vou sair daqui com o ego ainda mais cheio. Mas o ponto não é bem o jeito de se vestir, né, gente? Tem muito mais a ver com o jeito de ser. Imagina, desbocada desse jeito, se me chamariam pra ser a cara deles? Mas nunca! Preciso de umas aulas com você, Yasmin, pra aprender a ser mais fina.*

Yasmin: (Risada nervosa.)

Kika Stéfano: *Ou a gente pode concordar que tanto o estilo Yasmin de ser como o estilo Pri de ser são válidos, né, não?*

Yasmin: (Batendo palmas.) *Pronto, é isso!*

Priscila Andrade: *Arrasou, Kika!*

Kika Stéfano: *E dando uma guinada aqui na conversa, vamos ao que interessa! Quando é que vem música nova, Yasmin? Podemos esperar um álbum icônico tipo 15 pras duas décadas de carreira no próximo ano?*

Yasmin: *Ainda não posso dar muitas informações, mas estamos pensando em algo especial pra essa data.*

Priscila Andrade: *Senti cheiro de novidade, hein, Kika? Você não?*

Kika Stéfano: *Nossa, senti muito o cheiro! Já tô aqui abrindo o Espot pra dar meu stream. E não sei se você pode falar, Yasmin, mas a ideia é ser um tributo às suas músicas ou estamos falando de novidades?*

Priscila Andrade: *Também quero saber! Porque é aquilo, você tem uma carreira muito extensa, mas que aconteceu durante sua infância e adolescência. Agora você é uma mulher adulta. Jovem adulta, mas adulta. Não necessariamente o que fazia sentido antes ainda faz sentido agora, não? Ou tô falando abobrinha?*

Yasmin: *Pra ser sincera, tenho pensado muito nisso. Acho que estou em um momento mesmo de entender algumas coisas, de me entender, e não vejo como isso não impactaria o que eu faço. Ou como faço, sabe? De qualquer forma, ainda é cedo pra contar mais.*

Priscila Andrade: *É cedo pra falar mais, mas, infelizmente, já é hora de encerrar nosso papo.*

Kika Stéfano: *Ahhhh! Não acredito como passou rápido.*

Priscila Andrade: *Nem eu. Podia tranquilamente ficar horas aqui falando com vocês.*

Yasmin: *Eu também! Eu amei o convite, meninas, obrigada mais uma vez.*

Kika Stéfano: *Obrigada você, Yasmin! E obrigada a todo mundo que tá ouvindo a gente. Até a próxima semana!*

Priscila Andrade: *Não se esqueçam de seguir o* Popcast, *hein? Um beijão!*

← HISTÓRICO DE PESQUISA

Hoje — sexta-feira, 30 de agosto de 2019

🕐 14:04   angel marca   ↖

🕐 14:04   angel marca valores   ↖

🕐 14:06   angel marca conservadora   ↖

🕐 14:19   conservadorismo o que é   ↖

🕐 14:32   conservadorismo brasil   ↖

🕐 14:42   progressismo o que é   ↖

🕐 14:56   polarização brasil   ↖

30 de agosto de 2019

Acho que fiz merda.

E se cometi um erro assinando o contrato com a Angel?

Eu tinha achado as cláusulas meio absurdas? Tinha, mas não é como se, em algum momento na minha vida, eu tivesse me portado de forma muito diferente de como teria que me portar a partir da assinatura dele. E, sendo sincera, estava tão desesperada pelas oportunidades que o contrato traria que não pensei a fundo nas consequências.

Mas as últimas semanas acenderam uma luz na minha cabeça, que ficou ainda mais forte depois do papo com a Kika e a Pri. A coisa vai além de mim. Eu não estaria compactuando com o que eles defendem, ajudando a reforçar estereótipos? Não estaria, de alguma forma, ajudando a categorizar mulheres?

Quer dizer, a Angel não se pronuncia sobre isso, só reitera sem parar o estilo "elegante e discreto" das peças... Mas me parece haver nas entrelinhas algo que eu ainda não tinha captado. E não tinha captado porque, enquanto eu me identificava com o estilo — e com a personalidade atrelada a ele —, era "recompensada" por isso.

Revirei o site e as redes sociais da marca e não encontrei em lugar algum a palavra que não consigo mais deixar de associar a eles, porque, embora não esteja expressa de modo explícito, está estampada a qualquer bom entendedor: "conservadora".

Inclusive, a marca existe há anos, mas só agora, em 2019, resolveu expandir negócios no Brasil.

Sendo sincera, não entendo muito de questões políticas, mas é impossível existir nos dias de hoje sem ouvir termos como "polarização", "conservadorismo", "progressista", e várias pecinhas diferentes desses debates todos parecem ter começado a se juntar na minha cabeça.

Não acho que a Angel vá levantar abertamente qualquer bandeira — ainda que, ao que tudo indica, no momento a onda conservadora seja a predominante no Brasil —, porque corre o risco de ser cancelada. E "cancelamento" implica em prejuízo.

Tanto que, apesar de tudo aquilo que a marca evoca, percebi que tem cada vez mais incorporado termos como "empoderamento" nas campanhas, alinhado à sugestão de que vestir Angel é investir em autoestima, ou mesmo procurado por modelos com diferentes corpos, escolhas que me soam um tanto estratégicas... E, arrisco dizer, desalinhadas com a marca. Sabe quando uma pessoa mais velha tenta usar uma gíria jovem e sai muito do contexto? Sabe como parece errado? Foi assim que me soou, e me fez pensar que não se trata de uma mudança de consciência, mas sim de "pegar bem" com um público que não é bem o deles — e tentar vender também para esse público.

E essa é a questão.

Se eu discordo da Angel, mas continuo a ser a embaixadora deles, não é também uma forma de me vender?

Por outro lado, supondo que existisse a possibilidade de quebrar o contrato — o que eu não acho que exista —, isso não afetaria só a minha vida, mas também a de papai. E eu não posso fazer isso com ele.

Como, de repente, aquilo que achei que seria a melhor oportunidade de todas se transformou em uma prisão?

1º de setembro de 2019

Acordei com o peito apertado. Tive um sonho estranho, mas tão vívido que fiquei imediatamente decepcionada quando despertei e percebi que não era real.

No sonho, eu dirigia pela cidade com todas as janelas do carro abertas. Ventava quase como se eu estivesse em um conversível, mas o que mais chamava minha atenção eram os sons. O carro que uso é blindado e abafa os ruídos das ruas.

No meu sonho, não. O barulho invadia o veículo e esvaziava o vazio formado pelo silêncio. Envolvida pela cacofonia do vento, das buzinas, freios e conversas, eu participava daquilo. E gostava.

Aqueles sons me contavam uma história de liberdade.

No sonho, eu não existia encapsulada, era uma célula do mundo e estava despida de qualquer obrigação ou rótulo. Não havia contratos me forçando a me portar como uma coisa ou outra. Eu não era a Yasmin nem a "filha ideal" nem cantora ou famosa.

Eu só era.

Será que isso faz sentido? Existir sem predefinições?

Quer dizer, acho que todo mundo tem algo com que se define, mas, de repente, meus contornos se transformaram em barreiras. O que todo mundo vê é meu exoesqueleto, tão calcado na minha pele que se tornou impossível, até para mim, enxergar o que ele guarda. Eu não sou minha armadura e estou exausta de como ela me faz sentir à parte.

Daria tudo para me sentir como no sonho. Daria tudo para ser mais uma pessoa na multidão.

Uma vez, a Dália me contou que preferia morar em grandes metrópoles porque isso dava a ela certo anonimato; que, em cidades pequenas, todo mundo conhece todo mundo e essa ideia a fazia se sentir pressionada. Nunca me esqueci disso porque, no meu caso, qualquer metrópole é um vilarejo.

Tenho noção de que levo uma vida com a qual a maioria das pessoas sonha e jamais vai chegar perto de ter, que a fama também me proporciona muitos luxos... No carro blindado, fico tranquila sabendo que estou protegida. Tenho a comodidade de ser levada sem me preocupar com qualquer possível intercorrência no percurso. Gosto da calmaria que a acústica dele me proporciona — ainda mais depois de sair de shows ou de ter um dia agitado, o silêncio é um bálsamo.

Mas eu não tinha percebido o quanto essa blindagem também cria um muro entre mim e o mundo. Porque, quando desço do carro, sigo em isolamento. Era assim na infância, continua assim hoje. Não consigo estar integrada ao resto. Nunca consegui. Talvez falar sobre isso no *PopCast* tenha mexido mais comigo do que percebi na hora.

Por mais que eu adore o carinho dos fãs e a notoriedade que a fama me proporciona, quando as pessoas falam comigo com o tom de voz dez oitavas acima do normal, eu não me sinto como eu mesma. É como se me transformassem em outra coisa que não alguém de carne e osso como elas.

Pouquíssimas vezes conheci quem me tratasse como um ser humano, não como uma celebridade.

Dália é uma dessas pessoas. Ela nunca se importou com meu status ou com minha rotina incomum. Nunca vi alguém mais capaz de se adaptar a qualquer tipo de situação quanto ela. E nunca vi alguém mais capaz de enxergar os outros. Dália sempre me viu antes de ver a Yasmin.

Mas Dália está do outro lado do oceano, e eu sinto a falta física dela todos os dias, assim como sinto falta da pessoa que estar com ela sempre me fez sentir que sou.

Queria voltar àquele carro do sonho. Queria um vislumbre de como é uma vida diferente da que conheço.

Queria experimentar como é ser anônima, nem que fosse só por um dia.

← Roger

HOJE

Yasmin
Preciso da sua ajuda pra uma coisa... 16h58 ✓✓

Roger
Tá tudo bem? Onde você tá? 16h58 ✓✓

Não agora. Desculpa, é domingo e eu não quero atrapalhar sua folga. 16h58 ✓✓

Antes, você sabe me dizer quando o metrô é mais vazio? 16h59 ✓✓

No meio da manhã ou mais pro fim da noite. Pq? 16h59 ✓✓

Tá... 17h01 ✓✓

Vou te pedir pra fazer uma coisa, mas ninguém, principalmente meu pai, pode saber. 17h01 ✓✓

Preciso que você me deixe numa estação de metrô e me busque depois. 17h09 ✓✓

De jeito nenhum. 17h09 ✓✓

Por favor, Rog! Óbvio que tô pensando num jeito de as pessoas não me reconhecerem. Eu não quero fazer nada, só quero andar de metrô. 17h10 ✓✓

De onde isso veio, Yas? 17h10 ✓✓

Pode ser perigoso. Pode deixar você em risco. Pode colocar meu emprego em risco. 17h10 ✓✓

As pessoas em geral fariam de tudo pra não precisar usar transporte público. Por que você, que não precisa, quer? 17h11 ✓✓

Por isso, porque é uma coisa normal na vida de todo mundo! E se todo mundo sempre pega metrô, não deve ser tão perigoso assim. 17h12 ✓✓

Óbvio que eu não quero colocar seu emprego em risco, mas não acho que isso vá acontecer. 17h12

> **Yasmin:** Por isso, porque é uma coisa normal na vida de todo mundo...

Você não é todo mundo. 17h13

E você não é meu pai. 17h13

Mas sou pago pra cuidar de você. 17h14

Em teoria, você é pago pra ser meu assistente e motorista... E um motorista deve levar alguém pros lugares. Só tô pedindo pra você me levar em um lugar. 17h14

Ótimo argumento. 17h15

Quer dizer que você topa? 17h15

Não. 17h15

← **Dália**

HOJE

Yasmin
<Imagem> 18h03 ✓

Dália
pq vc tá vestida de celebridade
fingindo que não é celebridade? 18h03 ✓

Ainda tô parecendo eu? Tá chamando muita atenção? 18h04 ✓

o boné e os óculos de rica GRITAM por atenção. 18h04 ✓

Óculos de rica? 18h05 ✓

não só os óculos, né, amiga 18h05 ✓

vc pode estar de calça jeans, camiseta
e tênis, mas td é de grife 18h05 ✓

O que eu posso fazer pra ficar com menos cara de rica? 18h06 ✓

nascer de novo? 18h06 ✓

Tô falando sério, Dá! 18h06 ✓

eu tbm 18h06 ✓

não são só as roupas, Yas 18h07 ✓

seu jeito de andar, sua postura...
td em você grita "dinheiro" 18h05 ✓

Como se você fosse pobre... 18h07 ✓

Mas eu não sou famosa, e eu convivo muito mais
do que você com gente que tem menos grana 18h07 ✓

(e ricos são meus pais, é diferente) 18h08 ✓

mas pq tudo isso? 18h08 ✓

Se eu contar, promete que não me julga? 18h09 ✓

9 de setembro de 2019

Tem coisas de que a gente não acredita que seria capaz até fazer.

Eu soube, no instante em que tive a ideia, que, dessa vez, não era o meu caso.

Falando assim, até parece que fui uma grande transgressora, quando tudo que fiz hoje foi dar um passeio de metrô. Só que, para esse passeio acontecer, precisei mentir para meu pai, convencer o Roger a fazer o mesmo e enfrentar uma semana de planejamento para nada dar errado. Desde quando uma saída simples dessas deveria exigir tanta coisa?

E, sinceramente, a história toda não teve a ver com transgredir nada. Não foi um caso de "quero mentir", e sim de fazer algo que era importante para mim e com que meu pai jamais concordaria. Entendo que ele se preocupe, mas ajudaria se também não fosse tão intransigente.

O único momento em que fiquei inclinada a desistir foi quando contei para o Roger, porque eu não queria de jeito nenhum prejudicá-lo e, por mais cuidado que tomasse, não tinha garantias de que não seria descoberta. Mas quanto mais eu pensava no assunto e falava com ele, mais claro ficava para nós dois que era possível. E logo vi que Roger foi amolecendo aos poucos, não sei, mas era quase como se estivesse gostando da ideia também. No fim, ele concordou quando aceitei ficar o tempo inteiro com o GPS ativado, porque, segundo ele, ficaria mais tranquilo podendo monitorar minha localização, mesmo que o sinal se perdesse durante a viagem.

Depois, eu entendi. "Pegar metrô" é um pouco mais complicado do que apenas passar pela catraca e entrar no vagão. A estação era muito maior do que eu imaginava, com placas indicando as diferentes saídas, escadas levando a plataformas de linhas e sentidos diferentes... Não contei para ele, mas fiquei um pouco assustada quando entrei — e quase fui para o lado errado.

A Dália também estava certa, eu fiz bem em comprar as roupas e os acessórios em sites de lojas de departamento populares. Assim que vesti as peças quando elas chegaram, entendi o que ela quis dizer quando falou das minhas roupas de rica. Não era bem um problema com a qualidade, mas tudo o que eu tinha comprado era diferente do meu guarda-roupa habitual — principalmente a peruca loira que usei, que talvez possa ser útil de alguma forma em algum clipe ou sessão de fotos no futuro.

Mas acho que mereço o crédito pelo toque final. As muitas técnicas que fui aprendendo com os maquiadores que trabalharam comigo ao longo da vida, além dos tutoriais de maquiagem que encontrei online com dicas de como mudar meus traços sem pesar a mão, foram ótimos! Não foi muito fácil, mas consegui.

Meu coração chegou a disparar quando me olhei no espelho e vi uma mulher loira, jovem e desconhecida, que poderia muito bem estar voltando da faculdade. Fiquei tão empolgada que nem me incomodei com a costura da calça me pinicando ou com o tecido quente da camiseta. Será que era só na aparência que ela diferia de mim? Qual seria a história dela, ou seu jeito e preferências? Aquele reflexo era também um vislumbre de tudo que aquela pessoa poderia ser.

Dormi pouco de ontem para hoje, mas não acordei com sono. Levantei antes de o celular despertar, como costuma acontecer sempre que fico muito animada. Acho que tinha a ver menos com o passeio em si e mais com a expectativa de experimentar algo novo.

Não sei como soei quando avisei meu pai que faria um dia de spa, mas estava morrendo de medo de minha voz tremer. Fui mesmo para o spa depois, e, como é algo que faço com certa frequência, meu pai não estranhou.

Eu com certeza não teria conseguido sem o Roger. Adoraria manter tudo em completo sigilo, assim como também adoraria ter permissão para sair sozinha de carro e não precisar do meu melhor amigo agindo como babá, como se eu ainda fosse uma adolescente. Sem falar que, cada vez que sai algo na mídia sobre minha falta de independência, quase morro de vergonha. Não sei o que é pior, parecer ser mimada ou incompetente.

Roger diria que eu não devo me importar com o que pensam ou falam de mim, e sei que ele tem razão. Às vezes, me pergunto se ele imaginava que se transformaria em muito mais do que assistente e motorista quando meu pai o contratou.

Engraçado, o Roger não era muito mais velho do que eu sou hoje quando aceitou o emprego, mas, no alto dos meus 14 anos, me parecia a imagem do adulto maduro e responsável. Não que não fosse, mas, agora, acho que o tanto que ele me impressionou e o quanto sempre fez de tudo para me deixar segura e à vontade ocultavam as inseguranças que ele talvez tivesse. Eu pelo menos estou longe de me sentir a adulta madura e responsável que, quando era mais nova, supunha ser quem tinha 20 e poucos anos.

É engraçado também perceber que, apesar dos dez anos de diferença entre nós, nos demos muito bem desde o começo. Ele era divertido, sabia me ouvir e passou a ser uma das pessoas com quem eu mais convivia, então, é claro que eu me aproximaria dele. Rog escutava com atenção Dália e eu contarmos empolgadas qualquer fofoca que estivesse rolando na escola e nunca tratou nenhum dos nossos assuntos com menor importância só porque, talvez, não fossem do interesse dele.

Lembro quando cheguei a achar que o Roger era legal comigo por pena, por perceber que, no fundo, eu era solitária. Mas não era o caso. Pensando agora, minha quedinha por ele era inevitável. Como eu não teria uma se ele me dava tanta atenção? Quando conversava comigo, sua voz me contava uma história de conforto.

E, bom, cá entre nós, ele não é de se jogar fora. É bastante bonitão, inclusive, com o cabelo loiro-escuro natural, o físico de academia nada exagerado e os olhos de um castanho quase dourado, mas minha quedinha já passou há muito tempo. Aliás, nem durou muito. Acho que acabou assim que me dei conta de como me sentia.

Foi na noite daquela festa de 15 anos de uma das garotas do colégio. Flávia? Fabi? Era algo com F. Ela era mais próxima da Dália e provavelmente me convidou para ser legal. A ironia é que a Dália estava visitando o pai fora do país e não foi. Mas, se não tivesse sido assim, talvez meu curto drama de paixonite tivesse se estendido por mais tempo, porque aí a Dália estaria comigo e o Roger não teria precisado me acompanhar no aniversário, como meu pai exigiu.

Não me lembro muito da festa em si, mas lembro do crescente clima constrangedor por eu querer me divertir e me misturar entre os convidados — sem sucesso.

As bebidas alcoólicas estavam sendo monitoradas e eram proibidas para os menores de idade, mas, se existe alguém mais determinado em quebrar as regras do que um bando de adolescentes — ainda mais um bando de adolescentes ricos —, eu desconheço. O ponto é que um dos garotos conseguiu uma garrafa de vodca e começou a distribuir para quem quisesse. Eu, que não queria ficar ainda mais de fora, fui tentar me enturmar e virei o copo como se estivesse acostumada.

Ainda me lembro do gosto da bebida queimando minha garganta e o estômago, mas segurei a careta e pedi mais, estimulada pelos gritos e assobios de incentivo.

Não demorou para que eu estivesse mais torta do que a Torre de Pisa, mas felizmente o Roger me encontrou e me tirou da festa antes que outras pessoas percebessem e vazassem fotos ou vídeos meus naquele estado.

Me lembro de olhar para Roger no carro e sentir como se ele fosse a única pessoa no mundo que se importasse de verdade comigo. Lembro também das luzes desfocadas da cidade lá fora me deixando mais tonta e de como nada parecia real — e, se nada era real, então tudo era possível.

Em um impulso de coragem, eu soltei um "eu te amo" para o Roger.

As palavras saíram emboladas, mas com uma emoção mais sincera do que qualquer outra coisa que eu tivesse sentido. Vi que ele respirou fundo, preocupado em não tirar os olhos da rua. Quando paramos em um semáforo, apenas abaixou a cabeça e continuou sem dizer nada.

Foi naquele dia que descobri que o silêncio também conta uma história.

Nada como se sentir completamente humilhada para ficar sóbria rapidinho. Ou, ao menos, mais sóbria do que eu estava. Porém, antes de ele virar na via que levava ao meu condomínio, parou o carro em uma rua tranquila, desceu do banco do motorista e foi se sentar comigo no assento de trás.

Ele me disse, com muito jeito, que eu era uma menina maravilhosa e um dia seria uma mulher incrível, o que me deu um choque de realidade sobre o abismo entre meu mundo adolescente e o mundo adulto dele. E, em seguida, ele me contou que estava noivo.

Eu poderia ter ficado triste, mas não fiquei. Enquanto o Roger me entretinha contando como conheceu a noiva e o quanto a amava, algo em mim foi mudando — e não era só o efeito da bebida passando. Nunca vou saber se ele fez aquilo apenas para me distrair e me ajudar a chegar menos bêbada em casa. O que eu sei é que ali, naquele momento, começou uma amizade verdadeira. E o motivo foi além de ele ter compartilhado comigo algo pessoal.

Roger me fez sentir respeito por ele, porque, em momento algum, colocou minha fama como impeditivo para ficarmos juntos. É claro, hoje reconheço também que ele tomou a única decisão que um adulto de caráter tomaria, mas minha cabeça da época romantizava nossa diferença de idade e não entendia isso. Ele era mais velho, mas não como o Jafé, que é <u>muito</u> mais velho e me dava calafrios. Era um mais velho que, quando eu pensava em nós dois juntos, fazia com que eu me sentisse mais madura. Descolada. Validada, talvez. Eu não entendia o quanto uma relação daquelas era problemática, o quanto podia ter sido danosa para mim.

A questão é que, naquela noite, eu já estava me sentindo mal e culpava, em partes, o fato de ser famosa, já que era meu status de celebridade que impedia meus colegas de me verem como mais uma adolescente como eles. Naquele momento, eu não teria aguentado se o Roger não me considerasse como uma opção porque eu era famosa, como confessaram alguns garotos antes do Gabriel. Mesmo aqueles por quem me interessei cochichavam sobre mim, acompanhavam as notícias nas quais eu era citada e talvez até fantasiassem comigo. Mas ninguém se aproximava, ninguém me considerava como uma opção real. Eu era uma idealização, e idealizações não são tangíveis. Porém, assim como a Dália, o Roger me enxergou e, em momento algum, foi condescendente. Ele me tratou como um ser humano.

Depois de um tempo conversando, ficou sério e me fez prometer que eu sempre contaria para ele se alguém fosse maldoso comigo e que sempre pediria a ajuda dele se precisasse. Aparentemente, os meninos estavam tentando me embebedar para se divertirem não comigo, mas sim às minhas custas.

Foi a primeira vez que notei uma ferocidade por trás das suas palavras sempre tranquilas, que me fez pensar em um tigre guardando seu filhote. Eu soube que Roger me protegeria e seria leal a mim, não importasse a situação.

Fiquei mais feliz com essa oferta do que se ele tivesse me prometido o amor que eu achava que queria.

Por tudo isso, hoje, mesmo expressando ser contra o meu passeio, ainda assim o Roger me ajudou. Ele não precisava ter feito nada disso, mas me buscou conforme o combinado, me levou para o apartamento dele, onde me arrumei com ajuda da esposa dele, a Pati, depois ele pegou o próprio carro para me levar à estação mais próxima, me entregou um cartão de metrô carregado com dez viagens e repassou comigo várias vezes as instruções.

Ainda consigo ouvir a voz séria e pausada de Roger me orientando a não sair do vagão, porque os trens fazem um "bate e volta" e era só continuar sentada quando chegasse na estação final, nem, em hipótese alguma, sair da estação e caminhar sozinha pelas ruas. A tentação era grande, não vou mentir. Se eu saísse por alguns minutos... Só respirasse o ar lá de fora e voltasse...

Mas eu não queria quebrar a confiança dele, que já estava arriscando muito para me ajudar. E, ainda assim, o passeio valeu. Pelo que o Rog falou, tive a experiência completa, já que, apesar de ninguém parecer reparar na minha existência, fui xingada por aparentemente andar muito devagar e atrapalhar a passagem de quem estava com pressa, ainda que fosse um horário tranquilo e o metrô não estivesse tão cheio.

Tudo aquilo era muito novo para mim, mas acho que nunca me senti tão normal.

Era ridículo como eu estava empolgada, observando cada pessoa: as que liam em pé, mal se dando conta de qualquer coisa ao redor; as que mexiam no celular, também absortas; as que batucavam com o pé no chão e olhavam a todo momento o mostrador digital na plataforma, que indicava quanto tempo faltava até a chegada do próximo trem. E, quando as luzes no fim do túnel despontaram, eu quis absorver tudo: o som grave do motor ficando mais agudo conforme o trem se aproximava, o freio chiando para fazer aquela máquina de metal parar, o atrito contra os trilhos.

Como o Roger tinha me orientado, aguardei as pessoas desembarcarem na lateral da porta antes de entrar. Quando enfim embarquei, a primeira coisa que reparei foi no frio dentro do vagão. O ar-condicionado estava torando, e meus braços se arrepiaram pela diferença de temperatura.

É muito bobo dizer que fiquei feliz por me sentar na janela? Não que houvesse alguma paisagem a se apreciar em alta velocidade e dentro de túneis, mas gostei mesmo assim.

A viagem de ida foi tranquila. Passei os primeiros minutos atenta ao monitor à minha frente que informava notícias, passava propagandas e divulgava atrações da cidade. Em seguida, fiz o que mais queria: coloquei fones de ouvido e me perdi na playlist que montei para aquele momento.

E aí quase tive um problema, porque não ouvi o aviso de que eu deveria desembarcar na última estação. Por um motivo qualquer que não escutei, aquele trem não faria a viagem inversa. Me assustei quando vi todo mundo desembarcando e ninguém entrando de volta, mas percebi a tempo o que estava acontecendo. Então, a viagem de volta foi menos tranquila.

Estava tudo bem durante as duas primeiras estações, ainda que eu estivesse sem os fones, por precaução, o que deixava as coisas um pouco menos emocionantes, como a trilha sonora costuma deixar. Mas, na seguinte, o vagão encheu e um homem se sentou ao meu lado. Aos poucos, percebi que ele foi abrindo mais as pernas, de forma a encostar nas minhas.

Deslizei ainda mais em direção à janela, pensando ter sido sem querer, mas o filho da puta foi se aproximando cada vez mais. Meu coração ribombava, mas tive medo de mudar de lugar e ele me seguir. Também fiquei com receio de descer na estação seguinte, ele fazer o mesmo e eu acabar me perdendo, de alguma forma.

Eu estava encurralada e continuei assim por um tempo que pareceu infinito, com a perna dele esquentando a minha e aquele calor me lembrando a cada segundo o quanto estávamos próximos — e o quanto eu não queria aquilo.

Então, um rapaz se aproximou. Parecia ser da minha idade ou um pouco mais velho, e o que mais chamou minha atenção foi a forma fixa que me olhava, como se estivesse tentando dizer alguma coisa. Também notei algo de familiar nos traços dele, mas eu não sabia dizer o quê.

Ele parou em pé, segurando na barra acima da cabeça do cara do meu lado, e começou a conversar comigo como se me conhecesse, dizendo que fazia tempo que não me via, que era bom ter me encontrado e perguntando se eu estava indo também para algum lugar que eu não faço ideia de onde era. Os olhos dele estavam atentos, mas a voz era amistosa como o sorriso e havia alguma coisa de diferente que, naquele primeiro instante, meu nervosismo não me deixou identificar.

Minha primeira reação foi querer dizer que ele tinha se confundido, mas então entendi. Ele estava tentando me ajudar, e seu olhar me dizia para confiar nele. Entrei na onda e fingi que o conhecia.

Na estação seguinte, o homem ao meu lado desembarcou.

Respirei aliviada na mesma hora e agradeci o rapaz, que, depois de se certificar que eu estava bem, se virou para voltar ao lugar de onde viera. Acho que foi isso o que me fez perguntar se ele não queria se sentar comigo.

Diferente do cara de antes, ele sequer encostou em mim, mesmo não sendo esguio. Alto, tinha ombros largos, e me disse que reparou de longe que eu estava acuada e com cara de assustada.

O que significou que ele prestou atenção em mim enquanto eu achava estar invisível ao resto do mundo.

Tive medo de ser reconhecida, então não falei muita coisa. Mas tinha algo de magnético nele, e acho que eu o encarei mais do que a educação permite. O nariz era grande, mas simétrico no rosto, e tanto os olhos castanhos quanto a pele marrom me davam uma sensação quente, amistosa.

Mas não era só isso. O jeito como ele falava era peculiar, o que me fez prestar muita atenção aos sons e entonações. Não era em todas as palavras, mas, em algumas, fechava vogais de som aberto e abria outras de som fechado, e não tinha muito sucesso com os sons nasais típicos do português — o que não faz muito sentido, porque ele falava português muito bem.

Talvez por ter percebido meu silêncio, talvez porque eu demonstrasse ainda estar assustada, ele continuou falando. Não estava sendo inconveniente, tenho noção de que nada em mim emitia sinais de que eu não queria papo, já que eu estava olhando e ouvindo com tanta atenção. Acho que ele falava para me entreter. Para me acalmar. Ao menos, foi isso o que aconteceu enquanto eu o ouvia.

Fiquei tão concentrada nele que não consigo lembrar direito o que me disse, mas sei que passei aqueles minutos ouvindo sobre como ele gostava daqueles seus momentos de transição — uma palavra que lembro que usou, porque achei estranho o emprego dela —, que observar o comportamento das pessoas era um jeito de saber mais de cada uma. Então, apontou para um garoto em pé, de fones, que fazia movimentos quase imperceptíveis — e que ele devia ser do tipo movido a música. Mostrou uma mulher, de cabeça encostada na janela e olhar perdido, e cogitou se ela estava cansada ou de coração partido. Indicou uma senhora que não parava de digitar no celular — e comentou que ela devia ser muito determinada, já que nem a ausência de sinal ali a fazia desistir das mensagens que provavelmente digitava.

Acho que, com essa, ele me fez rir. Ao menos estou rindo agora, enquanto escrevo.

Eu não teria percebido nada daquilo se ele não tivesse chamado minha atenção. Era como se tivesse transformado o que eu via, dando significados às imagens. Como se um novo mundo se descortinasse sob meus olhos.

A única pergunta que me lembro de fazer foi em que estação ele desceria, porque percebi que estava torcendo para que fosse alguma depois da minha. E aí, ele me disse o nome de uma estação que já tínhamos passado umas três ou quatro paradas antes.

Tinha ficado ali para me fazer companhia.

Minha surpresa deve ter transparecido, porque ele se levantou em seguida, se despedindo e jurando não ser nenhum maluco que queria investigar onde eu desceria. Não consegui explicar que não estava com medo, mas admirada pelo gesto dele. Assim que o trem chegou a uma nova estação, meu companheiro inusitado de viagem desembarcou. Da plataforma, do outro lado da janela, ele me encarou como se fôssemos cúmplices de algo, sorriu e acenou discretamente com a cabeça, antes de se virar em direção à plataforma do sentido contrário daquela linha.

Só quando o trem retomou a velocidade e voltei a sentir o ar gelado do vagão foi que reparei que o rapaz tinha deixado um folheto cair. Um folheto que cometi o erro de ler.

Não faço a menor ideia da procedência de um bar chamado A Caverna, ainda não tive coragem de procurar o perfil deles no Instagram. Se tiver aparência duvidosa, a fagulha no peito que venho sentindo desde que li o anúncio do show de talentos vai minguar, e ainda não quero que isso aconteça. Se o bar for legal, ela vai se transformar em labaredas — e aí, vai ser impossível ignorar ou apagar as chamas.

Sei que pode ser cedo demais para me arriscar, mas é que... parecia um sinal. Como se meu passeio de metrô, no fim, tivesse acontecido para isso. Para eu me sentar naquele vagão, ao lado daquele cara, o rapaz ter se aproximado e eu ter encontrado esse folheto.

É óbvio que não posso participar, minha voz me entregaria. Mas quero estar lá. Quero ser alguém que foi curtir a noite e admirar o talento de outra pessoa. Não quero me lembrar de que *eu* tenho um talento e que ele é minha sina, seja minha sorte, seja minha prisão.

NOTÍCIAS

Empresária feminista combate desigualdade com mais exclusão!

por Portal Notícias em 12/9/2019, 12h03

No último mês, o hit "Rebola", da até então desconhecida cantora Mila Santana, estourou na internet e nas plataformas de streaming. O sucesso da cantora pode ser creditado a Cris Novaes, que a representa desde o ano passado.

A empresária chamou a atenção na indústria da música por trabalhar apenas com mulheres. Quando questionada a respeito disso, Novaes afirmou que "é um compromisso lutar pelo direito da mulher de assumir sua imagem no meio musical", o que parece uma resposta um tanto quanto vaga, mas comum entre quem se denomina ativista e combate com frequência as supostas desigualdades com exclusão.

Nem sempre foi assim. Novaes chegou a representar homens no início da carreira, e só após um tempo é que restringiu a clientela. Especulou-se, na época, uma possível desilusão amorosa com algum de seus clientes, o que a teria levado a parar de trabalhar com artistas homens. Não há evidências concretas do suposto caso nem de com qual artista ele teria se dado, mas a igual falta de vestígios de uma vida amorosa da empresária é sem dúvida curiosa e fortalece as suspeitas de que sua distinção profissional seja, no fundo, fruto de um trauma.

Uma pergunta fica no ar: será que Novaes aceitaria entre suas representantes as ditas "mulheres trans", considerando-se que elas são biologicamente homens?

(Transcrição do áudio 190919_205932)

(Ruído de mãos sobre a captação de áudio do aparelho seguido de som de baque e estabilização sonora.)

(Sons ao fundo de conversas, música baixa, movimentação, tilintar de vidro, vidro contra a madeira.)

Apresentador: *Muito boa noite, galera! Preparados pra mais uma noite recheada de talentos? A lista de hoje tem caras novas e outras já conhecidas por vocês. Lembrando que, pra se inscrever na nossa Quintalentosa, é só entrar no formulário que tá na nossa bio no Insta e aguardar nosso contato, beleza? Bora começar com ela, um dos nossos tesouros d'A Caverna, Ana Lima!*

(Baqueta ritmada contra o prato de uma bateria. Gritos, aplausos e assobios. Uma mulher fazendo um cover de "So What", da Pink. Todos os sons distantes da captação de áudio.)

Cris Novaes: *Com licença, me desculpe, você está esperando alguém? Posso me sentar aqui? As outras mesas estão cheias.*

Yasmin: (Pigarro. Pausa.) *Não. Quer dizer, não tô esperando ninguém, não! Pode sentar, sim, claro.*

Cris Novaes: *Obrigada, eu não queria mesmo passar a noite em pé, mesmo vindo preparada pra isso.*

Yasmin: *Gostei do tênis!*

Cris Novaes: *Um presente que recebi ao entrar na década dos "enta". Só vou usar o que me deixa confortável e dane-se o que vão achar.*

(Risada de Yasmin.)

Cris Novaes: *Você é cliente daqui?*

Yasmin: *Minha primeira vez.*

Cris Novaes: *Minha também. Me disseram que tem bastante gente boa passando por esse palco. Oi, garçom. Traz uma longneck pra mim também? Valeu!*

(Início da fase final de "So What".)

Cris Novaes: *Você veio se apresentar?*

Yasmin: *Não, não, só assistir, me divertir. Não tenho inclinação pra música.*

Cris Novaes: *Bom, já eu vim a trabalho. Ao menos, em partes!*

(Som de vidros se chocando em brinde.)

Cris Novaes: *Me desculpa, qual seu nome?*

Yasmin: *Ya... Maria.*

Cris Novaes: *Prazer, sou a Cris.*

(Início do cover de "Smooth", de Santana.)

Yasmin: *Hum...*

Cris Novaes: *É... Ele não foi feliz na escolha da música.*

Yasmin: *Talvez melhore no refrão, mas esse começo é muito baixo pra voz dele.*

("Smooth" mais audível. Início do refrão.)

Cris Novaes: *Bingo! O timbre dele é bem bonito, inclusive. Mas falta presença de palco.*

Yasmin: *Concordo.*

("Smooth" chega ao fim. Início de "Bem que se quis", de Marisa Monte.)

Cris Novaes: *Já essa acertou em cheio.*

Yasmin: *Esse glissando no começo... Uau. Arriscado, mas certeiro.*

("Bem que se quis" mais audível.)

Cris Novaes: *Para quem não tem inclinação para a música, você tem um ótimo ouvido. E bom conhecimento.*

("Bem que se quis" chegando ao fim.)

Yasmin: *Depois da invenção do YouTube, todo mundo entende um pouco.*

(Risada de Cris.)

Cris Novaes: *Já pensou em trabalhar na área?*

Yasmin: *Ainda estou pensando no que fazer.*

(Primeiras notas de "Esse meu coração".)

(Arquejo.)

(Música tocando e sons do bar ao fundo.)

Cris Novaes: *Ela tem uma voz boa e sabe levar o ritmo... mas é uma pena que esteja tão esforçada em imitar a Yasmin.*

Yasmin: (Pausa. Pigarro.) *Você... não gosta dela?*

Cris Novaes: *Da Yasmin? Não, não é isso. Ela com certeza é uma excelente artista, só é uma pena que a limitem tanto. Continuam fazendo dela uma garotinha, não dão a ela a chance de se descobrir como mulher e cantora. Tenho minhas dúvidas se ela percebe isso. De qualquer forma, se já não é bom imitar o estilo de alguém, o que denuncia uma falta de personalidade no palco, é ainda mais artificial fazer isso em relação a quem não tem um estilo próprio.*

(Pigarro.)

(Fim de "Esse meu coração". Silêncio. Início de uma canção desconhecida.)

(Arquejo.)

(Homem cantando.)

(Suspiro.)

(Música tocando. Ausência de conversas paralelas no bar.)

(Música chegando ao fim.)

(Aplausos.)

Cris Novaes: *Ele seria um forte candidato a meu cliente se eu representasse homens.*

Yasmin: *Acho que não perguntei com o que você trabalha.*

(Voz do apresentador, ao fundo, anunciando breve intervalo do show.)

Cris Novaes: *Represento artistas, resumindo muito. E optei por representar apenas mulheres.*

Yasmin: *Uma escolha interessante.*

Cris Novaes: *Não para certos jornalistas.* (Risada irônica.) *Segundo eles, eu tenho um passado traumático, fruto de um caso hipotético com um cliente não identificado, e não tenho uma vida amorosa, o que é irônico, considerando que sou muito bem-casada há quase dez anos.* (Bebida sendo engolida.) *Vou te contar, Maria, eu amo o que faço, mas odeio esse meio, e é por isso que faço de tudo para manter minha vida particular privada.*

Yasmin: *Como assim?*

Cris Novaes: *Eu já representei homens, mas isso foi me adoecendo, sabe? Eu queria morrer com as propostas menores, em níveis* *absurdos, que chegavam para minhas clientes em comparação ao que via os clientes homens receberem. E não era só isso. Os artistas, em geral, eram avaliados pelo talento, pelo material que apresentavam. E digo em geral porque tinha diferença se o cara era branco ou não. Com as artistas, a coisa era muito diferente, ainda pior. Idade, peso, aparência... Tudo isso entrava na soma na hora da apresentação para as gravadoras. Comecei a brigar para que minhas clientes fossem reconhecidas pelos mesmos méritos. Não é uma briga fácil. Aliás, acredite, só para estar onde estou, enquanto mulher negra, significa que eu já briguei muito. Por isso, decidi que, se era para eu fazer bem o meu trabalho, ia focar os esforços em um grupo em vez de querer abraçar o mundo.*

Yasmin: *Uau... Não deve ser fácil mesmo.*

Cris Novaes: *Não é. Até pensei em continuar representando homens não brancos, mas achei que seria melhor repassar eles para alguém em quem eu confiava e seguir fazendo o que eu queria. Porque, se a gente quer que as coisas mudem, precisa começar por algum lugar, não é?*

(Cadeira arrastando.)

Cris Novaes: *Vou até o banheiro. Posso deixar meu casaco aqui?*

Yasmin: *Claro!*

(Passos se afastando.)

(Voz do apresentador, ao fundo, anunciando a volta do show.)

(Passos se aproximando.)

Cantor: *Me desculpa perguntar, mas não te conheço de algum lugar?*

(Pausa.)

(Cover de "Lanterna dos afogados", de Paralamas do Sucesso, de fundo.)

Cantor: *Do metrô? A moça acuada?*

Yasmin: *Ah, meu Deus, sim.*

Cantor: *Uau. Que coincidência!*

Yasmin: *Bom, não exatamente... Você deixou um folheto cair.*

Cantor: *Devo ficar lisonjeado? Ou preocupado?*

(Risada de Yasmin.)

Yasmin: *Desculpa, mas acho que nenhum dos dois. Fiquei curiosa com a noite de talentos.*

Cantor: *Ai.*

(Risada de Yasmin.)

Yasmin: *Sua apresentação foi incrível.*

Cantor: *Obrigado. Não sabia como o público reagiria a uma composição original.*

Yasmin: *Achei corajoso da sua parte. E a música é... linda!*

Cantor: *Bom... Obrigado! Eu juro que sei responder outras coisas além de "obrigado".*

(Risada de Yasmin.)

Cantor: *Ei, você se importa se eu te pagar um drinque?*

(Pausa.)

Cantor: *Pode pedir pro garçom. Ou você pode ir comigo até o bar. Não sou eu que vou te dar a bebida, você pode ficar olhando ele preparar, se preferir.*

Yasmin: *Ah, não é isso, é que preciso ir embora logo e... Ah, caramba.*

Cantor: *Tá tudo bem?*

Yasmin: *Tá sim, eu queria gravar as apresentações e esquec...*

(Fim da gravação.)

20 de setembro de 2019

A noite foi tão surreal que não sei por onde começar. Acho que preciso, mais uma vez, registrar cada detalhe, do começo ao fim, para ter uma visão mais clara sobre ela. Talvez assim eu consiga entender melhor o que estou sentindo.

Enquanto meu pai achava que eu estava no quarto com dor de cabeça, eu me preparava para estar outra vez lá fora, no mundo, talvez como alguém mais real do que me senti no último ano. Em partes, nem precisei me sentir mal por ter mentido: eu realmente deixei a Yasmin no quarto.

Hoje, mais do que qualquer outro dia, agradeci por ter minha suíte no anexo da casa principal. Só assim para o Roger me ajudar com uma rota de fuga que não envolvesse passar pelo meu pai e, ao mesmo tempo, despistar os seguranças. Sei que é importante a guarita ser bem controlada, mas também é um saco meu pai ser sempre avisado de cada movimento meu. Ok, é um combinado nosso eu sempre informar aonde vou e quando volto, e acho que é justo numa relação de pai e filha, considerando que moramos juntos. Mas hoje eu não queria fazer isso. Não queria ter que avisar. Não queria compartilhar aonde ia.

Até porque, se soubesse, meu pai vetaria a ideia.

O combinado foi que o Roger jantaria aqui, o que não é incomum, para ter um motivo para sair mais tarde do que o habitual pela guarita. Antes de partir, ele me buscaria de carro na varanda do meu quarto, já que ela dá para os fundos do terreno. Por observar as câmeras daqui há muito tempo, sei que há um instante, quando elas se movem, que minha varanda fica sem vigilância — tempo suficiente para que eu entrasse pelo banco de trás e me deitasse no chão do carro.

Esperei o Roger andar uns três quarteirões fora do condomínio antes de me levantar e me sentar no banco, gargalhando com a sensação de alívio por ter conseguido fugir sem ser descoberta. Meu amigo me encarou pelo retrovisor, e eu sei que com o olhar me dizia que, mais uma vez, não era a favor do que eu estava fazendo. Ainda assim, estava ali.

No fundo, acho que ele estava se divertindo com nossa pequena aventura.

Cheguei no bar como se fosse uma cliente qualquer de Uber, e adorei a sensação de fazer algo tão banal sem ter todas as cabeças se virando para mim. Bom, talvez, algumas.

Aqui preciso fazer um parêntese.

Ao longo da semana, enquanto tentava convencer o Roger a ser de novo meu cúmplice, fiquei também elaborando como me vestiria dessa vez. Um passeio de metrô deveria ser discreto. Uma noite em um bar... Poderia ser qualquer coisa que eu quisesse.

Quando fui procurar de novo nos sites das lojas de departamento por opções do que usar, ignorei quem a Yasmin era. Eu me abri para avaliar qualquer opção.

Assim que provei as peças, quando elas chegaram, soube de imediato qual seria a minha escolha — não tanto pelo que vi no espelho, mas pela história que as batidas do meu peito ressoando no ouvido me contavam.

Eu estava com medo. E não era medo de ser descoberta.

O vestido preto e decotado ajustado nas curvas do meu corpo jamais seria uma escolha para o guarda-roupa da Yasmin, e uma vozinha na minha cabeça gritava que eu não deveria usá-lo. Uma roupa daquelas parecia mais errada do que a situação como um todo.

Foi isso o que me convenceu no final a sair com ele.

Então, quando um ou outro cara me olhou quando entrei no bar, senti um frio na barriga e um calor subindo pelo corpo. Não eram os olhares que as pessoas dedicavam à Yasmin, tampouco eram como os nojentos do Jafé. Eram os olhares de homens interessados em uma mulher. E... foi bom. Era mais do que vaidade ou me sentir lisonjeada. Eu estava ciente de estar sendo desejada.

Eu estava, pela primeira vez, me vendo como alguém sensual. Me sentindo sexy. Poderosa. E isso me deixou desconcertada. Nunca tinha sentido aquilo antes.

Em partes, acho que nunca me permiti sentir. Acho que associei a ideia de sensualidade a algo ruim. Quer dizer, aos 12 anos, "sensual" não deveria mesmo ser um adjetivo aplicável a mim — e, ainda assim, a mídia e as pessoas faziam comentários como se já me vissem de uma forma sexual naquela idade. E acho que esta é uma das grandes questões: se hoje eu me portar de forma sensual, vou ser tachada de vulgar. Se escolho mostrar um pouco mais do meu corpo, que seja, dizem que eu deveria me dar mais valor. Mas a mídia não perde tempo em publicar fotos minhas de biquíni na praia tiradas por paparazzi. Meu corpo só pode ser visto se for contra a minha vontade.

Eu estava trêmula quando cheguei a uma mesa desocupada no fundo do bar e, assim que me sentei, liguei a câmera frontal do celular. Eu precisava me ver.

Meus olhos esfumados com sombra preta me encararam enigmáticos, de uma forma que nem eu sabia que eles poderiam ser. Pareciam ainda maiores e mais escuros, e eram minha maior preocupação sobre o que poderia entregar minha identidade — sempre comentam sobre meus olhos grandes. De qualquer forma, como nunca tinha usado uma maquiagem assim, então, acho que estava segura. Para completar, o batom vermelho vivo que escolhi, tão diferente dos tons claros que passo, deu aos meus lábios um contorno que eu desconhecia. Tive vontade de sentir o desenho da minha boca com a ponta do dedo. A peruca loira completava o look e fazia com que eu me sentisse outra mulher por completo.

Sei o quanto isso soa bizarro, mas eu estava hipnotizada por aquela mulher na tela, tão diferente da jovem que costumava me encarar.

Ainda inebriada pelo que eu via e sentia, pedi uma cerveja por impulso e segurei a vontade de rir. Ali estava eu quebrando mais uma regra — contratual, inclusive. O que os diretores da Angel diriam se vissem a Yasmin em um traje como aquele com uma longneck na mão?

A cerveja, que eu nunca tinha experimentado, foi mais uma surpresa, que desencadeou toda outra série de pensamentos. Meu pai sempre me disse que eu não gostaria por ser muito amarga e que não combinava comigo. E nunca discordei. Depois de ter ficado bêbada aos 15 anos, não repeti a experiência. Foi meio traumático, embrulhava meu estômago, e, para além disso, a mesma voz que soou em minha mente dizendo que era errado usar o vestido de hoje também soava cada vez que eu pensava em beber.

E, pensando agora, essa voz se parece demais com a do meu pai.

Que outras coisas eu deixei de experimentar, de viver, porque aceitei que não deveria?

Então ali, em meio à crise de identidade gerada pela cerveja da qual eu mal tinha bebido um gole, gelei na cadeira. Uma mulher se aproximou sem que eu notasse e perguntou se poderia se sentar comigo.

A primeira coisa que reparei foi no blazer risca-de-giz combinado com uma calça jeans. Depois, percebi que tinha visto aquele cabelo longo trançado não fazia muito tempo.

Era a porra da Cris Novaes.

Se alguém poderia me desmascarar ali e colocar toda a noite a perder, era aquela mulher. Eu não havia me preparado para a possibilidade de encontrar alguém conhecido; para ela estar ali, o bar devia ser mais famoso do que eu supunha.

Na verdade, nós duas nunca nos encontramos pessoalmente, mas eu ouvi falar de Cris Novaes muito antes de a Mila Santana estourar. Sendo filha de um empresário musical e tendo crescido no meio, sempre sei quem são os concorrentes do meu pai, e ele e Jafé já haviam comentado sobre ela. Uns dias atrás, perdi meu tempo lendo uma matéria machista e transfóbica que saiu sobre ela. Não fosse isso, talvez eu tivesse demorado mais para reconhecê-la ali, parada na minha frente. Ela era mais alta do que a foto online me fez achar e muito mais simpática.

Óbvio que tinham pegado uma foto dela carrancuda.

No começo, fiquei com receio de conversar, temendo que reconhecesse minha voz, mas ela continuou me tratando como qualquer outra mulher.

Sei que, justo quando relaxei, uma das artistas se apresentando começou a tocar "Esse meu coração". Estou até agora pensando nos comentários que Cris fez sobre mim, sobre a Yasmin, sem saber quem eu de fato era. Será que ela é sensível o bastante para ter uma percepção tão certeira assim ou são coisas gritantes, que outras pessoas também percebem?

Eu ainda estava pensando em tudo isso quando *ele* apareceu.

Se eu for sincera, admito que, lá no fundo, esperava vê-lo. Quer dizer, era ele quem estava com o folheto no metrô, afinal de contas. Mas não tinha me ligado que o ver no palco era uma possibilidade, o que agora me parece ter sido ingenuidade demais. Quem seria mais provável de andar por aí com um folheto de um show de talentos: alguém interessado em curtir a noite ou alguém que quisesse participar das apresentações?

Senti que alguma coisa de diferente aconteceu assim que ele pisou no palco. Foi como se a energia do ambiente tivesse mudado, como se eu tivesse sido enfeitiçada, atraída por ele. Seu cabelo, escuro e liso, insistia em descer pela testa enquanto ele afinava o violão, e eu não conseguia parar de olhá-lo jogando as mechas para trás com um movimento do pescoço.

Engoli em seco quando ele levantou a cabeça e seus olhos encontraram os meus, apesar da distância. O clique da eletricidade estática estourou entre nós em um show exclusivo. Era como se alguma coisa em mim despertasse para algo reconhecido, e eu não fazia ideia do que poderia ser.

Ele piscou e voltou sua atenção para o violão, dedilhando as cordas. Pensei em minha vontade anterior de contornar meus lábios com os dedos. Por um instante, o desejo voltou, mas não foram minhas as mãos que imaginei próximas do meu rosto.

Prendi o ar, ansiosa pelo que ele cantaria, sentindo uma necessidade absurda de ouvir a voz dele e descobrir a melodia que me traria. Então, a música começou, e foi como se eu tivesse sido transportada para outro lugar.

Meu coração bateu tão forte que temi que a Cris pudesse ouvir, e fiquei admirada pela coragem dele: foi o primeiro da noite a não fazer um cover. É muito mais fácil cantar algo conhecido e conquistar o público. Cantar algo que só você conhece é estar completamente sozinho em cima do palco.

Mas eu me enganei ao pensar que a apresentação seria solitária. A presença de palco dele foi algo que testemunhei poucas vezes na minha carreira. E, se eu já estava admirada com apenas os primeiros acordes, assim que ele abriu a boca, sem dúvida entrei em outra dimensão.

Era a primeira vez que eu ouvia uma voz como a dele, suave e com um tom rouco de fundo, mas potente. Ouvir aquilo era como deslizar os dedos pelo meu cabelo desembaraçado e macio: fluido, livre e aveludado. Para completar, a letra conversava comigo em um nível... profundo. Quase me senti nua ali, exposta. Contava uma história de solidão e conforto, uma necessidade de pertencer a algo não identificado.

Era poética, forte e sincera.

Por isso, quando ele se aproximou, eu senti o nervoso no centro do peito. Era minha respiração ofegante, era o bolo que se formara ali. Também, por um segundo, achei que ele tivesse me reconhecido como Yasmin. Demorei uns instantes para entender que ele falava do metrô.

Quando ele se ofereceu para me pagar um drinque, hesitei. Por maior que fosse minha vontade em aceitar, por mais que se tratasse de uma noite de fazer escolhas diferentes, ainda assim eu podia escutar a voz de meu pai me freando, me dizendo para não me atrever àquilo.

Eu queria, mas estava mais uma vez com medo.

Roger acabou com meu impasse quando me enviou uma mensagem avisando que logo me buscaria. Porém, não paro de repassar aquele momento na cabeça, imaginando como teria sido se eu tivesse ficado. Se eu tivesse aceitado.

Porque ficar, e aceitar, implicaria em consequências. Em uma sequência, um desdobramento daquela noite. Mas o que poderia se desenvolver de algo baseado em uma mentira? O rapaz do metrô estava interessado em alguém que não existe.

Ele pediu meu telefone, o que tinha uma chance ainda menor de conseguir. E se ele descobrisse quem eu era? Que estaria em posse do número da Yasmin?

Mal registrei as coisas que o Roger me perguntou sobre a noite e não faço a menor ideia do que respondi. Logo eu, que antes estava empolgada para vê-lo mostrar um pacote de absorventes na guarita e dizer: "Emergência para Yasmin", com a intenção de deixar os seguranças tão constrangidos que nem questionariam sua entrada em casa tarde da noite, nem percebi quando chegou o momento. Só me dei conta que já tínhamos passado pelo portão quando ouvi as risadas do Rog — ele estava se divertindo mesmo por quebrar as regras.

Agora, tudo o que mais quero é que as sensações que trouxe do bar comigo não me abandonem quando eu fechar este diário nem que se dissolvam ao longo da noite.

Não quero perder nada. O que preciso é ganhar a coragem de mandar mensagem para o número escrito logo abaixo do nome "Alain" no pedaço de guardanapo que eu trouxe do bar comigo.

Confesso 20/9/2019

Preciso me confessar

É o que as boas garotas fazem, não é?

Mas não acho que você esteja pronto para ouvir

Esta confissão não tem nada a ver com aquela

Aquela não era sincera, nem era minha

E você ainda espera um campo de lírios florescer

Mas eu sou uma rosa vermelha se abrindo

*

**Refrão

Eu confesso que cansei e confesso que não quero mais

Não adianta me perguntar o que quero

Eu só quero ser

Você está ouvindo esse som, feito antiácido em água?

É o aperto se dissolvendo enquanto escrevo

Escorrendo com a tinta pela página

Veja o papel engrossar com o peso que era meu

Repetir refrão (?)

*ainda precisa de mais uma estrofe

**incluir mais alguns versos

← **Jafé**

HOJE

Jafé
Você viu o Instagram da sua filha? 6h58 ✓✓

Almir
Bom dia, Jafé 7h03 ✓✓

Bastante movimentado 7h03 ✓✓

"Bastante movimentado" 7h04 ✓✓

Porra, Abdala! 7h05 ✓✓

Você não vê problema na sua filha
postando foto sensualizando na internet? 7h05 ✓✓

Aliás, perdão, me deixe reformular 7h06 ✓✓

Você não vê problemas na nossa cliente postando
foto como uma vagabunda quando ela tem um
contrato assinado para manter a imagem recatada
que passamos vinte anos construindo? 7h06 ✓✓

"Vagabunda"? Não é esse o termo que você
vai usar pra se referir a minha filha. 7h07 ✓✓

Acha que eu gosto de ver a Yasmin assim?
Que gosto de ver ela sendo cobiçada por um
bando de mané que não devia ter acesso
a um sinal de internet? Acredite, não. Mas
o que você quer que eu faça? 7h08 ✓✓

E, em relação a minha cliente, ela não descumpriu
nenhuma cláusula do contrato. 7h09 ✓✓

A foto não é de nudez, não tem nenhuma
palavra de baixo calão na legenda, ela não
está insinuando nada sexual. 7h10 ✓✓

> **Almir:** Vagabunda? Não é esse o termo que você vai usar pra se referir a minha filha.

Você sabe que eu jamais falaria assim dela, meu amigo. Yasmin é quase uma filha pra mim também, você sabe disso. Mas me preocupa ela ter um comportamento tão discrepante do normal, ainda mais com aquele papo de querer mudar a imagem etc. Acho que isso merece uma atenção maior, só isso. Me desculpe se você se ofendeu com o que eu disse. 7h11 ✓

Temo que a Angel possa não gostar, a julgar pelo tipo de comentário sendo tecido na publicação. 7h12 ✓

Vou conversar com ela, Jafé, sei que você se preocupa. Sendo sincero, eu também. Gostaria de entender o que está acontecendo. 7h13 ✓

Sobre a Angel, não acredito haver motivos para preocupação. Pode deixar que me entendo com eles, caso eu esteja enganado. 7h14 ✓

OUSADA
• EDIÇÃO DIGITAL •

`ENTRETENIMENTO`

Ela cresceu! Yasmin posta foto em estilo "mulherão" em seu quarto exibindo pernas tonificadas

por Redação, *publicado em 20/9/2019, 7h36*

Nessa madrugada, a cantora Yasmin postou em seu Instagram uma foto mostrando que não é mais a menininha conhecida pelo público. Apoiada no batente da janela de seu quarto, a cantora usava apenas uma camisa comprida, exibindo as pernas esguias. Com o longo cabelo liso e escuro solto encobrindo parte do rosto, não é possível ver de todo sua expressão, mas a atmosfera geral da foto é de uma sensualidade latente.

Os internautas foram à loucura! "Meu Deus que deusa!!", comentou uma usuária, e "Rainha faz assim", disse outra.

Resta saber se essa nova era veio para ficar ou se é algo passageiro. Quais são seus palpites?

---

13 comentários

Samuca: Tá realmente faltando assunto pra ser notícia, né, misericórdia

anitta_lopes: e?

Bruno Neves: a moça é bonita, não precisa dessa apelação

Márcia Carlos: pessoal faz alarde por qualquer coisa, nada demais nesta foto

joão3945: que Deus nosso senhor conserve a beleza dela, boa semana a todos!!

IMAGENS DA CÂMERA DE SEGURANÇA 3

2019.9.20 7:49

Ambiente monitorado: entrada da sala social e varanda externa

Almir Abdala em pé na varanda, apoiado sobre o balaústre e usando o celular.

Yasmin sai pela porta de vidro que divide a sala da varanda e para de braços cruzados, ainda próxima à porta.

Almir se vira para ela, mostrando o celular. Yasmin se aproxima e coloca as mãos na cintura.

Ela volta a cruzar os braços. Almir gesticula, conversando e apontando para o celular.

Yasmin vira o pescoço em direção à área externa da casa, sem olhar para Almir. Ele continua falando. Ela dá de ombros.

Almir estica o braço e encosta no ombro de Yasmin, que se volta para ele e solta os braços ao lado do corpo. Almir está sério: mandíbula cerrada, olhos estreitos. Yasmin está com a boca entreaberta e olhos arregalados, as palmas da mão levantadas para cima. A expressão dela muda, ficando séria.

Discutem.

Yasmin vira a cabeça em direção contrária à de Almir com um canto da boca levantado e os braços mais uma vez cruzados. Em seguida, sacode a cabeça em movimentos lentos e repetidos, enquanto Almir continua falando, apontando o dedo na direção dela.

Yasmin assente com a cabeça e volta para dentro da casa, pisando duro.

Almir inspira fundo e solta o ar, colocando uma das mãos na cintura e a outra contra a testa, o rosto voltado para baixo.

← **Alain**

HOJE

Maria
Alain... Anotei certo? 20h04 ✓✓

Alain
Estava mesmo me perguntando
se essa mensagem chegaria. 20h06 ✓✓

Sobre seu nome? 20h07 ✓✓

Uma mensagem de Maria 20h09 ✓✓

Qualquer uma 20h09 ✓✓

Mas perguntarem do meu nome
aqui no Brasil não é novidade 20h09 ✓✓

Você não é brasileiro? 20h11 ✓✓

Sou, mas mudei para a França quando era pequeno.
Meu pai francês conheceu minha mãe quando
veio trabalhar aqui no final dos anos 1980 20h13 ✓✓

Só voltei para o Brasil em julho 20h13 ✓✓

Acho que isso me faz mais francês então 20h13 ✓✓

Bem-vindo de volta! 20h15 ✓✓

Desculpa a pergunta, mas como se pronuncia "Alain"? 20h15 ✓✓

Não tem problema perguntar! 20h19 ✓✓

É parecido com Alan 20h19 ✓✓

Alain é a versão francesa 20h19 ✓✓

Alan a brasileira 20h20 ✓✓

Muda um pouco o jeito de falar 20h20 ✓✓

Vocês parecem que fazem uma pausa
entre o A e o Lan que a gente não faz 20h20 ✓✓

E carregam mais no "Lan" 20h21

▶ •·······ıı||ıı|ı·····ıı|ı||ıı·· 00:07   20h21

Você vai ter que me desculpar, mas eu tentei várias vezes e não saiu igual de jeito nenhum 20h23

Pode me chamar de Alan 20h23

Não tem problema 20h23

Você vai sempre naquele bar? 20h31

Foi minha primeira vez 20h31

A minha também 20h32

Você é músico, então? 20h39

Tentando ser 20h39

Bom, eu toco e canto há bastante tempo, mas não era com o que eu trabalhava na França 20h40

Mudança de profissão, mudança de país... Foi mesmo uma repaginada completa de vida! 20h40

Algo assim 20h41

E você, o que faz? 20h41

Aquela música que você cantou... É linda! Mexeu muito comigo. 20h42

Obrigado 20h42

Ela é muito importante para mim 20h42

Essa sensação de estar perdido, acho que é muito fácil da gente se identificar 20h43

Você se sente perdida? 20h43

Você não? 20h43

Eu ainda demoro uns instantes para entender que não é para eu imaginar algo quando falo "obrigado" e me respondem com um "imagina" 20h44

Então me sentir perdido tem sido bastante comum nos últimos meses 20h44

Hahahahaha 20h45

Você não falava em português na sua casa? Porque, pelo pouco que a gente conversou, você fala bem 20h46

Falava, minha mãe sempre fez questão de conversar comigo em português 20h47

Mas fora de casa com os amigos eu usava o francês o tempo todo 20h47

Algumas expressões mais informais eu tenho tido um pouco de dificuldade em entender 20h48

Não teria sido mais natural pra você compor em francês? 20h49

Aliás, você tem outras músicas? 20h49

Ai, desculpa, olha eu fazendo um monte de perguntas... É que eu gosto muito do assunto 20h49

> **Maria:** Não teria sido mais natural pra você compor sua música em francês?

É, acho que teria sim 20h52

Mas acho que o português tem outro significado também, pessoal 20h52

De ser a língua associada à infância, a uma lembrança de outra vida 20h53

A música ficou ainda mais bonita agora 20h55

Obrigado :) 20h55

Imagina! 20h56

 20h56

Hahahaha 20h56 ✔

Desculpa, eu não podia perder a chance 20h57 ✔

Não precisa se desculpar! 20h57 ✔

Mas então você gosta de música 20h57 ✔

Legal! 20h57 ✔

Se você estiver livre esse fim de semana, seria ótimo ir com você naquele bar ou em outro que tenha algum show 20h58 ✔

É sempre um prazer ouvir boa música 20h58 ✔

Ainda mais em boa companhia 20h58 ✔

Desculpa, fui jantar e deixei o celular de lado 23h06 ✔

Esse fim de semana não posso 23h06 ✔

Mas quem sabe um outro dia? 23h08 ✔

Claro 23h10 ✔

Estou sempre por aqui 23h10 ✔

Tudo bem se a gente continuar conversando? 23h11 ✔

Sei que está tarde mas ainda não estou com sono 23h11 ✔

Também não estou 23h11 ✔

Então me conta, Maria 23h12 ✔

Do que mais você gosta além da música? Andar de metrô? 23h12 ✔

Hahahahaha 23h12 ✔

Aquela foi uma boa viagem, mas diria que não é bem um hobbie 23h13 ✔

Seria um pouco estranho se fosse 23h13 ✔

Sem julgamentos 23h13 ✔

> **Alain:** Do que mais você gosta além da música? Andar de metrô?

Pra ser sincera, ainda estou descobrindo 18h10 ✔

Sabe o que falei sobre a sensação de estar perdida e tal? Ando tentando me entender... 23h15

Desculpa, não quero te pressionar 23h17

Só estou tentando te conhecer mesmo 23h17

Não, tá tudo bem! Não tá pressionando, e também não precisa se desculpar 23h17

Desculpa se foi o que eu dei a entender 23h18

Maria 23h19

Vamos fazer um combinado? 29h19

Qual? 23h19

Comigo você não precisa se desculpar tanto assim 23h20

Ainda mais quando você não fez nada de errado 23h20

← Alain

[HOJE]

Alain
Por um acaso a @maria1511 sem foto, com posts de paisagens e 3 seguidores é você? 9h57 ✓

Maria
Você não tem muita moral pra falar de mim, seu Instagram não tem nada muito diferente do que a gente conversou 10h16 ✓

Agora 4 seguidores 10h28 ✓

Então você examinou meu perfil em busca de mais informações? 10h29 ✓

Não é pra isso que as pessoas se seguem nas redes sociais? 10h51 ✓

 10h51 ✓

← Alain

21/9/2019

Alain
Prometo que agora paro e deixo você ir 23h49

Já que a Mademoiselle disse há quase uma hora que queria dormir 23h50

Maria
Talvez eu ainda esteja aqui por vontade própria 23h51

Assim você me dá esperanças, Maria 23h51

Acho que perdi o sono 23h52

Aliás o que uma mulher linda, jovem e desimpedida faz em casa em plena noite de sábado? 23h52

Na verdade, não estou em casa. 23h52

Resolvi passar o fim de semana no sítio do meu pai, gosto de vir pra cá quando quero um tempo pra mim, longe de tudo 23h52

Estou com inveja 23h53

(Não disse se de você ou do sítio) 23h53

Todo francês é cheio de papinho que nem você? 23h55

Papinho? 23h55

Paquerador 23h56

Mas ninguém com menos de 60 anos fala assim 23h56

Nunca fui enchido de papinho por um francês para te responder, para ser sincero 23h57

Hahahahaha (e é "ficar de papinho" rsrs) 23h57

HOJE

Algum motivo para você ter precisado desse tempo para você? 00h01 ✓

Acho que tem sido difícil escutar minha própria voz 00h03 ✓

Faz sentido? 00h03 ✓

Com certeza faz. 00h03 ✓

Descobri que escrever tem ajudado 00h04 ✓

Que tipo de escrita? 00h05 ✓

Vou parecer uma adolescente se disser que um diário? 00h05 ✓

Virginia Woolf. Dostoiévski. Ernest Hemingway. Carolina Maria de Jesus. Sylvia Plath. Kafka. 00h07 ✓

Todos escreviam em diários. 00h07 ✓

🖤 00h07 ✓

Posso propor uma coisa? 00h08 ✓

Humm... pode? 00h08 ✓

Qual seu email? 00h09 ✓

De: Alain Taleb <taleb_alain@mail.com>
Para: Maria dos Santos <justmaria@mail.com.br>
Data: 22/9/2019, 00:17
Assunto: Oi :)

Eu sei que mais ninguém usa e-mail hoje em dia, mas, antes de você me achar doido, deixa eu explicar: tem uma coisa que me incomoda nas mensagens de texto. Se a gente escreve um pouco maior, fica chato porque é para aquela troca ser dinâmica, direta ao ponto. Mas eu acho que alguns pensamentos precisam ser mais elaborados e o e-mail deixa a gente escrever, deixa fluir, compreende?

Você disse que escrever tem ajudado, então achei que seria uma boa ideia. Topa tentar?

* * *

De: Maria dos Santos <justmaria@mail.com.br>
Para: Alain Taleb <taleb_alain@mail.com>
Data: 22/9/2019, 00:21
Assunto: Re: Oi :)

Então agora é por aqui que a gente vai se falar?

* * *

De: Alain Taleb <taleb_alain@mail.com>
Para: Maria dos Santos <justmaria@mail.com.br>
Data: 22/9/2019, 00:34
Assunto: Re: Re: Oi :)

Essa é a ideia, mas não trocando mensagens curtas. Vou deixar fluir para você sentir como pode ser, tudo bem?

Ontem toquei em um bar, não aquele onde a gente se conheceu. Bom, em teoria a gente se conheceu no metrô, mas posso pensar assim daquele bar?

De qualquer forma, foi uma experiência estranha. Foi a primeira vez que toquei ali depois de ficar um tempo procurando lugares para me apresentar. Na França não existe muito esse conceito de música ao vivo, que a pessoa vai para um bar ou restaurante onde tem um músico tocando em algum canto quase escondido. Na França, a apresentação musical *é parte* do que faz as pessoas irem naquele bar ou restaurante.

No bar de ontem, não parecia que as pessoas estavam me prestigiando. Na verdade até parecia que algumas preferiam que eu não estivesse lá, que minha música atrapalhava as conversas.

Não tem sido muito fácil essa adaptação no Brasil. Eu sei que eu nasci aqui, mas morei a vida quase inteira na França. Sei que esses momentos de transações não são fáceis, eu também tive dificuldade de me acostumar quando fui para lá criança. Mas agora... Parece mais difícil.

Acho que criança se adapta com mais facilidade às coisas, esse é o primeiro motivo. Mas tem um outro lado que eu não previ. Eu já tinha me acostumado a ser estrangeiro na França. Eu não nasci lá.

Meu pai é francês, mas descendente de marroquinos. Minha mãe é brasileira. Nunca fui *francês* e achava que no Brasil eu pelo menos seria brasileiro, já que nasci aqui. Mas também não sou. Aqui eu sou "francês". Nem isso direito, na verdade, porque não sou branco. Não pareço europeu o suficiente.

(Como se também só existisse europeu branco.)

Oh là là! Eu não imaginava escrever isso quando comecei.

* * *

De: Maria dos Santos <justmaria@mail.com.br>
Para: Alain Taleb <taleb_alain@mail.com>
Data: 22/9/2019, 1:12
Assunto: Re: Re: Re: Oi :)

Caramba, Alain.

Eu cogitei não te responder hoje, porque suas palavras, mais uma vez, mexeram comigo. Mas achei que, em primeiro lugar, seria sacanagem com você não dizer nada depois de você ter se aberto assim e, em segundo lugar, que seria covardia da minha parte.

É, acho que estou com medo do que estes e-mails podem revelar. Tenho minhas questões com estar exposta, sabe?

Acho que o que você propôs não é muito diferente do princípio da psicanálise, só que na versão em texto. Freud acreditava na cura pela fala, e escrever assim, sem pensar muito, acaba revelando bastante da gente.

Não, não sou formada em psicologia. Aliás, não fiz faculdade. Eu cresci sabendo que seguiria os negócios do meu pai, então, estava encaminhada desde a época da escola. Mas a psicologia sempre me atraiu e é uma coisa que acho que me ressinto de não ter feito. Olha só, eu descobrindo aqui como me sinto sobre isso.

E desculpa estar falando de mim depois de você ter se aberto de um jeito tão sincero. Na verdade, você me deixou meio sem palavras. Acho que nada do que eu disser vai ser o suficiente.

Talvez eu me limite a dizer que entendo de verdade, ainda que de um jeito diferente. Mas entendo.

Dito isso, agora vou mesmo deitar, antes que eu durma com o notebook no colo. Não sei se você ainda está acordado esperando minha resposta — tenho um palpite de que sim — ou se já foi dormir. Em todo caso, a gente continua amanhã?

133

22 de setembro de 2019

Existe um motivo para meu pai ser chamado de Sultão. Embora ele tenha crescido no Brasil, é libanês de nascimento — veio para cá ainda bebê. E, na verdade, chamá-lo de Sultão é um erro que nunca foi corrigido. Não foi corrigido pelo mesmo motivo de que quase ninguém se dê conta de que, embora eu seja brasileira, minha ascendência é árabe — um conceito que independe de religião.

Minha família é árabe porque é do Líbano, um país extremamente diverso em termos de etnias e religiões. Isso significa que, embora a maioria seja muçulmana — ou seja, de religião islã —, nem todos são. Nós, por exemplo, descendemos de árabes cristãos.

E "sultão" é um termo muçulmano. Que se refere a uma autoridade moral ou espiritual, de acordo com o Alcorão.

Para meu pai, não adiantava corrigir. Além da imponência que o título atribuía por conta do significado que passou a ter no espectro político, as pessoas não pareciam muito interessadas em perceber a diferença entre as coisas: que nem todo árabe é muçulmano; que há muçulmanos que não são árabes (aliás, só uma pequena parcela muçulmana é árabe); que nem todo muçulmano é do Oriente Médio (na verdade, há muçulmanos pelo mundo inteiro).

Sempre foi meio que "tudo a mesma coisa". Tudo "terrorista".

Eu comecei a despontar em 2001, quando "11 de setembro" deixou de significar só uma data. Embora o Afeganistão não seja um país árabe, ainda faz parte do Oriente Médio como o Líbano, e é o país de Bin Laden, responsável pelos ataques — um líder extremista que não representava todo o seu povo. Além disso, não ajudou muito também a estreia da novela *O clone* no mesmo ano. Mesmo que não sejamos muçulmanos nem do Marrocos, aquela representação era mais um reforço de todo um imagético ocidental bastante pejorativo que podia nos afetar.

O ponto é que eu entendo as distinções, mas não entendo tão bem assim o que elas dizem de mim.

Meu pai sempre fez de tudo para que eu fosse vista pela mídia como brasileira e ignorassem minha ascendência. Ele entendia como minha aceitação poderia ser mais difícil, naquele contexto, se não fosse assim. Nunca conversamos muito sobre esse assunto e não sei bem o que ele passou por ser árabe, mas imagino que não deva ter sido fácil chegar aonde chegou. Ora, se ele é chamado de "Sultão" ainda hoje, é porque, de alguma forma, é marcado como diferente.

Mas são só especulações minhas, e, sobre isso, só posso culpar a mim mesma. Porque, para além de meu pai ser fechado, eu também nunca me interessei em fazer perguntas. Por quê? De verdade não sei. Meus avós morreram quando eu ainda era criança e perderam parentes próximos durante a Guerra Civil no Líbano, muito antes de eu nascer. Meu pai não tem irmãos. Sempre fomos só eu e ele. Era fácil pensar em nós dois existindo aqui, quase como se tivéssemos brotado por geração espontânea. Como se não fôssemos ramificações.

Só que, se ele fez de tudo para eu ser vista <u>como</u> brasileira, o que eu sou por nascimento, por ascendência materna e pela minha própria cultura e língua, significa que <u>não sou</u> de todo brasileira? Mas como posso afirmar que sou árabe? Tenho pouco contato com o idioma.

É tudo muito confuso.

Quando Alain falou sobre não ser nem francês, nem brasileiro, entendi o que ele quis dizer. Alain também é descendente de árabes — ao menos, por parte de pai, assim como eu. Talvez por isso os traços dele tenham me parecido familiares no metrô.

Há muito tempo eu não pensava nas minhas origens. Mas isso é estranho. Nada do que vivemos em casa é diferente de como outras pessoas ao meu redor vivem, e acho que passei a encarar esse traço de mim como irrelevante. Sei lá, as famílias brasileiras são todas miscigenadas. Por que a minha ascendência libanesa deveria dizer algo diferente do que a ascendência europeia de alguém?

Mas talvez diga. E talvez seja importante eu escutar.

← HISTÓRICO DE PESQUISA

Hoje — domingo, 29 de setembro de 2019

🕐 01:59   líbano   ↖

🕐 02:14   identidade   ↖

🕐 02:22   identidade gênero   ↖

🕐 02:36   identidade racial   ↖

🕐 02:58   racialização   ↖

🕐 03:19   alain taleb   ↖

← Dália

HOJE

Yasmin
Sei que é cedo aí e que você nem deve estar acordada, mas queria muito perguntar uma coisa que, acho, nunca perguntei... o que talvez faça de mim uma péssima amiga 3h42

A gente conversou várias vezes sobre sua vida mudando de países ser movimentada e tudo mais 3h43

Mas como você se sente aí sendo estrangeira? 3h43

Dália
bom dia pra vc tbm 5h47

acho que preciso de um café antes dessa 5h47

mas darei meu melhor 5h47

pra começar, não sei se eu me identifico mto com essa palavra, "estrangeira" 5h49

tipo, eu sei que é o que eu sou, mas eu tbm não era estrangeira no BR de certa forma? pq já tinha morado em outros países 5h51

mesmo tendo nascido no BR, qnd eu mudei praí depois do divórcio dos meus pais, tbm tive que aprender mtas coisas de como era mesmo morar aí, pq o que eu conhecia era morar nos outros lugares 5h52

talvez seja pq minha vida foi sempre assim, talvez seja por eu ser aquariana com ascendente em sagitário, mas eu n me vejo "presa" a algum lugar fixo, sabe? 5h54

pra mim é meio como se eu fosse cidadã do mundo e cada lugar fosse uma nova descoberta, uma nova oportunidade de aprender alguma coisa 5h57

mas se vc quer saber como eu sou tratada aqui, se sofro algum preconceito por ser imigrante... 5h58 eu acho que não? talvez a realidade fosse outra se eu estivesse ilegal, se tivesse algum subemprego, se tivesse q ralar pra me manter 5h59

se eu não fosse branca... 5h59

mas as pessoas no máximo demonstram curiosidade qnd descobrem que sou brasileira, nunca senti um tratamento diferente (e ruim) por isso 6h00

mas a pergunta que não quer calar é 6h01

de onde veio isso?? 6h01

Yasmin ✅

@yasmin_oficial

Embalando sua trilha sonora desde os anos 2000 🎸 🤍 🎵

762 Seguindo **15,5 mi** Seguidores

Yasmin ✅ @yasmin_oficial · há 5 horas

كارحلا يف ءاملا

💬 256 🔁 712 🤍 1,1 mil

> **fcyasmin:** Princesa, foi haqueada?? 💀
>
>> **adri89:** pensei a mesma coisa
>
> **jesilva_:** tendi foi nada kkkk
>
> **najar.samira:** ربكأ هللا
>
> **opanda04:** a lá a branca fazendo branquice
>
>> **eudanicastro:** @opanda04 apropriação cultural comendo solta
>>
>> **gabi_moreira:** @opanda04 @eudanicastro cêis sabem que a Yasmin não é branca, né?
>>
>> **eudanicastro:** @gabi_moreira @opanda04 ?????
>>
>> **opanda04:** @gabi_moreira @eudanicastro a pele dela é tipo a minha, que sou loiro, mas tudo bem, não é branca não
>>
>> **gabi_moreira:** @opanda04 @eudanicastro o sobrenome dela é Abdala. Chamam o pai dela de Sultão. Fica a dica. E a pele dela, tecnicamente, é oliva.
>>
>> **eudanicastro:** @gabi_moreira @opanda04 meu Deus acabei de dar um Google e tô ??? nunca tinha pensado nisso!!
>>
>> **osamucadobabado:** @eudanicastro @gabi_moreira @opanda04 ela pode ser árabe e branca, uma coisa não exclui a outra
>>
>> **gabi_moreira:** @osamucadobabado @eudanicastro @opanda04 vai pros EUA pra ver se ela é branca
>>
>> **osamucadobabado:** @gabi_moreira @eudanicastro @opanda04 A gente tá no Brasil, amiga

MÚSICA

Yasmin e o apagamento da mídia

por Samuca em 22/9/2019, 10h32

Deixa eu contar uma coisa que talvez vocês não saibam: eu sou negro.

Agora, vou brincar de adivinho: você foi olhar minha foto aqui do ladinho, na bio, e pensou "essa mona está doida".

Talvez eu não seja a imagem que você tem na cabeça de um homem preto, mas isso não me torna menos preto (ou menos homem. Gay e homem). Isso talvez se deva ao meu pai, que é branco, ou mesmo à minha mãe, indiscutivelmente preta, mas não retinta. Os resultados foram minha irmã, mais parecida com a minha mãe, e eu, que tenho a pele em um tom de marrom mais claro que o das duas. Mas, sabe, não é só a cor da minha pele que faz de mim o que sou. Inclusive, se eu colocar uma foto minha e do meu pai, lado a lado, eu tenho certeza de que você só vai achar que um de nós dois é branco — spoiler, não serei eu.

Essa foi uma questão que me pegou muito ao longo da vida. Na verdade, demorei um pouco para entender que eu sou o que sou. Minha família não é rica, mas tem o suficiente para a gente viver bem e para eu e minha irmã termos frequentado uma escola particular. Ninguém lá se parecia conosco, o que fazia com que a gente tentasse, o tempo todo, ser igual ao restante dos alunos. Minha irmã, aliás, só passou pela transição capilar há pouco tempo e agora parece outra pessoa. Se você olhar fotos dela adolescente, com aquela franja de lado, cabelo alisado e filtros claríssimos nas fotos, vai jurar que é branca.

Mas não é. Nunca foi.

Com tudo isso, quero dizer, em primeiro lugar, o óbvio: nossa sociedade é racista. É estruturalmente racista (e isso não é uma desculpa para quando você falar bosta e for racista, tá bem?). São muitas e muitas camadas de racismo, e recomendo **esta** e **esta** leitura para quem quiser se aprofundar, mas, tentando resumir a coisa, é que é muito fácil nós, não brancos, rejeitarmos quem a gente é. Porque 99% das referências ao nosso redor são brancas. A gente cresce vendo a vida pela lente da branquitude.

E estou dizendo tudo isso porque acordei com uma surpresa e uma discussão um tanto quanto interessante rolando no Twitter.

Nessa madrugada, minha querida Yasmin postou um **tweet** meio enigmático: em árabe. Fui pesquisar e é um provérbio que, segundo o Google, significa: "A água em movimento". É algo ligado à ideia de inovação, transformação.

Até aí tudo bem.

Só que, a partir disso, os fãs ficaram em polvorosa. Teve gente achando que ela foi hackeada, teve gente sem entender nada e teve gente fazendo acusações de apropriação cultural — reações que deixam bastante nítido o quanto, em geral, as pessoas ignoram o fato de que Yasmin tem ascendência árabe.

Mas por que será que as pessoas ignoram isso? Seria mais um caso de gente branca sendo incapaz de reconhecer que não é o centro do universo e que o mundo é diverso? Em partes. Entretanto, neste caso, arrisco dizer que o papel da mídia é muito maior.

Yasmin sempre foi vendida como alguém branca e ponto. Ela nunca é citada como libanesa (para quem não sabe, Abdala é o sobrenome dela), e não acho que tenha sido por acaso. Vamos lembrar que as discussões sobre diversidade e representatividade, embora sejam feitas pelas comunidades não brancas há muito tempo, ganharam força sobretudo nos últimos anos. Yasmin cresceu e ficou famosa nos anos 2000, quando um blackface, por exemplo, era "perfeitamente" aceitável.

Será que era mesmo interessante ficar pontuando que a menina é árabe? O quanto isso impactaria no sucesso dela? Sem meias-palavras, Yasmin seria muito mais vendável se desassociada de uma ascendência árabe.

Um adendo aqui. A discussão sobre raça é diferente em cada lugar, e países árabes não estão imunes a ela. Inclusive, li esses dias **um artigo** sobre a discriminação que mulheres negras árabes, em especial, sofrem por conta dos padrões de beleza que privilegiam pele clara e cabelo liso. No Brasil, a questão racial está muito ligada ao fenótipo — ou seja, como a pessoa aparenta ser. Portanto, a Yasmin passa por branca aqui... Mas ela não é *só* branca. Isso acontece pelo mesmo motivo que um brasileiro branco descendente de europeus deixa de ser considerado branco, por exemplo, se for para os Estados Unidos ou algum país da Europa Ocidental. Se a etnia de Yasmin fosse exaltada, a pele oliva e os traços libaneses — os olhos grandes e o nariz proeminente, por exemplo — seriam suficientes para que ela fosse lida com outras lentes. Matérias como **esta**, falando da Yasmin bronzeada como "da cor do pecado", e **esta**, apontando a beleza "morena" como "exótica" (expressões bastante problemáticas, caso não esteja explícito), evidenciam isso e dão um indício da razão para ter acontecido o apagamento étnico na sua carreira.

Talvez para muitas pessoas essa discussão seja irrelevante. Vi circulando em alguns tuítes que a cor da pele e a etnia nada têm a ver com o talento dela. Mas essas são falas típicas de quem sempre se viu representado, de quem se enquadra no que é dado como padrão. De quem nunca precisou se questionar sobre as próprias origens.

Falando por nós, fãs, é muito importante ter referências de pessoas não brancas, porque é uma forma de a gente se enxergar e entender que também tem lugar no mundo. Como sociedade, é uma maneira de não permitir o apagamento e a invisibilização de povos e culturas não brancas e não ocidentais. E, falando da perspectiva da Yasmin, é e sempre vai ser importante se apropriar de todo e qualquer senso daquilo que forma o "eu". Se você ainda acha que tudo isso é balela, preciso informar: passou da hora de rever seus próprios privilégios — ou de entender qual é, exatamente, o lugar que você ocupa na sociedade.

De: Alain Taleb <taleb_alain@mail.com>
Para: Maria dos Santos <justmaria@mail.com.br>
Data: 22/9/2019, 11:12
Assunto: Re: Re: Re: Re: Oi :)

Não teria problema se você tivesse deixado para responder hoje. Eu também estava com muito sono e entenderia se você tivesse ido dormir.

(Por precaução, continuei acordado um pouco mais, só para o caso de você responder.)

(Então sim, eu li seu e-mail antes de dormir.)

Gostei muito de saber do seu interesse pela psicologia, eu já cogitei cursar umas matérias na área quando estava na faculdade, mas desisti, já tinha bastante coisa para estudar. Achei curiosa uma coisa: o jeito de você dizer que se ressente de não ter feito faculdade. Tenho um pouco de dificuldade de entender as, como eu digo isso, modulações (?) do português, mas me pareceu muito definitivo. Eu compreendo que você teve outras prioridades quando mais nova e que talvez ainda tenha. Mas não é algo que você cogita fazer no futuro?

Aliás, não tem problema nenhum falar de você. O intuito desta troca é isso: ser uma troca. Eu *quero* saber de você. Então, não se <u>sente</u> pressionada a me contar mais coisas se você não quiser, mas também não <u>acha</u> que não tem esse direito.

(Se o dia aí estiver tão bonito quanto aqui, imagino que a vista de um sítio deva ser espetacular.) (Sim, estou pedindo fotos.)

* * *

De: Maria dos Santos <justmaria@mail.com.br>
Para: Alain Taleb <taleb_alain@mail.com>
Data: 22/9/2019, 11:47
Assunto: Re: Re: Re: Re: Re: Oi :)

Sobre a faculdade, eu não sei. Vai parecer meio burrice, mas, como não pude fazer na época que todo mundo faz, simplesmente não tinha me dado conta de que podia fazer em outro momento, entende? Talvez seja uma possibilidade, algum dia. Por enquanto... Acho que não daria.

E como você perguntou, "modulações" dá pra entender, mas acho que seria mais provável um brasileiro usar "nuances".

Você é formado em quê?

← Alain

HOJE

Maria
<Imagem> 11h49 ✓✓

Bom dia! Dormiu bem? 11h49 ✓✓

Me recuso a mandar fotos anexadas por e-mail. 11h50 ✓✓

Alain
Calma que vou te mandar uma DM no Instagram 11h52 ✓✓

Se você não conversa com a mesma pessoa por diferentes redes sociais em 2019 você não está vivendo 2019 11h52 ✓✓

Hahahahaha 11h52 ✓✓

Aí é mesmo lindo :) 11h53 ✓✓

Dormi sim, e você? 11h53 ✓✓

Como um anjo! 11h54 ✓✓

Ou melhor: como há muito tempo não dormia... 11h54 ✓✓

De: Alain Taleb <taleb_alain@mail.com>
Para: Maria dos Santos <justmaria@mail.com.br>
Data: 22/9/2019, 20:34
Assunto: Re: Re: Re: Re: Re: Oi :)

Sei que a gente se animou nas mensagens mais cedo, mas não queria que esta troca acabasse. Então, achei melhor esperar o assunto por lá terminar antes de continuar por e-mail (e te dar também um tempo longe de falar comigo. Vai que você enjoa de mim).

Não é burrice pensar que existe "tempo certo" para entrar na faculdade. A vida parece que tem uma sequência para acontecer e, se a gente foge dela, sente que perdeu alguma coisa. Mas é mais importante você perceber que não perdeu, que pode fazer as coisas fora de ordem (se assim você quiser).

Minha *licence* é em literatura, mas só fiz o ciclo básico dos estudos. Meus pais não foram muito a favor de eu estudar música, por isso escolhi a literatura. Não era o que eu queria, mas pelo menos eu tinha algum interesse. Foi bastante construtivo, mas perto do fim achei que não fazia sentido me dedicar a isso. Depois que comecei a trabalhar, ficou muito difícil me dividir entre o trabalho, os estudos e a música, então não continuei minha formação depois de concluir a primeira etapa e fui fazendo o que dava.

Fui barman por um bom tempo, aliás. Assim dava para trabalhar na música durante o dia e ganhar um salário de noite. Sempre gostei de trabalhar nesse horário, de sair de casa quando as pessoas estavam voltando, de deixar o bar quando as ruas estavam quase vazias. Eu me sentia contra o fluxo normal do mundo.

Você disse que vai seguir os negócios do seu pai, então suponho que ele estava de acordo com essa decisão. Não sei como seus pais são, mas achei diferente preferirem que você não fosse para a faculdade. Não consigo imaginar os meus tendo a mesma postura!

* * *

De: Maria dos Santos <justmaria@mail.com.br>
Para: Alain Taleb <taleb_alain@mail.com>
Data: 22/9/2019, 22:58
Assunto: Re: Re: Re: Re: Re: Oi :)

Sim, eu sei que demorei mais para responder esse do que os outros. Na verdade, não sabia muito bem como começar ou o que dizer. Lembra que eu disse que estava com medo do que a escrita aqui poderia revelar? Cheguei em um ponto da conversa que precisei escolher entre me abrir ou fugir. Entre tocar numa ferida com que nunca foi muito fácil de lidar ou desviar do assunto.

Mas aí percebi que eu quero falar *com você* sobre essa parte da minha vida. E já que não tem outro jeito, vou ser direta.

Não conheço minha mãe. Ela foi embora logo depois que nasci e não quis mais ter contato comigo. Meus pais nunca foram casados, foi uma gravidez acidental no meio de um relacionamento curto. Ela nunca quis ser mãe, mas meu pai sonhava com a paternidade. Como ele era mais velho, implorou para ela ter o bebê, mesmo que não fosse continuar na vida dele.

Eu tento não julgar a postura dela, sabe? Ela não era obrigada a ser mãe, acho até que deve ter sido difícil demais passar por toda a gestação, o parto... Nem consigo imaginar viver tudo isso, todo o custo físico, emocional e psicológico, sem realmente desejar. Deve ter sido sufocante.

Só que isso não faz as coisas mais fáceis. Como não sentir que não era a maternidade o que ela não queria, mas *eu*?

Meu pai fez de tudo para eu crescer me sentindo querida, amada. Eu sei que ele é um pouco superprotetor — uma nova informação pra você! —, mas entendo de onde isso vem. Sei que foi a forma dele de tentar compensar a ausência da minha mãe, e o próprio medo de, de alguma maneira, me perder também. Mas, ainda assim, aquele vazio que tinha o formato dela sempre me acompanhou. É estranho como a gente pode sentir falta de algo que nunca existiu.

E não foi só meu pai que tentou compensar, acho que eu também fiz isso. Não sei se "compensar" é a melhor palavra, mas sinto que passei boa parte da vida me esforçando. Me esforçando para ser uma boa filha e, assim, meu pai não me abandonar. Sendo obediente para que ele, e qualquer pessoa, gostasse de mim. Me esforçando para ser talentosa o suficiente para que, quem sabe, minha mãe soubesse de mim e ficasse orgulhosa. Que passasse a me querer. Que voltasse.

Mas ela nunca apareceu. E nem sei se seria possível ela "voltar", porque isso implica ela ter estado aqui. Então, é isso. Desculpa se for coisa demais pra se dizer.

← **Alain**

(Transcrição da ligação de voz)

— Uhm, oi?
— *Achei que precisava dizer que eu sinto muito. Este jeito foi o melhor que encontrei.*
(Ofego. Som de choro. Silêncio na linha, exceto pelo choro.)
— Desculpa.
— *O que a gente combinou sobre as desculpas, hein?*
— Droga. (Risada contida e desanimada.)
(Silêncio.)
— *Não se desculpa por sentir. Você não é um robô.*
(Silêncio.)
— Posso te pedir uma coisa?
— *Até duas.*
— Canta pra mim aquela música? Da sua apresentação?
— *"Outra vez"?*
— Ahn? Mas você nunca cantou pra mim.
— *Não.* (Risada) *É o nome da música.* (Silêncio) *É claro que canto.*
(Cama rangendo. Passos. Objeto sendo pego. Passos. Mudança na captação de áudio, agora mais amplo. Cama rangendo. Violão sendo afinado. Acordes iniciais de uma canção.)

— ♪ Outra vez/ Eu caminho pela rua/ Nos ecos de hoje de manhã/ Em cada encruzilhada/ Só encontro a palavra errada/ Risadas, risadas, risadas.

(Violão sendo tocado.)

— ♪ A cidade me pergunta/ Qual o caminho a seguir?/ A resposta que as ruas murmuram/ São os segredos/ Que eu não pedi.

(Melodia crescendo e se intensificando.)

— ♪ Andei tanto/ E voltei aqui/ Estou perdido?/ Ou não quis sair?/ É difícil explicar/ Como é estar/ Com medo de ir ou ficar.

(O ritmo aumenta.)

— ♪ Os prédios ao redor/ São um cenário conhecido/ Por tanto tempo, meu abrigo/ Mas talvez tenha chegado a hora/ Dessas ruas abrigarem os rastros dos meus passos.

(Harmonia em máxima potência.)

— ♪ Andei tanto/ E voltei aqui/ Estou perdido?/ Ou não quis sair?/ É difícil explicar/ Como é estar/ Com medo de ir ou ficar.

(Ritmo desacelerando aos poucos.)

— ♪ Quando eu encontrar/ Esse novo lugar/ Vou olhar para trás e sorrir/ Outra vez. ♪

(Silêncio.)

(Silêncio)

— (Com a voz muito baixa.) Obrigada.

(Suspiro.)

— Você estava certa.

— Sobre o quê?

— É mesmo estranho como a gente pode sentir falta de algo que nunca existiu.

(Silêncio.)

— Eu não sabia que você existia até uns dias atrás e só agora percebi o quanto eu sentia sua falta.

(Silêncio.)

— É muita loucura se eu disser que entendo?

(Suspiro.)

— Não. Não é.

(Silêncio.)
(Silêncio.)
(Silêncio.)
— Boa noite, Alain.
— *Boa noite, Maria.*

← **Dália**

HOJE

Yasmin
Dá, tô saindo já, já do sítio pra voltar pra casa, mas preciso te contar uma coisa 7h03

Eu conheci alguém 7h03

Dália
O QUÊ? 7h07

nossa Yas 7h34

quando vc começou essa ideia de sair de casa escondida, eu adorei 7h34

foi muito bom ver vc sendo espontânea (até meio inconsequente) pelo menos uma vez na vida 7h34

mas eu não fazia a menor ideia de que algo assim poderia acontecer 7h35

principalmente porque é vc 7h35

nunca te vi assim por ngm 7h36

o mais próximo foi o crush no Roger, e não foi nada parecido com isso 7h36

antes de mais nada, me manda o insta dele ASAP PLMDDS 7h37

ele tem alguma coisa a ver com aquela sua pergunta sobre eu ser estrangeira?? 7h38

152

29 de setembro de 2019

Ontem aconteceu uma coisa estranha.

Fiz um show fora do estado, em um sentido que vai além do geográfico: nunca estive tão fora do meu estado normal.

Ali estava eu, cantando as músicas de sempre, fazendo as coreografias que sigo de olhos fechados... Mas era como se alguma coisa tivesse mudado.

Dessa vez, não foi a impressão dos últimos tempos, de que as músicas eram vazias, de que eu entoava sons sem significados. Quando comecei "Esse meu coração", meus olhos se encheram de lágrimas.

E, meu Deus, isso é patético, e assustador, e... um alívio!

Fazia tanto tempo desde a última vez que senti qualquer coisa ao cantar que agora sei que essa parte de mim não morreu. Mas como que, de todas, foi justo essa — romântica — a me tirar da apatia?

Lembro que fiquei confusa a primeira vez que meu pai me mostrou a letra de "Esse meu coração". Os versos não pareciam muito coesos nem faziam tanto sentido. Mas ele insistiu que eu aceitasse gravá-la, que o ritmo apaixonado aliado aos versos repetitivos faria com que as pessoas ficassem com a música na cabeça.

É claro que estava certo.

A música estourou assim que foi lançada, tornando-se campeã em legendas românticas pelas redes sociais. Perdi as contas de quantas vezes vi fãs cantando comigo nos shows em completo êxtase, os olhos fechados e as lágrimas escorrendo.

E nunca entendi como isso era possível, mesmo que me esforçasse para cantar com emoção e me alegrasse com a entrega do público.

A verdade é que, tirando minha paixonite pelo Roger, eu nunca me apaixonei. É óbvio que já tive um ou outro caso, e nem vou mencionar meu namoro ridículo de menos de um ano com o Gabriel. Aquilo foi muito mais físico do que emocional, mas esse negócio de se relacionar com outras pessoas da área é difícil demais. A mídia surtou ao descobrir que a "queridinha do Brasil" estava saindo com a nova estrela do sertanejo universitário e ficava em cima de nós em dobro. Ao mesmo tempo, não é como se houvesse muita escapatória. Como conhecer alguém "comum" sendo uma celebridade? Como saber que a pessoa gosta de mim e não está deslumbrada com minha fama?

Então eu conheci Alain, e tudo ficou ainda mais confuso.

Confesso que, no bar, peguei o telefone dele por impulso, inebriada por todas as emoções daquela noite. Mas, quando pedi para o Roger comprar um chip pré-pago no dia seguinte, não tinha mais como ser impulso. Era racional.

Pensando agora, também foi bastante racional eu só ter enviado a primeira mensagem no sítio. Teve, sim, o fato de que eu estava reunindo coragem e me convencendo de que não era errado entrar em contato com um cara por quem me interessei, mas acho que teve mais a ver com o fato de estar a quilômetros de distância dele, impedida de fazer qualquer outra loucura.

Essa troca com ele, o que tem me feito sentir... É novidade demais e, se eu for muito sincera, ainda tenho receio de estar fazendo papel de boba... Mas tudo que Alain fez foi demonstrar interesse. E eu sigo alimentando isso entre a gente, seja lá o que for, sem fazer ideia de como vai poder resultar em alguma coisa.

Assim como sigo alimentando minhas expectativas. Como não alimentar?

Alain é três anos mais velho do que eu. Pelas minhas contas, ele saiu do Brasil mais ou menos quando minha carreira começou e voltou há pouco tempo. Sendo assim, é possível que "Yasmin" não signifique nada para ele. Alain não conviveu com uma ideia endeusada de mim.

Era tudo o que eu poderia desejar numa relação.

É claro que, se eu disser a verdade, ele vai ter a dimensão de quem sou na mesma hora. Afinal, uma única busca no Google com a palavra Yasmin contaria. Então preciso manter segredo até saber o quanto posso confiar nele. Mas, se um dia ele souber, é muito diferente ter a informação de que sou famosa do que ter crescido ciente da minha fama. Ele está livre do peso da construção da minha imagem.

O que significa que, com ele, eu é quem estou livre.

E completamente ferrada.

Não tinha momento pior para ter percebido isso. Eu estava no meio do show, no meio da minha canção de maior sucesso; não era a melhor hora para começar a refletir sobre já ter me apaixonado, muito menos para ficar emotiva em cima do palco com uma música que antes era só isto para mim: uma música.

Sei lá se é TPM, se eu ando mesmo mais sensível... Mas não acho que é só isso.

A expectativa pelas mensagens dele tem me deixado à flor da pele, e não por ficar angustiada sem saber se e quando ele vai me responder, mas porque eu sei que vai e que vai ser intenso de alguma forma. Cada vez que recebo uma notificação dele, meu coração acelera e eu me pergunto: "O que vem agora?". Nossa troca tem revelado uma afinidade que, ao mesmo tempo que parece inusitada, faz sentido com as sensações que Alain me desperta desde o primeiro instante em que o vi.

Mas o preço dessa troca é não poder revelar tudo sobre mim, o que está cada vez mais difícil de evitar. Alain já percebeu pelas minhas respostas vagas que há algo que não quero compartilhar e que não estou preparada para me abrir por completo.

A questão é que, quanto mais ele quer saber sobre mim, mais me incentiva a descobrir e entender coisas novas a meu respeito. E, dia após dia, nós estreitamos um vínculo diferente de todos que eu já construí.

Nas primeiras trocas de mensagens, o que mais falava alto era o frio na barriga, a lembrança dele em cima do palco com seus olhos sobre mim e daquele calor sob minha pele. Ter conhecido Alain intensificou a audácia que senti em usar um vestido ousado e uma maquiagem pesada.

Mas então algo mais sutil e, ao mesmo tempo, mais profundo aconteceu.

Não sei colocar em palavras o que senti quando ouvi a voz de Alain do outro lado da linha. Foi o tom que ele usou ao dizer que sentia muito que fez com que eu caísse no choro. Havia tanto conforto, tanto carinho, que me senti abraçada por seu timbre. Com isso, algo que estava trancado por tempo demais se abriu.

E ele me permitiu chorar.

Não planejava pedir que cantasse para mim, e na mesma hora tive medo do que ele poderia achar. Mas eu não precisava ter ficado receosa.

Pelos sons, quase consegui visualizá-lo no quarto dele, se levantando da cama para pegar o violão, colocando o celular no viva-voz enquanto voltava a se sentar e apoiando o aparelho em algum lugar. Eu não estava pronta para uma chamada de vídeo nem queria voltar a enganá-lo usando uma aparência que não era a minha. Já bastava continuar usando o nome Maria.

Bastou ouvir os primeiros acordes para que eu fosse mais uma vez transportada para outro lugar. Mas, dessa vez, a experiência foi ainda mais intensa.

Sem ninguém ao nosso redor, era como se ele estivesse no meu quarto comigo. Deixei que sua música preenchesse o ambiente e os espaços em meu peito. Estranhamente, quanto mais preenchida pela canção e por Alain, mais leve eu me sentia. O vazio é uma das coisas mais pesadas que alguém pode carregar.

Quando a música acabou, o suspiro de Alain soou com uma intimidade que, talvez, tenha sido uma das coisas mais bonitas que já ouvi. E essa intimidade tem aumentado dia após dia por meio dos "bons-dias" e "boas-noites", e de tudo dito entre eles, que temos trocado. Não é só na profundidade que se cria conexão, é também na presença. E Alain tem se feito parte dos meus dias.

E isso me afetou. É claro que afetou. Não tivesse afetado, eu não estaria o voo todo escrevendo como uma doida, louca para o avião pousar para conferir se tem alguma mensagem dele me aguardando.

Alain disse que queria me ver e, céus, é tudo o que mais quero. Mas ainda não sei como fazer isso, não quero abrir mão desse mundo que criamos. Se eu revelar quem sou, não vai ter volta: não vou mais poder fingir para ele que sou a Maria.

Não vou mais poder fingir <u>para mim</u> que sou a Maria.

Disfarce (?) 29/9/2019

<u>Introdução???</u>

<u>Refrão</u>

Quero ter minha própria voz

Quero descobrir seu som

Mas não posso fazer isso

Com uma máscara me impedindo

Se você pode me ouvir

Talvez eu também possa

ATA DE REUNIÃO
ÁGRAH LTDA.

Aos 30 dias do mês de setembro do ano de 2019, às 9 horas e 30 minutos, na sede da Ágrah, reuniram-se o CEO Jafé Santiago, o empresário musical Almir Abdala e a cliente Yasmin Abdala, abaixo assinados, para discutir a apresentação da cliente no Primavera Festival a se dar aos 19 dias do mês de outubro, participação essa firmada por contrato em janeiro deste ano.

Determinou-se por unanimidade que a cliente deve apresentar, em ordem prioritárias: canções do álbum *Confissões*, canções do álbum *15*, sucessos dos demais álbuns, desde que o tempo total de apresentação não extrapole o determinado no contrato previamente firmado com o Festival.

Nada mais havendo a ser tratado, lavram a presente ata e encerram a reunião.

Brasil, 30 de setembro de 2019

_____
Jafé Santiago

_____
Almir Abdala

_____
Yasmin dos Santos Abdala

(Transcrição da reunião)

Almir: *Bom, vamos começar? Por que você quis fazer a reunião aqui? A gente não podia ter se reunido com o resto da equipe no estúdio, como sempre?*

Yasmin: *Eu quero antes propor uma coisa.*

Almir: *Hmm?*

Yasmin: *O festival tem um público amplo, certo? Não é só o meu público.*

Almir: *Sim.*

Yasmin: *Então... Eu quero incluir um cover no meu show.*

Almir: *Cover? Que cover?*

Yasmin: *Ainda não decidi, mas pensei em algo um pouco diferente do meu estilo, pra gente testar aq...*

(Porta sendo aberta.)

Jafé: *Bom dia, meus queridos! Vim me juntar a vocês.*

Almir: *Jafé! Entra, entra, fica à vontade.*

Jafé: *O que vocês estavam discutindo?*

Almir: *A Yasmin trouxe uma ideia para o show dela no festival, estava me explicando agorinha.*

Jafé: *Sempre proativa! Sou todo ouvidos.*

Yasmin: *Hmm, bom. Assim, eu estava pensando em, talvez, testar o público do festival pra fazer algo um pouco diferente, porque o público já é, sabe, diferente do meu.*

Jafé: *E o que seria esse diferente?*

Yasmin: *Pensei em algum cover.*

Almir: *Taylor Swift? Ariana Grande?*

Yasmin: *São possibilidades, mas eu pensei em algo mais...*

Jafé: *Espera, mas por que usar seu tempo de palco para divulgar outro artista?*

Yasmin: *Na verdade tem mais a ver com mostrar outras facetas minhas como artista.*

Jafé: *Não vejo sentido nisso, sinceramente.*

Yasmin: *Eu, sim.*

(Silêncio.)

Jafé: *E você, Almir, acha o quê?*

Almir: *Err, olha, vejo sentido no que a Yasmin fala...*

Jafé: *É mesmo?*

Almir: *Mas não sei se é o lugar e o momento, Yas. Acho que a gente deve focar as suas canções mesmo.*

Yasmin: *Mas...*

Jafé: *Aliás, não esquece de chegar no festival pra passagem de som usando Angel, hein?*

Almir: *Ah, é verdade, eles tinham mandado um e-mail pedindo isso.*

Jafé: *Estamos conversados então?*

← Dália

HOJE

Dália
não esqueça sua amiga e me
dê updates do boy PLMDD 13h42

Yasmin
A gente segue se falando e é isso 14h10

Tô começando os ensaios pro festival,
depois te respondo com calma 14h15

Inclusive tô puta 14h15

Mas sem grandes novidades 14h15

vc tá cogitando encontrar com ele? 14h17

e tá puta com o quê? 14h17

Ainda não sei bem... Tô a fim, mas tenho
medo... e não sei como fazer 16h03

| Dália: E tá puta com o quê?
Meu pai e Jafé, pra variar 16h03

Queria fazer umas coisas diferentes na
apresentação do Festival e eles vetaram 16h04

Saí tão puta que esqueci meu note na Ágrah, mas
pego depois. Me recuso a voltar lá hoje 16h04

uhmmmm... 16h07

seu pai ou ele vão a todos os ensaios? 16h07

Não, por quê? 17h13

então eles não participam mesmo
mesmo dos preparos pro show? 17h27

eles precisam saber o que vc
vai fazer ou deixar de fazer? 17h27

1º de outubro de 2019

Me peguei pensando nos diferentes sons e silêncios que contam uma história de medo.

Ontem, quando Jafé abriu a porta da sala de reuniões, tudo ao meu redor congelou e, por instantes, não ouvi mais nada. Eu estava chocada com a audácia dele em se intrometer no que não devia, mas aquele silêncio era uma manifestação do meu medo: medo de que a presença dele apagasse a minha. De novo. Exatamente como aconteceu.

Hoje, quando eu o vi no estúdio de gravação... Meu sangue ferveu. Não havia nada daquela paralisia muda do dia anterior. Ouvi as batidas aceleradas no meu peito, e elas eram, óbvio, um sinal de como eu estava puta. Eu já estava desconfortável em ter que gravar aqueles vídeos para a Angel, só conseguia pensar que não queria estar ali, que não <u>deveria</u> estar ali.

Só que o "tum-tum" ressoando em mim não era só raiva: pela segunda vez na semana, reconheci o medo. Uma coisa é Jafé entrar de supetão numa sala de reuniões na Ágrah... Mas o que foi fazer no estúdio que a Angel alugou? Não me lembro da última vez que ele acompanhou algum trabalho meu, mas lá estava, supervisionando.

Não me parece, em nada, uma atitude inocente. Não sei o que significa, mas o medo que senti ali... Foi instintivo.

Fiquei ainda mais desconfortável. O que me deixou mais tensa. E tudo acabou demorando muito, porque eu não conseguia transparecer naturalidade nas câmeras. Ninguém ali falou nada, mas percebi como a diretora foi ficando impaciente — o que não ajudou. Só me deixou mais nervosa.

E os olhares do Jafé tornavam a situação ainda pior. Dessa vez, não eram aqueles maliciosos, mas sim... atentos. Desconfiados, quase. Como se ele estivesse ali para garantir que eu não causaria nenhum problema. E eu odeio como parte de mim se sentiu mal por tudo aquilo. Meu primeiro impulso foi me cobrar a dar meu melhor para mostrar para ele, para a diretora, para todos os profissionais ali que eu era capaz, que ainda merecia o título de "menina de ouro" da Ágrah... Patético.

Para completar, quando enfim terminamos as gravações, Jafé veio querer saber se eu já tinha alguma composição minha para apresentar. Eu estava exausta, mal conseguindo raciocinar, e disse que ainda não.

Ele me olhou cheio de satisfação, como se soubesse que seria essa a resposta.

Minha respiração ofegante era quase como o som de uma panela que pegou pressão. Eu estava, de novo, com raiva. Raiva de Jafé nem disfarçar que não acredita na minha capacidade. Raiva pelo deboche explícito no olhar dele.

Mas, também, minha raiva era ainda como um terceiro badalar do meu medo. Porque e se ele estiver certo?

Tenho, sim, algumas ideias, mas elas ainda são tão iniciais, e quero mesmo surpreender Jafé e meu pai. Não sei se vou mesmo dar conta, e também não sei como — nem se — a mudança no estilo das minhas músicas impactaria o contrato com a Angel...

Não, respira, Yasmin. Você decidiu não se preocupar com isso agora. Dália está certa, você precisa apenas se permitir criar, sem podas antes do tempo.

Foque isso. Não traga de volta a ansiedade. Senão, a noite de hoje vai ter sido em vão.

É óbvio que Alain perceberia meu mau humor, isso não me surpreendeu. O que eu não esperava foi o que ele me propôs para me ajudar a relaxar.

Quando Alain me disse que, quando está estressado, assiste ao filme favorito dele, fiquei curiosa na mesma hora para saber qual seria. Algum clássico, como *Poderoso chefão* ou, quem sabe, *Cinema Paradiso*? Não sei quem ficou mais chocado: eu, por descobrir que ele falava de *As branquelas*, ou ele, por descobrir que eu nunca tinha visto.

Eu era criança quando o filme estreou, é verdade, mas não tive coragem de assumir que meu pai sempre falou mal desse filme, que era uma porcaria que não acrescentava nada a ninguém. "Não sei como tem gente que pode gostar disso" é sua fala favorita a respeito de tudo aquilo que considera vulgar.

Nesse momento, Alain disse que era hora de resolver aquilo.

Então, a sinfonia formada pelo bater de dentes e pelo zumbido nos ouvidos me contou a quarta história de medo que ouvi nos últimos dois dias.

Tenho desviado do assunto sobre a gente se encontrar e acho que Alain percebeu, porque não força a barra. Mas achei que ele estivesse prestes a me convidar para ver o filme com ele e fiquei apavorada. E não era só pela possibilidade de revê-lo. Tinha também o fato de que assistir a um filme que meu pai condenava era mais uma "transgressão". Sei que parece bobo, que é só um filme... Mas não é. É tudo o que a ação representa. É romper com um comportamento a que fui condicionada. Além disso, e se eu gostasse do filme "vulgar"? O que isso diria de mim?

A mensagem seguinte de Alain sugerindo de assistirmos ao mesmo tempo, cada um em sua casa, comentando o filme por mensagens, me aplacou em partes. Eu ainda não teria que decidir se estava disposta a encontrá-lo, mas seria mentira dizer que estava totalmente confortável em assistir àquele filme que, na minha cabeça, era proibido.

O que posso dizer é que foram as duas horas mais divertidas da minha semana, e ainda é só terça-feira. E se Alain, que é tão talentoso e escreve letras tão profundas e geniais quanto as que já me mostrou, adora um besteirol de vez em quando, acho que também posso gostar de coisas assim sem correr o risco de ser menos inteligente. Menos culta. Menos valorizada.

O quinto e último som que me contou uma história de medo eu escuto, na verdade, para muito além de ontem e hoje. Ele tem o mesmo formato e frequência de onda da minha própria voz e me diz para continuar estagnada onde sempre estive.

← **Alain**

HOJE

Alain
Me sentindo o próprio herdeiro
vindo para a academia essa hora 10h22 ✔

(É assim que fala no Brasil certo?) 10h22 ✔

Bom dia! 10h22 ✔

Maria
Olha só, eu tô treinando também! 10h25 ✔

Bom dia! 10h25 ✔

Duvido, você só está falando isso para
criar uma coincidência entre nós 10h27 ✔

E você é herdeira então e não me contou? 10h28 ✔

<Imagem> 10h39 ✔

Não é que você estava
mesmo falando a verdade? 10h39 ✔

Gostei do conceito! Seu tênis do
lado dos haltères ficou artístico 10h39 ✔

<Imagem> 10h41 ✔

Para mostrar que também não estou mentindo 10h41 ✔

Muito justo da sua parte! 10h41 ✔

4 de outubro de 2019

Não sabia que eu podia perder o fôlego com uma foto.
Não estava pronta para ver Alain sem camisa. Suado.
Não sabia que eu podia perder o fôlego com uma foto.

Luz na escuridão (título provisório)

5/8/2019

A vela na _cabeceira_* vela ~~meu sono~~ o silêncio

                     (é um verso melódico?)

Um ponto de luz ~~desafiando~~ contra a ~~escuridão~~ noite

          (estava pobre, explícito e dramático)

Sua chama me chama   **(abuso de jogo de palavras?)**

~~Porque Para existir~~ A queima é _condição_* de _existência_*

        *palavras com muitas sílabas,

        difíceis de encaixar na melodia

     está, como um todo, destoando do estilo Yasmin

Vi uma luz brilhando na noite

Não era minha vela, era uma estrela

Me chamando, mostrando o caminho

Um lembrete para não desistir

        parecido demais com o estilo Yasmin

<u>Em chamas (ideias)</u>
4/10/2019

Ardência ardor
Queimar perigo
Poder prazer
Calor sabor

Gritar   **(pedido de ajuda ou libertação?)**
Sua chama me chama
Você me tortura, mas eu não quero parar

← **Alain**

HOJE

Maria
Como você faz quando está tentando compor, mas fica bloqueado? 22h24 ✓✓

Alain
Uma pergunta muito específica para chegar de repente 22h25 ✓✓

Fiquei curioso sobre o que gerou a dúvida... Posso ter esperanças de que você estaria pensando em mim? :) 22h26 ✓✓

Mas respondendo você, eu tento mudar o ambiente ou fazer outras coisas 22h27 ✓✓

Vou dar uma volta para distrair, vou treinar... tento também ouvir músicas que gosto, prestar atenção nas letras e melodias 22h28 ✓✓

Às vezes uma coisa induz a outra 22h29 ✓✓

Se a letra não está funcionando, tento trabalhar primeiro a melodia 22h29 ✓✓

Se fico bloqueado com a melodia, trabalho os versos para tentar pensar a melodia a partir deles 22h30 ✓✓

Obrigada por responder! 22h31 ✓✓

Alain: Fiquei curioso sobre o que gerou a dúvida... Posso ter esperanças de que você estaria pensando...

Nada de mais, curiosidade que bateu mesmo... 22h34 ✓✓

Certo... 22h34 ✓✓

E o que você gosta de ouvir? 22h35 ✓✓

Pergunta difícil 22h35 ✓✓

Ouço bastante coisa para ter referências 22h36 ✓✓

Smokey Robinson, Irma, Pearl Jam,
Dave Matthews Band, Djavan, Kings of Leon,
Legião Urbana, Édith Piaf, Cazuza, talvez sejam
os que mais escute na minha jornada 22h37

Mas acho importante variar 22h38

Gosto muito de ouvir música
instrumental e clássica também 22h39

> Alain: Smokey Robinson, Irma, Pearl Jam, Dave Matthews Band, Kings of Leon, Legião Urbana...

Irma? Não conheço, mas adoro os outros! 22h40

> Alain: Gosto muito de ouvir música instrumental e clássica também

Conhece o Ludovico Einaudi? As músicas dele me
transportam pra outro universo. Sou capaz de ouvir
"I giorni" em looping e me emocionar em todas elas 22h40

> Maria: Irma? Não conheço, mas adoro os outros! se referir a minha filha.

É uma cantora camaronesa que mora
na França, não sei se ela é conhecida no
Brasil. Gosto muito do trabalho dela 22h41

▶ **It Ain't Easy**
Irma • Faces • Song • 2014

https://open.espot.com/track/5wIhljubpOcnFdRJ
9aKIpR?si=2Qb6mD4fQ96BmKyYTmarDA 22h41

> Maria: Conhece o Ludovico Einaudi? As músicas dele me transportam pra outro universo. Sou capaz de...

C'est magnifique! 22h42

> Alain: https://open.espot.com/track/5wIhljubpOcnFdR...

Uau
22h46

Essa... Bateu aqui 22h46

Esse sempre foi um dos motivos
para eu ser doido por música 22h47

Como ela consegue mexer com a gente 22h47

Sabe o que é engraçado? Mesmo a música sendo boa parte da minha vida, antes ela era uma coisa com a qual eu me conectava, que eu sentia com muita força, mas eu não percebia o tanto que podia me expressar através dela 22h47 ✓

Não sei se entendi muito bem... O que você quis dizer com a música ser boa parte da sua vida? Você já disse que gosta bastante, mas eu não tinha entendido que era mais do que um gosto 22h50 ✓

É que tudo que eu faço vem acompanhado de música, sou o tipo de pessoa que ouve música o dia inteiro, se possível e tal 22h52 ✓

O melhor tipo de pessoa, na minha opinião :) 22h52 ✓

Você me deu uma ideia 22h53 ✓

Devo me preocupar? 22h53 ✓

Hahaha não precisa 22h54 ✓

Você disse o quanto a música pode expressar 22h54 ✓

E se a gente se expressar trocando músicas? 22h54 ✓

Enviando letras que dizem o que a gente está sentindo agora 22h55 ✓

Adorei a ideia, mas vou precisar de um tempo para pensar 22h55 ✓

Tudo bem! 22h56 ✓

Eu posso começar 22h56 ✓

E tenho outra proposta 22h56 ✓

Que a gente mande os trechos traduzidos, se a música não for originalmente em português 22h56 ✓

Já que português é o idioma com significado para os dois 22h57 ✓

Perfeito ❤ 22h57 ✓

Querida, a noite nos pertence
É isso mesmo, faça o que tiver que fazer
Aos poucos, ficamos mais e mais próximos
De cada pedacinho do outro
Deixe a música te envolver
Permita-se, e você vai descobrir
("Cruisin", Smokey Robinson) 22h59

Pega mal se eu disser que
minha primeira referência pra essa
é a Gwyneth Paltrow? 23h00

De jeito nenhum 23h00

A não ser que você esteja desviando do assunto 23h00

Dois peregrinos, livres para ver o mundo
Há tanto mundo para se ver
Nós estamos em busca do mesmo fim de arco-íris
Esperando ao dobrar a curva
Meu leal amigo
Rio da Lua e eu
("Moon River", Barbra Streisand) 23h04

Escolha interessante 23h04

Pois quando penso em você
É quando não me sinto só
Com minhas letras e canções
Com o perfume das manhãs
Com a chuva dos verões
Com o desenho das maçãs
E com você me sinto bem
("Pensando em você", Paulinho Moska) 23h05

Nossa... 23h06

Estou te olhando através do vidro
Não faço ideia de quanto tempo passou
Ah, céus, parece uma eternidade
Mas ninguém te conta
Que a eternidade parece conhecida
Quando se está sozinho dentro da sua mente
("Through Glass", Stone Sour) 23h08

Só feche os olhos
O Sol está se pondo
Você ficará bem
Ninguém pode te machucar agora
Venha, luz da manhã
Eu e você estaremos sãos e salvos
("Safe & Sound", Taylor Swift) 23h09 ✔

Ok, essa eu não esperava... 23h09 ✔

Mas entendi o recado 23h09 ✔

É isso o que importa 23h10 ✔

Quando a gente conversa
Contando casos, besteiras
Tanta coisa em comum
Deixando escapar segredos
E eu não sei em que hora dizer
Me dá um medo, que medo
("Preciso Dizer Que Eu Te Amo", Cazuza) 23h12 ✔

Não precisa ter medo, Maria... 23h13 ✔

Achei que você tivesse entendido que está
segura para se abrir comigo 23h13 ✔

Confia em mim? 23h13 ✔

Entendi que foi isso o que você disse 23h14 ✔

Só quis dizer que não é fácil me abrir... 23h14 ✔

A gente não deveria estar dizendo isso por músicas? Rsrs 23h14 ✔

Desolé 23h15 ✔

Você está certa 23h15 ✔

Preciso pensar... 23h15 ✔

Já sei 23h18 ✔

Meu coração é seu
E nós nunca estaremos distantes
Você pode estar nas revistas
Mas ainda vai ser a minha estrela
Querida, porque na escuridão
Você não consegue nem mesmo ver o brilho dos carros
E é quando você precisa de mim
Com você, eu sempre vou compartilhar

Porque
Quando o Sol brilha, nós brilhamos juntos
Te falei que eu estarei sempre aqui
Disse que serei sempre seu amigo
Fiz um juramento, vou mantê-lo até o fim
("Umbrella", Rihanna)

23h19 ✓

Essa música... Por que você escolheu ela? 23h21 ✓

Você não gosta? 23h21 ✓

Foi a primeira que lembrei sobre dar apoio,
estar ao lado de alguém 23h21 ✓

Não, eu gosto, não é isso 23h21 ✓

É que... Acredite, fez mais sentido do que você pode supor... 23h21 ✓

Bom, se é pra ser sincera... 23h22 ✓

Ela é só uma garota e está em chamas
Mais quente do que uma fantasia
Solitária como uma estrada sem fim
Ela está vivendo em um mundo que está em chamas
Sentindo a catástrofe
Mas ela sabe que pode voar para longe
Ah, ela tem os pés fincados ao chão
E está incendiando tudo
Ah, ela está com a cabeça nas nuvens
E não vai recuar
Essa garota está em chamas
("Girl on Fire", Alicia Keys)

23h22 ✓

Você ganhou um novo otário
Ha, eu gosto assim
Eu só tenho um único desejo ardendo
Ah, posso fazer amor com suas chamas?
("Fire", Red Hot Chili Peppers)   23h24 ✓

Veja, esses sentimentos estão fora de controle
Falo sobre perder, perder tudo por você
Porque eu venho pensando, venho pensando
Em colocar meu corpo... Meu corpo sobre o seu
("Bedroom Wall", Banks)   23h27 ✓

Mon Dieu, Maria...   23h27 ✓

Posso te mandar uma que não sai da minha
cabeça desde que te vi naquele bar?   23h28 ✓

Pode   23h28 ✓

Lábios vermelhos como o vinho, quero sorvê-los
E continuar até você me deixar bêbado
Cabelo preso, quero soltá-lo
E deixar todo o resto cair no chão
Você eleva a beleza ao máximo

Não consigo me conter quando te vejo assim
Chegue mais perto, chegue mais perto
Chegue mais perto, garota, do jeito que você está hoje
Meus olhos são a única coisa que não quero tirar de você
("My Eyes", Blake Shelton)   23h30 ✓

Seus lábios, meus lábios
Apocalipse

Vá e nos conduza pelos rios
A água subindo até seus joelhos
Ah, por favor
Apareça e me assombre
Eu sei que você me quer
Apareça e me assombre
("Apocalypse", Cigarettes After Sex)   23h32 ✓

É só me dizer onde e vou   23h32 ✓

A hora que você quiser 23h32 ✓

Você acredita se eu disser que não tô pronta? 23h32 ✓

Eu quero... 23h32 ✓

Mas ainda não tô pronta 23h33 ✓

Quer? 23h33 ✓

Muito 23h33 ✓

Posso expressar o quanto? 23h34 ✓

Deve 23h34 ✓

Quente como a febre
Ossos se chocando
Eu poderia simplesmente provar
Tomar
Se não for para sempre
Se for só esta noite

Ah, ainda assim nós seremos os melhores
O melhor, o melhor
Você...
Meu sexo está em chamas
("Sex on fire"), Kings of Leon 23h35 ✓

oh putain! 23h35 ✓

E você ainda mudou o pronome no último verso... 23h36 ✓

Bom, eu não podia falar por você... Só por mim 23h36 ✓

Mas eu posso falar por mim 23h36 ✓

E pode me mostrar? 23h36 ✓

Você está pedindo o que acho que está? 23h36 ✓

Estou 23h37 ✓

Eu quero 23h37 ✓

<Imagem> 23h38 ✓

Ah, Alain 23h38

Eu quero provar você 23h38

E o que mais? 23h39

Eu quero que você me prove 23h39

Você vai acabar comigo essa noite, Maria 23h39

Mas eu ainda nem comecei... 23h40

É mesmo? O que mais você tem guardado para mim? 23h40

\<Imagem\> 23h43

oh putain! 23h44

5 de outubro de 2019

Eu... Eu não sei como conseguir dormir agora. São quase uma da manhã e me despedi há pouco do Alain.

Nunca fiquei tão excitada em toda minha vida.

Bom, eu já estava, considerando aquela foto na academia. Mas, quando Alain me propôs a troca de músicas, eu não esperava por isso. No começo, fiquei mais uma vez com medo do que aquilo poderia revelar ou para onde poderia nos levar. E a coisa estava um tanto quanto emocional até que de repente... Eu nem sei quem começou o incêndio nem como, só sei que não tinha mais como controlar as chamas.

A primeira foto de Alain... Todas as outras que vieram depois... O quanto eu queria tocá-lo...

Ah, meu Deus, é como se eu não tivesse acabado de gozar.

Não sei até quando minhas mãos vão ser o suficiente. Pelo visto, já não estão sendo.

Eu nunca me senti assim, completamente descontrolada, completamente tomada pelo desejo. Talvez amanhã, quando voltar a mim, eu me arrependa.

Mas senti que morreria se não mandasse aquela foto pra ele.

Só o que fiz foi passar o batom vermelho do bar e tirar minha blusa. O que Alain recebeu foi o contorno dos meus lábios e a curva dos meus seios, sem nada além que pudesse me identificar. Tomei o cuidado de me fotografar de um ângulo que distorcesse um pouco meus traços, então não estou tão reconhecível. Além disso, coloquei a peruca loira e deixei algumas mechas caindo próximo à boca, me deixando ainda mais irreconhecível.

Espero que não tenha sido um erro.

Mas não sinto que foi.

8 de outubro de 2019

Quero ver o Alain. Eu preciso vê-lo.

Mas tenho que saber se posso confiar nele.

Se a gente se encontrar, não quero estar disfarçada nem quero continuar sendo chamada por um nome que não é meu. E quero que ele me veja por inteiro. Mas não posso fazer isso sem antes ter certeza de que é seguro me revelar.

Então tive uma ideia.

Passei o dia todo ansiosa esperando por nossa conversa noturna, sozinha em meu anexo. Meu pai continua sem nem sonhar que Alain existe, e espero que as coisas permaneçam assim, embora Roger, muito causalmente, sugira que eu faça o contrário sempre que vê uma oportunidade. Por mais que ele compreenda meus receios, acredita que, se eu fosse sincera, meu pai me entenderia, o que permitiria que eu e Alain encontrássemos uma forma de nos vermos. Mas não acredito nem um pouco nisso.

Sobretudo, eu não quero dividir Alain com mais ninguém.

Minha sensação é que algo se romperia, e quero manter esse mundo que criamos só para nós dois por mais um tempo, sem intervenção de ninguém, sem influência de ninguém.

Agora é só esperar ele me ligar.

← **Alain**

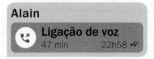

(Transcrição da ligação de voz)

— Oi!
— *Ah, como é bom ouvir sua voz!*
— Também é bom ouvir a sua... Tá tudo bem?
— *Tive um dia difícil por aqui, só isso.*
— Algo que você queira compartilhar?
(Hesitação.)
— *Hoje seria o aniversário de uma pessoa especial... um amigo. Eu perdi esse amigo.*
— Perdeu?
— *Ele faleceu.*
(Arquejo.)
— Alain... Eu sinto muito. (Pausa.) Faz tempo?
— *Um pouco antes de eu vir para o Brasil. Foi um dos motivos para eu querer voltar para cá.*
— Acho que a gente não conversou muito sobre isso, sobre sua decisão de voltar.
(Suspiro.)
— *Não sei bem se foi uma decisão, talvez tenha sido mais um impulso. Eu queria seguir com a música lá, mas não sabia como. Aí ele... morreu, e me senti perdido. Parecia que nada tinha sentido. Ao mesmo tempo, ficou tudo urgente. Eu só senti que precisava fazer alguma coisa. Então vim. Tentar a música aqui pareceu o certo, não por eu ter algum plano. Aqui é parte de mim também, da minha história e talvez, se me ligasse a isso de novo, eu encontrasse alguma resposta. Ou caminho.*

— Faz sentido...

(Silêncio.)

— O que você vê na música?

— *Não é tanto o que eu vejo nela. É mais o que não consigo ver além dela. A música não está na minha vida, ela é a minha vida. Eu não sei o que sou sem ela nem sei viver de um jeito que ela não exista. Albert era parte disso. Parte importante.*

— Ah, ele também era músico? Você quer me contar mais sobre o Albert? Dizer como ele era?

(Hesitação.)

— *Oui... Acho que sim. Seria bom, sim.*

— Bom, estou aqui.

— *Ele era... meu melhor amigo. Era uma das pessoas mais inteligentes que conheci. Um gênio. As músicas dele... Gostaria de um dia ser metade do que ele foi.*

— Ele gravou alguma coisa?

— *Não. Ele sempre preferiu os bastidores, a produção.*

(Silêncio.)

— Você tocaria alguma música dele para mim?

— *Eu... Acho que... Acho que seria difícil. Tudo bem dever essa para você?*

— Claro que sim. Me desculpa se fui insensível.

— *Não, Maria, nunca! Acho que hoje também não consigo cantar nenhuma das minhas músicas, mas, se você me permitir, posso tocar alguma outra.*

— Eu adoraria, mas só se você estiver à vontade para isso.

— *Estou. Uma forma de me expressar, não é mesmo?*

— Sempre.

(Ruídos de fundo. Cordas dedilhadas.)

— ♫ *Blackbird singing in the dead of night/ Take these broken wings and learn to fly...*

(Música tocada e cantada até o fim.)

(Suspiro.)

— Você é um músico excelente.

— *Fico feliz de você achar isso.*

(Silêncio.)

(Pigarro.)

— Tenho certeza de que, se fosse apresentado à pessoa certa, você decolaria.

— *Bom, é o que quero. Tenho esperado por isso, por uma oportunidade.*

— Alain, eu estava pensando... Na verdade, não sei como não tinha pensado nisso antes. Mas acho que posso te apresentar a alguém.

(Silêncio.)

— *Como assim?*

(Inspiração.)

— No show, quando a gente se conheceu, tinha uma mulher sentada comigo, não tinha?

— *Acho que tinha... Tinha sim, eu lembro.*

— A gente conversou bastante e, no fim das contas, ela me contou que é empresária. Ela só trabalha com mulheres, mas com certeza tem contatos. Eu, ahn, fiz um favor pra ela aquela noite e tenho certeza de que, se eu fosse atrás dela, ela estaria disposta a retribuir. Até porque ela elogiou sua apresentação e disse que você seria um forte candidato a ser cliente dela se ela trabalhasse com homens.

(Silêncio.)

— *Você é muito gentil e quero que saiba que sou muito grato por você querer ajudar. Mas prefiro que não faça nada.*

— Tem certeza?

— *Tenho.*

(Inspiração. Suspiro pesado.)

— *Olha, ela me viu cantando. Se tivesse visto potencial e se interessado, teria vindo falar comigo, nem que fosse para me apresentar para outra pessoa. Eu não quero que ela só cogite essa possibilidade para retribuir um favor para você. Eu quero merecer a minha chance quando ela aparecer, entende?*

8 de outubro de 2019

Agora é só esperar ele me ligar.

***

Ah, meu Deus. Deu certo! Ele passou no teste!

Precisei soltar uma mentirazinha, mas acho que ele não percebeu. O importante é que ele resistiu à minha oferta. Mesmo que viver da música seja mais do que um sonho para Alain.

O jeito como ele falou do amigo me fez, mais do que tudo, querer estar ao lado dele. Embora conviver com a ausência da minha mãe nunca tenha sido fácil, nunca passei pelo luto. Nunca perdi alguém tão próximo. Não faço ideia do que é realmente sentir o que Alain está enfrentando...

Mas consigo me conectar com a comparação que ele fez com a música. Consigo sentir o desespero de pensar num mundo sem ela. Para nós dois, música é condição de existência.

Por isso, eu sei que o que Alain busca não é a fama, embora possa ser uma consequência. Mas será que o orgulho dele vai ser forte o suficiente para resistir quando souber quem eu sou?

← **Alain**

HOJE

Maria
Estava aqui pensando... Você tem planos quarta que vem? 8h04 ✓✓

Alain
Que dia é quarta? 16? 8h04 ✓✓

Acho que não tenho nada 8h05 ✓✓

Quer vir em casa? 8h06 ✓✓

Com certeza! 8h06 ✓✓

Mas se você quer marcar em um lugar público, para se sentir mais segura, não tem problema para mim, tá bom? 8h06 ✓✓

Não, tá tudo certo! 8h07 ✓✓

Eba! Sua reserva está confirmada

16 de out. a 17 de out. de 2019

Check-in	Check-out	Duração da estadia
16 de out. de 2019 às 14h	17 de out. de 2019 às 12h	1 noite

Nº de reserva 236514088100

Que ótimo! Você já tem tudo para sua hospedagem.

Seu recibo já está anexo. Leve-o sempre com você!

Você sabe tudo que pode fazer antes de se hospedar?

Em Minhas Hospedagens no nosso site, você pode conferir o estado da sua reserva nº **236514088100**, fazer pedidos especiais e conhecer as políticas de alteração e cancelamento da sua acomodação. E ainda tem mais! Você contará com mais informações para planejar sua viagem.

Acesse com o seu e-mail roger.welker@mail.com.br

← Roger

HOJE

Roger
Feito. Encaminhei o recibo pro seu e-mail. 21h38 ✓✓

Yasmin
Já disse hoje que te amo, Rog?? 21h38 ✓✓

E eu já disse hoje que não gosto
nem um pouco dessa ideia? 21h39 ✓✓

Eu sei que não. Mas juro que não faria
isso se não me sentisse segura. 21h39 ✓✓

Não se preocupa também com a apresentação
do Festival. Eu dou conta dos ensaios e de
fazer essa pausa na quarta de noite. 21h39 ✓✓

Não é do seu julgamento que desconfio,
Yas, nem do seu profissionalismo. Nem dessa
sua energia dos 20 e poucos anos. 21h40 ✓✓

Se ele não for quem parece, não
seria culpa sua por ter acreditado 21h40 ✓✓

Minha preocupação é exatamente essa.
Se ele estiver mal-intencionado, é óbvio
que vai te convencer do contrário 21h41 ✓✓

Mas ele não sabe quem eu sou 21h41 ✓✓

Não é esse o problema 21h42 ✓✓

Ao menos, não nesse momento 21h42 ✓✓

Estou preocupado com você do mesmo
jeito que ficaria com qualquer outra mulher
com quem eu me importo nessa situação 21h42 ✓✓

Você já não pediu pro Raul checar a ficha dele? 21h43 ✓✓

O Raul não tá mais na equipe. O novo
chefe de segurança é o Wellington. 21h43 ✓✓

Mas sim, eu ainda tenho o contato do Raul e pedi pra ele quebrar esse galho. 21h44

Não tem muito sobre o Alain no Brasil, porque ele tá aqui há pouco tempo, e o Raul não consegue puxar a ficha da França. 21h44

A princípio, ele é só um cara querendo se dar bem 21h45

> Roger: O Raul não tá mais na equipe. O novo chefe de segurança é o Wellington.

Quê? Como assim? 21h45

Vi no Instagram ele fazendo um cruzeiro, achei que estivesse de férias 21h45

> Roger: A princípio, ele é só um cara querendo se dar bem

Bom, eu espero que ele se dê bem mesmo, porque significaria que eu também vou 21h46

> Yasmin: Quê? Como assim?

Devem te apresentar pra ele em breve. O Jafé achou melhor trocar a equipe. É tudo o que sei. 21h52

> Yasmin: Bom, eu espero que ele se dê bem, porque significaria que eu também vou

 21h52

Você faria uma coisa pra me deixar mais tranquilo? 21h53

Claro! O quê? 21h53

Deixa uma câmera de segurança com acesso remoto durante o encontro de vocês. 21h53

Óbvio que não! Tá doido? Você acha mesmo que eu quero ser gravada? Ou que quero que você fique assistindo? 21h54

É claro que eu não vou ficar assistindo, Yasmin 21h54

Minha ideia é a seguinte 21h54 ✓

A gente combina um sinal, uma palavra, qualquer coisa que você possa me enviar com facilidade, se precisar. Se eu receber, acesso o aplicativo da câmera pra ver o que está acontecendo e poder ajudar. 21h55 ✓

A câmera capta som também, então não teria problema de eu interpretar mal o que estivesse vendo, porque poderia ouvir o que vocês conversassem. 21h55 ✓

E eu só ativaria o som se recebesse sua mensagem com a palavra de segurança 21h55 ✓

Você jura que não vai ficar me espionando? 21h59 ✓

Yas, eu juro que não estou interessado na sua versão do BBB. Eu conheço o conceito de "privacidade". 21h59 ✓

E outra, minha família vai estar em casa, lembra? 22h00 ✓

Ai, verdade. Desculpa perder o bolo esse ano =/ 22h04 ✓

Aliás, desculpa usar seu aniversário de álibi 22h04 ✓

Ou seja, você me deve uma 22h05 ✓

(Não deve nada, muito menos por causa de um aniversário, mas se eu puder usar isso a meu favor pra te deixar mais segura, que seja) 22h06 ✓

Hahahahaha 22h06 ✓

Droga, funcionou 22h06 ✓

Roger: Deixa uma câmera de segurança com acesso remoto durante o encontro de vocês.

Tá. Como a gente faz? 22h06 ✓

Vou com você mais cedo, na hora do check-in, e a gente arruma tudo. 22h07 ✓

Qual música da Yasmin representa sua personalidade?

postado em 15/10/2019, 15h27

Faça o teste e descubra qual música da Yasmin mais representa sua personalidade!

1) **Como você descreveria sua personalidade?**
    a) Sensível
    b) Espontânea
    c) Confiante

2) **Qual é o seu maior medo?**
    a) Não encontrar o verdadeiro amor
    b) Não aproveitar verdadeiramente a vida
    c) Perder o controle de alguma situação

3) **Qual destas opções é mais parecida com sua vida amorosa?**
    a) Em busca de uma. Espero que crush me note!
    b) Divertida. Adoro conhecer pessoas!
    c) Não tenho e não me importo. Sou mais eu!

4) **Em qual destes lugares você moraria?**
    a) Em um chalé na floresta.
    b) Em um loft numa cidade badalada.
    c) Em uma casa de praia.

5) Qual o clima ideal para você?

a) Friozinho e chuva.

b) Sol e calor.

c) Ameno.

RESULTADO

- Se marcou mais *alternativas A*:
Você está mais para a romântica "Esse meu coração"!

- Se marcou mais *alternativas B*:
A animada — e um pouco nonsense — "Piri-patz-tum" é você todinha!

- Se marcou mais *alternativas C*:
É sem dúvida a decidida "Não adianta chorar"!

IMAGENS E ÁUDIO DA CÂMERA DE SEGURANÇA

2019.10.16 20:28

Ambiente monitorado: sala de estar

Yasmin está sentada em um sofá. Os pés estão apoiados no chão, batendo vez ou outra nele. O braço esquerdo está apoiado nas pernas. O cotovelo direito, apoiado na perna direita, permitindo que o braço sirva de sustentação para o queixo. Ela olha para a frente.

(Toque de interfone.)

Yasmin se levanta em um sobressalto, os fios loiros da peruca acompanham o movimento. Usa um cropped ombro a ombro verde-água e calça jeans justa de cintura alta. Nos pés, um escarpin bege de salto baixo. Ela sai do cômodo.

— Alô? *(Silêncio.)* Pode liberar, por favor. Obrigada!

Yasmin retorna, mordendo o lábio e andando em círculos. Ela para, respira fundo e expira.

(Campainha toca.)

Yasmin fecha os olhos. Dirige-se em direção à porta e sai do raio de gravação.

(Chave destrancando. Porta sendo aberta.)

— Oi!

— Ah, Maria!

Yasmin retorna, seguida por Alain, que está com as mãos nos bolsos da calça jeans e usa camiseta branca. Ela se vira para ele. Alain estica a mão e encosta no rosto de Yasmin.

— Acho que tinha esquecido como você é linda.

Ela fecha os olhos. Abre de novo e aponta para o sofá próximo deles.

— Você se importa de se sentar um pouco aqui? Queria conversar com você.

Alain encara Yasmin. Os dois se sentam.

Yasmin fita o nada, de olhos arregalados. O peito dela sobe e desce acelerado com a respiração profunda. As mãos estão trêmulas. Alain se aproxima devagar e coloca uma mecha da peruca loira atrás da orelha de Yasmin.

— Sou eu. Não precisa ter medo. Pode me falar o que estiver te atormentando.

Ela levanta o rosto e o encara.

— Antes de qualquer coisa, quero que você acredite que tudo o que a gente conversou foi real. Lembra disso, que você me conhece, tá?

Alain franze de leve os olhos.

Yasmin entoa os versos do refrão de "Esse meu coração". Alain sorri.

— Você também canta!

Ela olha para ele com atenção.

— Canto. Essa é minha profissão. Alain, eu sou famosa.

Devagar, Yasmin vira o rosto para a frente e tira grampos da cabeça. Em seguida, retira a peruca e uma touca que estava por baixo. Aos poucos, vai soltando o cabelo escuro até que ele caía pelos ombros.

Alain assiste a tudo, arregalando os olhos e ficando boquiaberto.

Yasmin volta a olhar para Alain.

— O que está acontecendo? E como assim famosa?

— Você esteve fora do Brasil por quase toda a sua vida e, hoje, não faz parte do meu público-alvo. Não é estranho que não tenha ouvido falar de mim.

Ele balança a cabeça.

— Imagino que você também não se chame Maria, né?

— Não.

Ela estende a mão.

— Yasmin. Muito prazer.

Alain olha para a palma da mão de Yasmin antes de retribuir o cumprimento.

— Eu não entendo.

— Digita "Yasmin" no Google.

Alain hesita. Em seguida, retira o celular do bolso e digita na tela. Ele arregala os olhos.

Alain rola a tela do celular, clica nela. Coloca a mão no queixo e encara o aparelho fixamente.

(Silêncio.)

O queixo de Alain cai.

— *Você é a filha do Sultão?*

— Você conhece meu pai?

— Não muita coisa. Só sei que ele é muito influente no meio e que a Ágrah é o sonho de qualquer cantor.

Yasmin vira o rosto, olhando para o lado do cômodo oposto à Alain.

Ele guarda o celular.

— É, você é mesmo famosa.

Yasmin dá de ombros, sem o encarar.

— Desculpa ter escondido isso de você. Mas não sabia como dizer (*ela vira o rosto para ele*) e, pelo menos no começo, não sabia se podia. Eu não sabia quem você era.

(Silêncio.)

— Mas nossas conversas... Elas me fazem bem. Me fazem *muito* bem, Alain, e, quanto mais converso com você, mais pareço entender um pouco mais de mim. Eu não queria parar, mas também não sabia como continuar e como falar a verdade. Eu tinha medo de que isso acabasse com tudo. Ainda tenho. Mas eu não queria mais que você achasse que sou outra pessoa.

(Silêncio.)

Alain coloca a cabeça entre as mãos.

— Oh, *putain.*

Yasmin morde o lábio e fecha os olhos por um instante. Ele suspira, apoia os braços na perna e cruza as mãos em frente à boca.

— E quem você é? Maria ou Yasmin?

— Sendo sincera? Ainda estou descobrindo. Talvez uma mistura das duas.

Alain assente, abaixa a cabeça e encara o chão.

(Silêncio.)

Ele volta a encarar Yasmin, os olhos franzidos.

— Imagino que você não more aqui.

— Não. Aluguei pra te encontrar. Eu moro com meu pai.

Alain suspira. Passa a mão na cabeça.

Yasmin morde os lábios e olha para o chão.

Alain fica de pé, Yasmin levanta a cabeça. Ele caminha, ela acompanha o movimento.

Alain para de frente à janela, cruza os braços e olha fixamente através dela.

Yasmin continua olhando para ele. Leva uma das mãos à boca e morde a pele ao redor do polegar. Alain fecha os olhos. Respira fundo. Abre. Vira o corpo para Yasmin, apoiando-se no batente da janela.

— Me conta como é ser famosa?

Yasmin olha ao redor do cômodo.

— É minha vida desde sempre. Não é fácil a coisa da privacidade e tal, mas não conheço outro tipo de vida. É bom poder ter experiências tão diferentes e únicas, que sem a fama eu talvez não tivesse vivido, mas a melhor parte sempre foi poder trabalhar com o que mais me alegra no mundo, e é o que faz tudo valer a pena.

Ela volta a olhar para Alain. Ele descruza os braços, se aproxima e se abaixa na frente dela, apoiando as mãos nos joelhos dela. Os rostos ficam na mesma altura.

— Então por que você parece tão triste dizendo isso?

Os olhos de Yasmin brilham com lágrimas.

— Estou passando por uma crise, acho. Eu amo cantar, mas é como se minhas músicas não conversassem mais comigo. E, se elas não falam comigo de verdade, como podem comunicar algo? Eu não quero ser um robô, programado só para ganhar dinheiro. Acho que foi por isso que fiquei fascinada pelo seu trabalho... O que você canta é sincero.

Alain abaixa a cabeça. Em seguida, se levanta e se senta ao lado de Yasmin, olhando para ela.

— Por que você não muda isso, então? Canta o que você quer cantar.

Yasmin balança a cabeça e dá um meio-sorriso.

— Eu não posso. Resumindo muito as coisas, por contrato, não posso fazer nada que mude minha imagem. De filha ideal. E meu pai depende desse contrato. Tem bastante dinheiro rolando.

Alain semicerra os olhos.

— Eu cresci na mídia, Alain, e o público me conhece desde criança. E, assim, construíram uma imagem minha, que não posso mudar, porque o contrato foi feito com base justamente nessa imagem.

(Silêncio.)

— Eu cheguei a propor pro meu pai e pro Jafé de começar a compor...

— Jafé é o sócio do seu pai, né?

— Era. Hoje, ele é o dono da Ágrah e meu pai trabalha pra ele. De qualquer forma, os dois vetaram minha ideia. Quer dizer, o Jafé até concordou em ouvir alguma composição minha, desde que não fuja muito do "estilo Yasmin".

— E qual é o estilo Yasmin?

— Abre o Espot e dá uma olhada.

Alain pega o celular do bolso e clica na tela.

(Música da Yasmin tocando.)

Alain clica no celular. A música muda. Toca por alguns segundos, antes de ele clicar no celular e mudar de novo. Outra música toca mais um pouco.

— Acho que entendi o que você quis dizer.

Yasmin entorta a cabeça, franze os olhos e abre um meio-sorriso.

— E o que isso significa?

Alain sorri.

— Calma, não estou falando nada de mal. Você tem uma voz linda! Mas com certeza não aproveitam seu potencial. As músicas são todas...

— Ruins?

— Não era o que eu ia falar, longe disso. Mas...

— Pode ser sincero, eu aguento.

Yasmin está sorrindo e Alain coça a cabeça.

— Bobas, talvez. Imaturas. Ao menos para você cantar adulta. Uma das que tocou me pareceu antiga, e eu gostei muito.

— Bingo.

Yasmin estala os dedos, depois deixa os ombros caírem, ficando em silêncio. Alain a observa e faz menção de tocar nela, mas deixa a mão cair.

— O que você faria de diferente?

— Sendo sincera, eu não sei bem o que mudaria, se tivesse a chance. Não é como se eu tivesse passado a vida fingindo ser uma coisa que não sou. É que, de repente, comecei a me questionar se sou apenas isso. E o porquê de eu ter sido sempre assim.

Alain repousa a mão no joelho de Yasmin.

— Se ajuda, acho que todos nós passamos por questionamentos como esse em algum ponto da vida, mas nem todo mundo tem a sorte de ter um contrato milionário pra impulsionar a crise de identidade.

Yasmin gargalha e Alain sorri.

— Tenho tentado compor. Escrever algumas coisas, arriscar uns acordes no piano, mas é tudo ainda muito inicial.

— Por isso você me perguntou o que faço pra compor?

— Fui descoberta.

Alain encara a janela. Ele se levanta e caminha até ela.

— A noite está uma delícia. Em um dia normal você consegue sair para aproveitar uma noite assim?

— Não. Hoje só não estou acompanhada dos meus seguranças porque o Roger, meu motorista e assistente, me buscou dentro de casa. Meu pai confia nele o bastante para isso. Sem contar que dificilmente consigo ir a algum lugar sem encontrar fãs ou paparazzi, enfim, aquela coisa toda.

Alain cruza os braços, de costas para Yasmin.

— Você se importa de me esperar aqui por uns vinte minutos?

Yasmin aperta os olhos.

— Ahn... Tu... Tudo bem.

Alain se vira. Caminha em direção à porta.

(Chave destrancando. Porta abrindo. Porta fechando.)

Yasmin se levanta. Caminha em direção à porta.

(Chave trancando.)

Yasmin retorna e se senta no sofá, cruzando as pernas. Pega o celular. Balança o pé.

Ela se levanta e sai do cômodo.

(Passos. Ruído de zíper. Algo sendo remexido. Zíper. Passos.)

Yasmin entra na sala segurando um caderno encapado em couro. Ela se senta no sofá, abre o caderno e começa a escrever.

Faz uma pausa, olha pela janela, escreve.

Escreve.

Escreve.

(Toque de interfone.)

Yasmin se sobressalta. Fecha o caderno apressada e se levanta. Sai do cômodo.

— Alô? *(Silêncio.)* Pode liberar, por favor. Obrigada!

Yasmin retorna, pega o caderno sobre o sofá e corre para fora do cômodo.

(Campainha toca.)

Yasmin reaparece e dirige-se à porta.

(Chave destrancando. Porta sendo aberta.)

— Consegue colocar sua peruca de novo e isto aqui por cima dela?

Yasmin e Alain reaparecem. Cada um segura um capacete.

— Quero te levar para dar uma volta. Você não vai ser reconhecida. E acho melhor colocar sua jaqueta.

Yasmin olha fixamente para ele.

(Silêncio.)

— Confia em mim?

16 de outubro de 2019

E se eu tiver cometido um erro? E se Alain tiver ido embora e me deixado sozinha aqui? Pior, e se ele tiver ido atrás de algum paparazzo?

Não consigo imaginá-lo fazendo nenhuma das duas coisas, mas e se Roger estava certo? Tudo aquilo que Alain demonstrou nas mensagens e ligações pode ter sido mentira, uma tentativa de me conquistar. Mas será que eu me enganaria tanto assim?

Quando abri a porta e ele estava ali em pessoa, meu peito apertou e flutuou ao mesmo tempo. Eu queria me jogar em seus braços, queria conferir se o cheiro da pele dele era como eu imaginava... É absurdo sentir tantas coisas por alguém que eu vi apenas três vezes, por isso precisei me controlar. Um dos motivos pra esta noite estar acontecendo é este: eu preciso ter certeza de que não estou sentindo tudo isso sozinha.

E o jeito tão cheio de carinho que Alain me olhou, a forma como ele encostou em mim todas as vezes — com delicadeza e ternura, aquecendo minha pele no mesmo instante — são indícios de que ele corresponde. Ao menos, correspondia.

Vi como ficou confuso quando me revelei. Como a voz dele ficou mais fria, transparecendo certo ressentimento. E com razão — sem dúvida se sentiu traído por eu ter escondido parte de quem sou. Aqueles instantes sem dizer nada foram horríveis. Me fizeram questionar se a relação que temos construído e que me parece tão concreta é, na verdade, frágil como um sonho, capaz de acabar com um simples abrir de olhos.

Mas, então, Alain demonstrou que, assim como estou em busca de entender meu meio-termo entre Maria e Yasmin, o que temos vivido também está procurando seu lugar entre matéria e devaneio, porque ele se mostrou disposto a tentar, me perguntando sobre minha vida, ouvindo com interesse e em momento algum me fazendo me sentir julgada...

Até ele resolver sair para sei lá onde e me deixar aqui.

Se ele não voltar... Bom, não vai ser novidade. Não é a primeira vez que alguém me abandona sem me dar uma chance.

Será que devo ligar pro Roger? Atrapalhar o aniversário dele? Bom, se eu for pra casa dele, até reforço o álibi, meu pai pensa que já estou lá mesmo... A Pati disse que ia sentir minha falta este ano, mas ficou toda animada quando descobriu minha tramoia romântica...

Não, não posso incomodar o Roger mais do que já incomodei, ainda mais esta noite. Mesmo que ele tenha dito para eu não me preocupar e chamá-lo a qualquer hora, que ele viria em minha defesa — como sempre.

Talvez seja melhor esperar, Alain disse que

***

Eu vivi a noite mais incrível de toda a minha vida.

Mais do que quando fui premiada com o Polishow de Álbum do Ano. Mais do que meu show de maior público na turnê de comemoração dos meus quinze anos de carreira. Não houve glamour, nem holofotes, mas sim um senso de realidade que eu ainda não tinha experimentado.

Como algo tão real pode parecer tão mágico?

Quero registrar tudo desde o começo para voltar aqui no futuro e ter certeza de que, sim, foi tão especial quanto me lembro. Quero registrar porque narrar é uma forma de manter um acontecimento vivo.

Eu já estava surtando quando Alain voltou para me encontrar, o que me acalmou um pouco. Mas aí, quando ele sugeriu de sairmos — e, pior, me entregou um capacete —, voltei a ficar nervosa. Aquilo não estava nos planos. Roger me mataria se soubesse que eu estava saindo sem avisar ninguém. Meu pai me mataria se descobrisse. E se aquilo vazasse?

E eu ia mesmo subir numa moto? O mais perto que eu tinha chegado de uma foi para fazer um ensaio de fotos uns anos atrás, e ela se manteve presa ao chão o tempo todo.

Alain percebeu meu nervosismo e fez de tudo para me tranquilizar. Me ajudou a subir na garupa, mostrou como me segurar nele e disse que, se eu ficasse assustada, era só apertar a cintura dele.

Senti no meu estômago o ronco da moto dando partida e firmei meu aperto em Alain, que saiu bem devagar, andando na velocidade mínima permitida na via. Mas, aos poucos, a sensação de perigo foi sendo substituída por outra coisa...

De repente, enquanto o vento soprava a gente, eu fiquei aliviada. Era como se houvesse uma barreira desafiando nós dois e, ainda assim, fosse possível atravessá-la, deixando tudo para trás. Ali, naquele momento, não havia nada na minha cabeça além da consciência de estar abraçada em Alain e sentindo a noite ao meu redor.

Devo ter afrouxado os braços, indicando que não estava mais tão tensa, porque Alain acelerou um pouco. E, daquela vez, não tive medo.

Me senti viva. Porque eu estava rodeada de vida.

A velocidade da moto não deixava eu me apegar a nenhum som; só ouvia o motor encobrindo os demais ruídos e fazendo uma alegria pulsante crescer dentro de mim. Pela primeira vez, as pessoas caminhando nas ruas não me pareceram estar em um mundo paralelo ao meu; agora, eu estava ali, entre elas.

Arrisquei fechar os olhos por um segundo.

Foi como se estivéssemos flutuando. Sobrevoando.

Nunca me senti tão livre.

Era como se fôssemos parte de um mesmo todo: eu, Alain, as pessoas, as árvores nas calçadas, o vento e a lua que tocavam a todos nós com seu frescor e luz, todos embalados por uma música formada pelo movimento. Então gargalhei, porque não havia nada que me impedisse de gargalhar. E chorei, porque eu tinha o direito de chorar.

Eu era um amontoado de emoções diferentes e agradeci por cada uma delas.

Quando paramos em um semáforo, me permiti encarar a lua cheia no céu. A sensação de conexão com ela e com o mundo ao meu redor continuava pulsando em mim, mas tive também outra percepção.

É bem provável que eu jamais possa andar nas ruas como aquelas pessoas. Minha vida, desde o começo, nunca foi como a de alguém que não está sob os holofotes. Mas é a minha vida, e isso não posso mudar. Da mesma maneira, é provável também que essas outras pessoas jamais tenham as minhas experiências e oportunidades.

Não foi só uma questão de compreender que não é possível ter tudo, mas que cada um de nós é diferente. A lua não pode ser o sol e vice-versa.

Minha prisão nunca foi minha carreira, mas me importar com o que esperam de mim.

Naquela moto, rindo e chorando, abraçada a um semidesconhecido que se tornou mais próximo de mim do que jamais imaginei ser possível, eu era o oposto do que deveria ser. Mas era exatamente quem eu queria ser e estava exatamente onde queria estar naquele instante.

Não posso mais continuar me privando disso.

Perdi a noção do tempo que circulamos pela cidade, e só paramos quando Alain passou por um drive-thru de fast food e cutuquei seu ombro, indicando que queria parar. Na fila, mantive o rosto virado para a rua, longe dos olhos dos atendentes. Depois, Alain me disse que conhecia o lugar perfeito onde poderíamos comer.

Ele me levou para um mirante não muito longe, vazio naquele horário, com vista para a cidade. Sentados no chão e usando a sacola de papel como toalha, comemos nossos lanches com batata frita e refrigerante ao som do cricrilar dos grilos e foi, talvez, uma das melhores refeições que já fiz.

Depois, de estômago cheio e relaxados, contemplando a noite, tive um impulso de me abrir. Despejei tudo: falei do contrato com a Angel, de meu pai e da confiança desmedida em Jafé, e também contei para Alain que havia outra semelhança entre nós, além da música: a ascendência árabe.

Não é algo que eu costume conversar com as pessoas. Roger e Dália são brancos e o assunto nunca surgiu entre nós — bem, pelo menos não antes de eu perguntar para minha amiga sobre ela se sentir estrangeira — até porque eu não costumava pensar neles assim nem em mim como alguém não branca. Na minha cabeça, a definição de "branco" era limitada à cor da pele. Mas, desde aquela primeira troca de e-mails com o Alain, sinto que não é bem assim. Agora, quando me olho no espelho, não consigo desver que minhas origens árabes estão ali e é como se, a cada vez que penso em mim como branca, eu encobrisse parte de quem sou.

Alain me ouviu contar sobre como meus avós, comerciantes, migraram com meu pai ainda bebê para o Brasil. Como, vinte anos depois, meus avós perderam de modo sucessivo familiares que tinham ficado no Líbano durante a guerra civil. Como, eu supunha, isso deve ter traumatizado meu pai e feito com que ele rejeitasse cada vez mais sua própria nacionalidade. Como, por tudo isso e talvez por outras razões que eu jamais vá descobrir, meu pai tentou me proteger ao não chamar a atenção para minha ascendência, e como sempre foi fácil, para a mídia e para as pessoas em geral, ignorarem esse fato. Como eu mesma pouco pensei a respeito disso ao longo da minha vida.

Quando terminei, Alain disse que me entendia, que ele também tinha sido atravessado por muitas daquelas questões ao longo da vida.

Então ele me perguntou em que eu acreditava.

Num primeiro momento, não entendi. Então, ele explicou que queria saber qual era a minha fé — porque talvez, ali, eu pudesse encontrar algum conforto.

Não soube responder. Ainda não sei. Embora, por gerações, minha família seja cristã, sinto que esse conceito é um tanto quanto vazio na realidade atual minha e do meu pai. Fui batizada e, quando me lembro, rezo um Pai Nosso e uma Ave Maria antes de dormir, mas não vamos a missas desde... Acho que desde que fiquei famosa, o que deve fazer de nós os tais dos católicos não praticantes — embora eu nunca tenha entendido muito bem como uma religião se consolide sem suas práticas.

Foi quando ele me contou sua experiência em crescer em um lar de mãe católica e pai muçulmano. Alain explicou que, como o Islã determina, o pai precisa oferecer a educação religiosa aos filhos, o que significa ter crescido acostumado às cinco orações diárias do pai e ao jejum durante o Ramadã, por exemplo — mas que, pelo casamento miscigenado e pela própria crença islâmica abrigar o livre-arbítrio, sempre foi deixada a Alain a opção de escolha. E que ele, muitas vezes, já pensou em se reverter, apesar de não ter feito isso até agora.

Alain me contou que o Islã é mais do que uma religião: é uma prática de vida. Explicou que, diferente do que se pensa sobre ser ultrapassada, é a mais recente das abraâmicas — o judaísmo e o cristianismo são mais antigos. Que as bases do islamismo estão em valores como justiça, igualdade, amor e misericórdia. Que muçulmanos são monoteístas e acreditam em Jesus, mas o enxergam como um profeta.

Nesse momento, ele me falou da diferença de perspectivas entre a mãe e o pai dele — ela, crescida no catolicismo, crê no pecado original, na salvação cristã e na santíssima trindade. Para o pai dele, tudo é diferente, e Alain aprendeu que, nesse aspecto, o islamismo é muito mais misericordioso, já que vê as pessoas como falhas e passíveis de errar, mas busca oferecer pilares para seus fiéis seguirem um caminho mais justo e correto.

Só depois de dizer tudo isso é que Alain explicou o quanto pensar em sua educação religiosa o ajudava em muitos momentos. Ele tirava dessas bases uma forma de se orientar e, acima de tudo, de se entender, porque pensar em tudo o que o formava era um jeito de se lembrar de si mesmo quando o mundo parecia querer defini--lo — ou excluí-lo de qualquer definição. Aquilo mexeu comigo. Não entendi que Alain estava querendo me evangelizar de alguma forma, se é que esse termo se aplica aqui, mas sim me ajudar a pensar em minhas próprias bases. Mais do que isso, me mostrando que, para além do que houver de preexistente, eu também posso ser os caminhos que vier a escolher. Quando eu murmurei "obrigada", ele sorriu e acho que entendeu que eu me referia àquela noite e a tudo que ele vem me proporcionando.

Não sei se existe um instante exato em que você se apaixona, um microssegundo em meio ao infinito do tempo em que tudo muda, mas foi ali, naquele mirante, quando meus lábios tocaram os de Alain, que a noite me trouxe mais uma revelação: eu estava apaixonada por completo.

Eu soube que nós nos beijaríamos mesmo antes de ele se inclinar na minha direção, porque o som da sua respiração — forte, pesada, ritmada — me contou a mesma história de desejo que a minha contava a ele. Meu corpo se inclinou na direção de Alain, reagindo ao dele. Eu estava trêmula de novo, mas, dessa vez, sem receio algum.

Quando nossos rostos se aproximaram, não nos beijamos de imediato. Em vez disso, a mão de Alain acariciou minha nuca. Fiquei grata por ele ter tocado minha pele, e não os fios da peruca que eu ainda vestia, porque assim pude sentir seu toque. Ainda consigo sentir, nas costas dos dedos, os círculos que desenhei na bochecha de Alain, que o fizeram fechar os olhos e pender a cabeça na minha mão.

Nós dois prolongamos o momento, esticando os segundos tanto quanto possível para que eles não acabassem.

Ele voltou a abrir os olhos e encarou meus lábios, deixando minha boca completamente pronta e formigando sob seu olhar. Com a mão que ainda não tinha me tocado, Alain levou os dedos até mim, contornando meus lábios como senti vontade de fazer naquele primeiro dia no bar ao encarar meu reflexo. Ele via em mim a mesma coisa que eu havia enxergado. Senti a fisgada em meu baixo-ventre.

Eu morreria se ele não me beijasse logo.

Então, ele me beijou.

Meu peito explodiu em estrelas e, mais uma vez, eu e ele éramos parte daquela noite repleta de magia.

Foi natural quando ele me puxou para mais perto e me sentei em seu colo, com as pernas tão firmes ao redor da cintura dele quanto seus braços em minhas costas. Eu trazia seu pescoço para mim, mal conseguindo suportar a ideia de ter nossos corpos separados... Mas precisamos nos separar. Alain disse que precisava respirar um pouco — e, a julgar pelo volume me cutucando na barriga e pela umidade entre minhas pernas, era mesmo o mais sensato.

Eu poderia ter ficado ali para sempre, mas sabia que precisava voltar. Era Roger quem me levaria de volta, e já estava quase em nosso horário combinado.

Seria mentira se eu dissesse que não estou um pouco melancólica pela noite ter chegado ao fim. Por outro lado, a euforia no meu peito e todas as memórias ainda tão claras quando fecho os olhos me fazem ter certeza de que a magia continua comigo.

Em chamas

16/10/2019

Ideias anteriores:
Ardência ardor | ~~Queimar perigo~~
Poder ~~prazer~~ | Calor ~~sabor~~

Gritar **(pedido de ajuda ou libertação?)**

~~Sua chama me chama~~

Você me tortura, mas eu não quero parar

Letra:

~~Começou~~ ~~É muito~~ Tão simples quanto **(incluir antítese)**

A ardência ~~tem~~ com sabor

~~E há~~ O prazer no perigo

Sua chama me chamando

Eu queimo

E o poder é avassalador

Refrão (?)

~~Não há nada que possa ser feito~~

~~Só tenho uma coisa a fazer~~

Enquanto espero, só resta uma saída

(completar ideia)

Trabalhar:

   Caminho → chegada **(= "chegar lá")**

De: Alain Taleb <taleb_alain@mail.com>
Para: Maria dos Santos <justmaria@mail.com.br>
Data: 17/10/2019, 00:52
Assunto: Esta noite

Passei a última meia hora deitado na cama, olhando para o teto, sem parar de pensar nesta noite. Sem parar de pensar em você, Yasmin. Quando vi que não conseguiria dormir, resolvi escrever para você. Imagino que este e-mail não seja o seu de verdade, mas tem problema continuar mandando para ele?

Os últimos meses não foram fáceis para mim. Mudar de país, deixar meu lar e família, a perda do Albert... Muita coisa. Lutos diferentes. Verdadeiros desafios.

Conhecer você foi a melhor coisa que me aconteceu nesses tempos. Conversar com você me conforta. Você me faz lembrar que ainda existem risadas depois do choro. Mas eu não estava preparado para o que foi a noite de hoje.

O que você fez comigo, Yasmin?

É esperta, divertida... e bonita é pouco para te descrever. Você é belíssima. Quando me lembro daquele momento, quando te vi de verdade. Esses seus olhos... Seu cabelo caindo enquanto tirava a peruca... Seu sorriso. *Mon Dieu*, você me enfeitiçou.

Obrigado por confiar em mim. Sei que não foi fácil mostrar quem você é. Nunca é fácil mostrar para os outros quem somos de verdade.

Foi importante falar do Islã para você. É a parte da minha vida que nem sempre as pessoas estão dispostas a receber, que elas não ouvem de verdade, entende? É só ouvir "muçulmano" para elas acharem que sabem algo sobre mim ou minha família.

Por tudo isso e por todas as sensações que você me proporcionou, preciso te ver de novo. Ontem. Preciso de você, Yasmin.

* * *

De: Maria dos Santos <justmaria@mail.com.br>
Para: Alain Taleb <taleb_alain@mail.com>
Data: 17/10/2019, 10:58
Assunto: Re: Esta noite

Ah, Alain! Só vi seu e-mail agora. Eu também demorei para dormir e ainda não consegui parar de pensar em ontem. Em você e em tudo que me faz sentir. Isso é normal?

Não sei descrever o quanto estou aliviada por você enfim saber a verdade, por poder falar sem meias-palavras. Sendo sincera, ainda não sei exatamente como fazer acontecer, mas, Alain, eu também preciso te ver. Também preciso de você.

* * *

De: Alain Taleb <taleb_alain@mail.com>
Para: Maria dos Santos <justmaria@mail.com.br>
Data: 17/10/2019, 11:03
Assunto: Re: Re: Esta noite

Não... Não é normal.

Yasmin se apresenta hoje no Primavera Festival

por Nádia Luz *em 19/10/2019, 10h04*

Acontece hoje o primeiro dia do Primavera Festival, com um lineup cheio de artistas nacionais. A princess Yasmin será uma das atrações e passou a semana toda mostrando nos stories os preparativos para hoje!

O setlist ainda não foi divulgado, mas nosso palpite é que as músicas serão principalmente do álbum *Confissões*, o mais recente dela. Ainda assim, não temos dúvidas de que sucessos como "Esse meu coração" não ficarão de fora!

Os shows serão transmitidos pelo canal a cabo Polishow e também pelo YouTube, no canal oficial do festival. Quem mais já tá com a roupa de ir?

Assuntos do momento

#PrimaveraFestival

primaverafestivaloficial: Yasmin agora no palco principal! #PrimaveraFestival

osamucadobabado: A princesa do pop chegou!!! #PrimaveraFestival

fcyasmin: ahhh esse momento é todinho nosso #PrimaveraFestival

nicabhj: sou só eu ou a Yasmin já deu o que tinha que dar? #PrimaveraFestival

Oliveira_Pablo: Yasmin mais gata a cada ano que passa, como pode? #PrimaveraFestival

taleb_alain: Momento mais aguardado da noite! #PrimaveraFestival

fcyasmin: Acertamos! Show aberto com "Não adianta chorar" #PrimaveraFestival

soltaoplay: Deixando o mute ativado aqui por uns minutos... #PrimaveraFestival

adudinhah: VOCÊ ACHOU QUE PODIA ME ENROLAR COM ESSA BABOSEIRA? É MELHOR FICAR ESPERTOOOOOOO #PrimaveraFestival

nicabhj: se a próxima for a do coração eu vou me m4t4r #PrimaveraFestival

osamucadobabado: aaaa eu amo essa, não tava esperando!! #PrimaveraFestival

fcyasmin: Olha só, single de YaYa Dance!! #PrimaveraFestival

gabi_moreira: Minha eu adolescente fã de Academia tá muito contemplada, sim! #PrimaveraFestival

thiagosouza: Yasmin é uma artista completa. As performances dela são emocionantes, seja pela voz encantadora, seja pelas coreografias bem montadas. O jogo de luzes no palco é impressionante. Um espetáculo à parte! #PrimaveraFestival

osamucadobabado: CALMA isso vai mesmo acontecer ou tô ficando doido?? #PrimaveraFestival

fcyasmin: MEU DEUS, NÃO ESTÁVAMOS PREPARADOS!! #PrimaveraFestival

Oliveira_Pablo: a Yasmin tá cantando Pitty??? #PrimaveraFestival

primaverafestivaloficial: Yasmin apresenta cover de "Máscara" e público vai ao delírio! #PrimaveraFestival

soltaoplay: Por que não aproveitam direito o potencial dessa mulher??? OLHA ESSA APRESENTAÇÃO!! #PrimaveraFestival

fcpitty: A gente agradece a homenagem, @yasmin_oficial! #PrimaveraFestival

taleb_alain: C'est formidable! #PrimaveraFestival

← **Jafé**

HOJE

Jafé
O que está acontecendo? 22h08 ✓✓

A gente não tinha decidido não
fazer cover nenhum, porra? 22h08 ✓✓

Ainda mais esse? 22h08 ✓✓

Almir
Não faço a menor ideia, Jafé 22h08 ✓✓

Eu não estava ciente. 22h08 ✓✓

Yasmin não me contou. 22h09 ✓✓

Eu não tenho nada a ver com
como você lida com sua filha. 22h09 ✓✓

Mas é melhor controlar sua cliente, Almir. 22h10 ✓✓

Como você espera retomar o controle da Ágrah
se não consegue nem lidar com isso? Preciso
confiar que a empresa estará em boas mãos,
se eu cogitar vender parte das minhas ações.
Não quero uma sociedade que vai me prejudicar,
Almir, e não garanto poder te salvar desta vez
se você botar os pés pelas mãos. 22h11 ✓✓

NOTÍCIAS

Show de Yasmin é o mais comentado do Primavera Festival

por Portal Notícias *em 21/10/2019, 2h08*

O Primavera Festival se encerrou na noite de ontem (20) depois de dois dias de show. Vários artistas passaram pelos três palcos do evento, mas o destaque ficou para a apresentação de Yasmin, no sábado.

Quem esperava mais do mesmo da princesa do pop sem dúvida teve uma surpresa. Entre suas canções de sucesso, sobretudo dos dois últimos álbuns, Yasmin apresentou o cover de "Máscara", um dos maiores hits de Pitty. Além de o estilo de ambas as cantoras ser muito diferente, Yasmin nunca havia feito uma apresentação como essa, esbanjando atitude e um timbre notoriamente diferente da suavidade que embala suas canções. Ela teve o show de maior público considerando-se os dois dias do Festival. Não é de surpreender que a apresentação foi a mais comentada nas redes.

← Alain

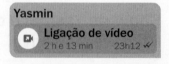

(Transcrição da ligação de vídeo)

(O rosto de Alain aparece sorrindo na tela principal. Yasmin está mordendo os lábios e segurando o riso na tela inferior direita, menor.)
— Que surpresa boa!
— Muito tarde pra te ligar?
— Você pode ligar em qualquer horário. Sempre! Como foi de viagem? Como está se sentindo depois daquela apresentação foda?
(Yasmin escancara um sorriso.)
— Ainda não acredito que eu fiz aquilo!
— *Você foi incrível.*
— Obrigada! Valeu a comida de rabo que levei do meu pai.
— *Ele brigou com você por causa de uma apresentação que foi muito elogiada?*
— Certeza que o Jafé falou um monte pra ele. A gente tinha feito uma reunião no começo do mês... Ah, foi logo antes da gente ver *As branquelas*, lembra?
— *Que você estava de mau humor?*
— Isso! Esse foi um dos motivos. Eu queria cantar um cover e eles não deixaram. Meu pai até começou a me ouvir, aí o Jafé chegou se intrometendo e boicotou tudo. Sempre é assim.
— *Tem a ver com aquele contrato?*
— Tem. Receio de mudar minha imagem etc. etc.

— *Certo... Mas por que seu pai não se impõe? Ele não deveria ficar do seu lado?*

(Yasmin solta um muxoxo.)

— É... Em teoria, sim. Acho que meu pai ficou com muito medo depois de falir. Além de que ele e Jafé são unha e carne. E...

— *O que foi?*

— Sei lá, às vezes acho que meu pai não me leva muito a sério. Quer dizer, eu sei que ele me vê como profissional, mas... não sei. Acho que... passei mais tempo sendo representada por ele como menor de idade do que como adulta. Acho que nenhum de nós dois está muito acostumado a lidar com as coisas em outra fase da minha vida. Faz sentido?

— *Faz muito sentido, sim.*

(Silêncio.)

— *Você está com uma carinha pensativa.*

(Yasmin suspira.)

— Eu... posso te mostrar uma coisa?

— *O que você quiser!*

(Alain dá um sorriso malicioso, e Yasmin gargalha.)

— Não é isso. Ao menos, não agora.

(Ela pisca e ele ri.)

— Pera aí! Já volto. Não fala nada.

(Câmera frontal desativada. Som de porta abrindo, passos rápidos. Som de porta fechando e chave trancando. Câmera frontal ativada. Yasmin está em outro ambiente.)

— Este é nosso estúdio particular, aqui em casa. É pequeno, mas tem o bastante pra brincar um pouquinho. Tenho vindo aqui para tentar compor. Não estou nem perto de acabar, mas queria que você ouvisse o que consegui até agora.

(Alain abre um sorriso.)

— *Uau! Não só vou ganhar um show particular, mas um show inédito?*

(Yasmin sorri e abaixa a cabeça, colocando uma mecha do cabelo atrás da orelha.)

(Yasmin aperta algo no teclado a sua frente. Uma música começa. Ela faz o acompanhamento no instrumento.)

— ♫ Preciso me confessar/ É o que as boas garotas fazem, não é?/ Mas não acho que você esteja pronto para ouvir/ Essa confissão não é/ A mesma que aquela, não era sincera/ Ainda esperando lírios/ Mas sou uma rosa vermelha se abrindo/ Não...

(Canta e toca "Confesso" até o fim.)

(Silêncio.)

— Ainda preciso acertar a ponte do último refrão, acho que ela tem que ser mais forte. E não estou confiante se é melhor aumentar ou não o tom no começo. O que você achou?

(Yasmin morde a lateral dos dedos. Alain encara a tela fixamente.)

— *Você é tão talentosa, Yasmin.*

(Os olhos de Yasmin brilham.)

— Obrigada!

(Silêncio.)

— Que foi? Por que você tá me olhando assim?

— *Quero te propor um desafio.*

— Hum...

— *Não precisa ficar desconfiada, acho que vai ser legal!*

— Tá...

— *Cada um de nós começa a tocar alguma coisa, inédita, criada agora. E o outro tem que acompanhar. Você no teclado, eu no violão.*

(Yasmin arregala os olhos, abre um sorriso e bate palma.)

— Fechado. Quem começa?

(Alain se levanta e se vira para pegar o violão próximo a ele.)

— *Faça as honras!*

(Alain se senta de novo.)

— Você que dá a ideia e eu que me vire, né?

— *Você prefere que eu comece?*

— Não... Acho que vai ser mais difícil acompanhar.

— *Espertinha!*

(Yasmin fica em silêncio olhando para o piano, esfregando uma mão na outra. Alain está atento, segurando um violão.)

218

(Ela começa um acorde simples. Alain espera a repetição e começa o acompanhamento.)

(Descompasso.)

(Os dois começam a gargalhar.)

— *Mon Dieu!*

— Que coisa horrível, socorro!

— *Não para, me acompanha aqui.*

— Isso tá horroroso, Alain!

— *Não importa, continua!*

(Os dois continuam rindo. O som dos instrumentos forma uma confusão sonora.)

— Para, não aguento mais, minha barriga tá doendo de tanto rir!

(Param de tocar. Continuam rindo.)

— *Vamos de novo?*

— Vamos, mas deixa eu me recompor.

— *Eu começo desta vez?*

— Sim, pode ser.

(Alain toca um acorde. Yasmin ouve com atenção. Acompanha.)

— É, está menos pior, mas ainda longe de estar bom.

— *Não vou desistir.*

(Yasmin muda o ritmo, forçando Alain acelerar. Ele segue o compasso.)

(Os dois começam a rir.)

— Desculpa, estraguei a brincadeira.

— *Mas foi uma boa tentativa. Agora sou eu que preciso me recompor.*

(Os instrumentos param. Os dois riem com menos intensidade.)

(Silêncio.)

— Vamos mais uma? Eu começo.

— *Fique à vontade.*

(Yasmin toca um acorde. Inicia uma melodia mais lenta.)

(Alain escuta com atenção. Dedilha o violão.)

(Os dois se encaram com olhos arregalados.)

— *Consegue repetir?*

(Yasmin não diz nada. Repete o que havia feito.)

— *Melhor anotar.*

— *Vou ligar o gravador!*

(Alain se debruça para pegar um caderno e lápis, e volta à posição anterior, sentado. Faz anotações. Yasmin está ligando um gravador, que pegou em um armário atrás dela.)

— *Vamos de novo?*

22 de outubro de 2019

Estou obcecada. Não consigo pensar em outra coisa que não minha música com Alain. Quando fecho os olhos, ouço as notas ressoando na mente. Se fico quieta, começo a cantarolar os versos sem nem perceber.

É estranha, e muito boa, a sensação de criar assim, com tudo fluindo. Eu tenho gostado dos resultados das minhas tentativas de composição, mas, ao mesmo tempo, é um processo desgastante e até frustrante. Demanda muito esforço, porque fico incerta sobre quais caminhos seguir, na dúvida sobre o estilo, e as dúvidas técnicas se transformam em outras antes mesmo que eu me dê conta: será que sou boa o bastante? Será que sou capaz?

Mas com Alain é diferente — e muito mais fácil. É como se eu desligasse todos os filtros e preocupações, porque ele está ali comigo, dividindo o peso das escolhas, me deixando segura enquanto me elogia. Quando surge alguma dúvida, pensamos juntos nas possíveis soluções, e o fato de ele não invalidar o que sugiro — ao contrário, me estimular a continuar — me mostra que sou, sim, capaz. Que também entendo do assunto.

Nossa música fala sobre criar um mundo com alguém. Sobre ser parte de algo exclusivo, particular, íntimo. É uma música sincera para nós dois, com significados próprios para cada um e que conversam entre si, mas que tem ainda uma terceira leitura. Ela também diz algo sobre o nós, essa relação formada por mim e por ele... O que implica que essa relação existe. Ela não é um desejo meu do que pode vir a ser. Já é algo concreto.

← **Alain**

HOJE

Yasmin
Você tá livre no fim de semana? 15h02 ✓✓

Alain
Estou! 15h04 ✓✓

Ótimo! Tive uma ideia. 15h05 ✓✓

← Dália

HOJE

Yasmin
Vou pro sítio amanhã   10h08

Com o Alain   10h08

Passar o fim de semana   10h08

Dália
calma, como isso aconteceu? seu pai sabe?   11h32

vc não ia tentar pegar um apartamento dnv, fazer como da outra vez?   11h32

Meu pai nem sonha   12h16

E desisti da ideia do apê, envolveria pedir ajuda do Roger de novo e já abusei muito   12h16

Como eu consigo ir pro sítio dirigindo, é mais fácil lá   12h17

Terça tenho aquela entrevista no Noite Adentro   12h17

E, já que eu tô indo contra minha vontade, só porque meu pai insistiu pra eu aceitar o convite, dei um jeitinho de ele concordar com a ideia de eu ir antes pro sítio de novo   12h18

ai eu tinha esquecido q vc vai no programa daquele boçal   12h21

seu pai tem mesmo q liberar qlqr coisa q vc pedir depois dessa   12h21

Pois é! Ele disse que é sempre bom ser vista, estar presente na mídia etc. etc., o papo de sempre   12h21

Mas o mais importante é que o sítio vai rolar   12h22

n aceito nd menos q 10 min de áudio domingo de noite   12h24

ou segunda de manhã   12h25

dependendo da hora q vc chegar   12h25

28 de outubro de 2019

Nunca entendi muito bem todo o fascínio que existe ao redor do sexo.

Durante a adolescência, faz sentido. Sexo ainda é um campo desconhecido, e o mistério aumenta a fixação pelo assunto — sem contar as reações próprias despertadas pelos hormônios da puberdade. Eu não fui diferente, também fui uma adolescente curiosa que ansiava pela minha primeira vez.

Talvez por isso tenha sido tão decepcionante.

Pouco depois do meu aniversário de 18 anos, conheci o Gabriel. Já tinha ouvido falar dele, é claro — todo mundo falava da nova estrela do sertanejo universitário —, mas foi só quando a gente se esbarrou nos bastidores de um programa que prestei mesmo atenção nele. E ele é gato — ou, ao menos, gato de um jeito esperado. Era mais como se eu tivesse a noção de que ele se enquadrava num determinado padrão de beleza do que achasse de verdade que ele era lindo. Mas não acho que eu tinha esse discernimento na época. Ou talvez o Gabriel tenha perdido o apelo pra mim depois, por conta de tudo que aconteceu, e eu agora não consiga mais distinguir uma coisa da outra.

De qualquer forma, me interessei por ele e, para meu azar, meu pai percebeu. E passou o caminho inteiro de volta do programa me desencorajando, dizendo que era mais sensato ter foco na minha carreira.

O que meu pai não disse, mas estava implícito, era que eu não deveria me envolver. Quase como uma ordem. Pode não ter sido proferida, mas escapava por entre o tom de voz autoritário, os olhos sérios e a mandíbula cerrada, indícios que eu conhecia tão bem. Afinal, eram sinais que surgiam todas as vezes que meu pai me via perto de algum garoto.

Ele só aceitou bem a ideia quando a mídia toda especulava um possível romance e aquilo passou a gerar mais oportunidades. Mais visualizações.

Eu me deliciei. Hoje sei que não estava nem perto de estar apaixonada. Eu estava, com certeza, deslumbrada pela chance de realizar um desejo meu, mas, naquele momento, as duas coisas eram muito parecidas.

Apesar de a mídia ficar em cima de nós o tempo todo, Gabriel e eu conseguíamos ter nossos momentos. Não conversávamos muito, a coisa toda era física. Eu estava ávida, querendo saber o que existia para além dos beijos. Dos toques. Cada encontro era uma evolução diferente, e eu tinha pressa, uma urgência mais ligada à expectativa do que viria do que a aproveitar o momento.

Talvez por isso a primeira vez que a gente transou tenha sido tão decepcionante. Eu estava menos excitada do que das outras vezes, para começo de conversa. Acho que, como o momento enfim tinha chegado, toda a energia se esvaiu. Não havia mais o que ansiar. Ainda assim, tinha muita pressão envolvida, porque, afinal, eu estava prestes a perder a virgindade — ao menos, no sentido convencional de ter meu hímen rompido por um pênis. Porque, naquela altura do campeonato, o pênis dele já conhecia todos os outros lugares possíveis do meu corpo.

Depois, a mecânica em si da coisa foi um desastre. Gabriel não era virgem, mas não estava tão interessado assim no meu prazer. Senti uma pontada de dor no começo e, depois, não senti mais nada. Pensando bem, não tenho certeza de que ele esteve mesmo dentro de mim naquela vez, porque, um pouco depois de termos começado, meu corpo apenas se fechou, e não conseguimos mais continuar.

As vezes seguintes foram aos poucos melhorando, mas ainda estiveram longe de proporcionar um prazer que me fizesse entender o motivo de sexo ser tema de tantas músicas, de ter causado guerras, de ter impulsionado o surgimento de uma religião.

O encantamento também foi se perdendo. E, como eu estava cada vez menos interessada em Gabriel, também ficava cada vez menos interessante para ele. Não era bem de mim que ele gostava, mas da minha atenção.

Todo mundo especulou quando a gente terminou, porque ninguém aceitava a simples verdade de que não queríamos mais estar juntos. Os boatos de traição foram os que mais pipocaram nas páginas. Era o que fazia sentido, não era? O bad boy traindo a princesinha? Mais do que isso, todos os comentários pareciam me culpar de alguma forma: eu era sem sal demais para ele, romântica demais, sexual de menos. Se Gabriel tivesse me traído, teria sido só porque eu não fora capaz de saciá-lo.

Gabriel não era responsável pelo que a mídia inventava sobre nós nem pelo que as pessoas comentavam, mas isso não o isenta dos comentários que fez sobre mim ou dos rumores que, no fim, acabou alimentando. Ele chegou a me chamar de frígida, além de falar mais do que deveria sobre nossa relação na cama. Ele me expôs, e não tinha direito algum de fazer isso.

Depois dele, não tive mais nenhum namorado, mas tive um casinho ou outro oculto da mídia — e do meu pai. O mais marcante foi Andrew, um inglês que conheci quando fui passar férias na casa de Dália. O sexo com ele era bom, mas nada que me virasse a cabeça.

Sendo sincera, acho que sempre fui mais capaz de me dar prazer do que de recebê-lo de alguém...

Até conhecer Alain.

Nosso *sexting* já tinha sido mais excitante do que qualquer outra transa real que eu havia tido, mas, até aí, era compreensível. Havia a sensação do proibido por conta das nossas trocas de fotos, a expectativa aumentada pela impossibilidade momentânea de aquilo acontecer de verdade, o próprio fato de que, no fim das contas, ainda eram as minhas mãos me tocando. E eu sei como me tocar.

Me senti o tempo todo em uma bolha a caminho do sítio. Éramos eu e Alain no carro, felizes por aquela viagem estar acontecendo. Havia o receio de sermos descobertos, sim, mas muito mais o senso do tal carpe diem. Cantamos. Conversamos. Ficamos em silêncio. Um silêncio que me contou uma história de intimidade. Assim que chegamos, mostrei a propriedade pra ele. Os caseiros, de confiança e extremamente discretos, já tinham deixado a casa principal pronta e abastecida, então tínhamos o fim de semana todo pela frente só para nós.

Nosso tour não resistiu ao meu quarto. Quando dei por mim, estávamos nos braços um do outro, e Alain estava em minha boca, e em meu pescoço, e tirando minha blusa, e eu mordia e arranhava e me derretia.

Não sei quanto tempo durou, se dez minutos ou uma hora, e não sei dizer quantas vezes repetimos a dose ao longo do fim de semana.

O que sei é que, com Alain, eu entendi o fascínio que existe ao redor do sexo.

IMAGENS E ÁUDIO DA CÂMERA DE SEGURANÇA

2019.10.28 20:04

Ambiente monitorado: corredor de camarins dos estúdios de gravação do SNT

(Cris Novaes passa caminhando pelo corredor, usando um celular. Yasmin sai de um camarim atrás dela.)

— Cris?

(Cris para e olha para trás.)

— Yasmin! É um prazer te conhecer pessoalmente!

— Ah, eu estava ansiosa por isso, o prazer é todo meu. Venho acompanhando seu trabalho e estava esperando por uma oportunidade de te dar os parabéns.

— É muito gentil da sua parte! Que bom que tivemos essa oportunidade, então.

— Não sabia que ia te encontrar aqui!

— Ah, eu precisava acompanhar a Mila. Não gosto de deixar minhas artistas sozinhas nessas ocasiões, sempre acaba tendo algum imprevisto. Inclusive, estava indo agora mesmo checar sobre o programa, nós não tínhamos sido informadas que ele seria com vocês duas.

(Yasmin franze a testa.)

— Como assim?

— Ah, pelo visto você também não foi informada... *(Suspiro.)* Você e a Mila são as convidadas do *Noite Adentro* de hoje.

— Nossa, não tinham mesmo me avisado. Mas isso é bom, acho que vou gostar de ter companhia.

— É, assim espero... Você está sozinha?

— Com meu assistente, Roger. Ele foi atender uma ligação e vim conferir se ele estava voltando.

— Ah, sim. Achei que Jafé que estaria com você.

— Jafé?

— Sim. Achei ter entendido que foi ele quem sugeriu a entrevista conjunta, mas foram tantas as informações que os produtores me passaram depois do deslize de não terem dito quem estaria aqui hoje que devo ter me confundido. E, antes que eu me esqueça: parabéns pelo seu contrato com a Angel! Com certeza é uma oportunidade única.

(*Yasmin hesita.*)

(*Cris franze a testa de leve.*)

— Muito obrigada! Foi, ahn, uma conquista importante mesmo. Bom, não vou ficar te segurando aqui, vou aguardar o Roger lá dentro.

— Imagina! Foi um prazer, Yasmin. Nos vemos mais tarde!

— O prazer foi meu!

(*Yasmin se vira para a porta.*)

— Ah, e Yasmin... Se precisar de alguma coisa, aqui está meu cartão.

— Obrigada!

(*Elas sorriem uma para a outra. Yasmin entra de volta no camarim. Cris segue andando pelo corredor.*)

(Transcrição do programa televisivo de 29 de outubro de 2019)

(Um homem de cabelo castanho curto e barba, usando terno, está sentado em uma mesa ao lado de um sofá para convidados em um palco de programa de auditório.)

(Vinheta de abertura.)

Daniel Grossos: *Muito boa noite, respeitável público não tão respeitável assim!*

(Risadas.)

Daniel Grossos: *Estamos começando mais um* Noite Adentro, *seu programa de entrevistas bem-humoradas favorito. O episódio de hoje é de contrastes... Não vale dizer que todo programa é com o traste aqui, hein?*

(Risadas.)

Daniel Grossos: *Vamos receber duas gigantes do pop brasileiro. De um lado, um sucesso antigo, que fez parte da infância das últimas gerações. Do outro, um sucesso recente, que vem ganhando cada vez mais espaço. Uma delas é conhecida pela discrição; a outra, pela ousadia. O que as duas têm em comum é o inegável sucesso entre públicos de todas as idades. Com vocês, Yasmin e Mila Santana!*

(Aplausos efusivos.)

(Yasmin e Mila Santana entram no palco, acenando para o público. As duas se sentam no sofá, uma ao lado da outra. Yasmin usa uma calça social azul e camisa branca de mangas bufantes enquanto Mila Santana usa um vestido vermelho, curto e justo.)

Yasmin: *Boa noite, pessoal!*

Mila Santana: *E aí, gente?*

Daniel Grossos: *Peço desculpas, porque faltou falar que elas têm mais uma coisa em comum: a beleza. Este palco nunca teve tanta mulher bonita de uma só vez.*

(Yasmin e Mila dão risada.)

Mila Santana: *São seus olhos, Daniel!*

Daniel Grossos: *Não são, não, eu enxergo muito bem, inclusive. Tão bem que reparei nesse batom, Yasmin. Acho que nunca te vi usar vermelho.*

Yasmin: *Pois é, Daniel, resolvi inovar!*

Daniel Grossos: *Mas algum motivo pra isso? Porque, senão, vou me sentir lisonjeado achando que foi porque você viria aqui. Ou foi por causa da Mila? Se for, é compreensível, ela deixa a gente meio intimidado.*

Mila Santana: *Que é isso, não!* (Risada.)

Yasmin: (Rindo.) *Nada, foi por mim mesma. É bom mudar de vez em quando, né?*

Daniel Grossos: *Mas justo hoje?*

Yasmin: *E por que deixar pra amanhã?*

(Aplausos, assobios e gritos.)

Daniel Grossos: *Tá certo, tá certo. E como você se sentiu se vendo com esse batonzão?*

Yasmin: *Me senti muito bem, viu? Caso essa informação seja relevante pra alguém, podem ter certeza de que me senti bem!*

(Risadas. Mila ri e aplaude.)

Mila Santana: *Melhor do que você se sente sendo perguntada sobre o batom que decidiu usar, acertei?*

Yasmin: *Em cheio!*

(Aplausos.)

Daniel Grossos: *É que eu fiquei muito surpreso mesmo! Acho que eu esperava mais te ver usando um hijab do que esse batom, Yasmin.*

Yasmin: *Um hijab?*

Daniel Grossos: *É, aquele lenço, sabe?*

Yasmin: *Não, eu sei.* (Risada.) *Mas por que você esperava me ver usando um?*

Daniel Grossos: *Pelo lance de você ser árabe e tal. Eu também acompanho o Twitter, dá licença?*

Mila Santana: *Mas um hijab não é usado só por mulheres muçulmanas?*

Yasmin: *É sim, Mila! E minha família é católica, então você não me veria mesmo usando um, Daniel, sinto em decepcionar!*

Daniel Grossos: *Mas isso é bom, então. Porque o hijab não é uma coisa legal pras mulheres, pelo que eu sei.*

Yasmin: *Eu não sei se conheço o suficiente a respeito disso, mas, do meu entendimento, não é bem assim. Acho que a gente tem uma tendência a medir outras culturas pela nossa régua.*

Mila Santana: *Exatamente, Yasmin! O hijab não é um símbolo de opressão pras mulheres muçulmanas, é uma representação da fé delas, e elas têm esse direito.*

Daniel Grossos: *Olha só, Mila, não esperava que você tivesse esse conhecimento todo de religião e tal! Esperava da Yasmin, mas você não me parece muito religiosa.*

(Yasmin arregala os olhos. Mila ergue uma sobrancelha.)

Yasmin: *É engraçado como a gente forma umas imagens distorcidas das pessoas, e a partir de conceitos distorcidos, não é? Eu nem me lembro da última vez que pisei em uma igreja, por exemplo, mas mesmo não sendo muito religiosa, garanto que não sou uma pessoa ruim.*

(Yasmin e Mila se entreolham e sorriem.)

Daniel Grossos: *É verdade, é verdade! Mas, ó, viram como eu não estava errado de falar do batom da Yasmin? O que a gente usa diz algo sobre a gente, assim como o hijab fala das muçulmanas. A moda não é uma coisa fútil!*

(Mila e Yasmin encaram Daniel. Mila está com a cabeça inclinada e os olhos franzidos. Mexe no cabelo. Yasmin abre e fecha a boca, e se ajeita no sofá, mexendo as mãos no colo.)

Mila Santana: *Bom, a moda sem dúvida é relevante, mas ninguém aqui é estilista pra gente ficar falando disso, né? Vai que a gente acaba falando alguma besteira...*

(Risadas, aplausos, assobios.)

Daniel Grossos: *Então vamos falar do que vocês sabem melhor do que ninguém. Da carreira! Vocês duas são jovens mulheres, vivendo o auge do sucesso. Quais são os planos e desafios para o futuro? Por exemplo, sei que talvez seja algo ainda muito distante, mas vocês pensam em ser mães? Como vocês se enxergam conciliando a carreira de estrela pop com a maternidade? A Yasmin tem cara de que ficaria em casa com as crianças, já a Mila... não sei, não, hein!* (Risada.)

Assuntos do momento

#FalaDaArte

taleb_alain: #FalaDaArte #NoiteAdentro

fcyasmin: Amei, @taleb_alain! É isso mesmo! Pra @yasmin_oficial @amilasantana e pra qualquer artista mulher! #FalaDaArte

fcyasmin: Bora subir a #FalaDaArte gente!!

jesilva_: #FalaDaArte

osamucadobabado: Triste ter que dizer o óbvio #FalaDaArte

soltaoplay: #FalaDaArte

adudinhah: chega de não reconhecerem nosso valor profissional #FalaDaArte

gabi_moreira: Pela Yasmin e por todas nós! #FalaDaArte

nicabhj: 🚲 🚲 🚲 #FalaDaArte

naty2512: #FalaDaArte

mariluchesi: Exausta dessa palhaçada #FalaDaArte

thiagosouza: #FalaDaArte

sildoslivros: #FalaDaArte

De: Claudia Arantes <clau.arantes@angel.com>
Para: Almir Abdala <almirabdala@agrah.com.br>
CC: Yasmin Abdala <contato@yasmin.com.br>
Data: 29/10/2019, 23:24
Assunto: Maquiagem

Prezados Almir e Yasmin,

Ficamos cientes da participação da Yasmin esta noite no *Noite Adentro* — aliás, agradecemos pela escolha das peças Angel! — e de toda a repercussão que tem se dado nas redes sociais devido à maquiagem usada pela Yasmin.

Embora nosso contrato não especifique nada a respeito disso, apreciaríamos muitíssimo se o uso de cores chamativas fosse evitado, em especial quando associado às nossas roupas, uma vez que prezamos pela discrição.

Atenciosamente,

Claudia Arantes
Diretora de marketing | Angel Brasil

(Transcrição de ligação de voz)

— Oi, pa...

— *Por que você fez isso, Yasmin? A internet tá em polvorosa comentando do programa e já recebi um email da Angel também!*

— Por que eu fiz o que, usei um batom?

— *Não seja cínica, Yasmin.*

— Eu não estou sendo cínica, estou fazendo uma pergunta válida. O que tem de tão absurdo nisso?

— *Você sabe muito bem qual o problema. Não tinha necessidade nenhuma de resolver mudar o visual desse jeito, você sabia que as pessoas comentariam. Eu devia ter ido com você. Inacreditável.*

— Mudar o visual desse jeito? Pelo amor de Deus, pai, eu só troquei a cor de um batom! Nem isso eu posso fazer sem criarem caso? Que culpa eu tenho se aquele imbecil achou que era relevante ficar falando sobre isso em vez de fazer perguntas sobre meu trabalho de fato?

— *Olha o jeito que você fala! E se alguém te escuta falar desse jeito do cara que gentilmente te convidou pra participar do programa dele? E você não vai falar comigo nesse tom também, menina, não foi assim que eu te criei. O que tá acontecendo com você, Yasmin? Eu mal te reconheço nesses últimos tempos! Jafé tinha razão mesmo.*

— Ah, Jafé sempre tem razão. É óbvio que você vai escutar ele em vez de me escutar. E fica tranquilo, só tem o Roger no camarim comigo. Não vou te causar mais nenhuma decepção.

— *Me poupe de drama, Yasmin. E amanhã quero você cedo na Ágrah, acho que precisamos pontuar algumas coisas sobre sua postura na mídia daqui em diante.*

(Risada seca.)

— Claro, Sultão. Como quiser. E, a propósito, você queria que eu fosse vista, não queria? Parabéns, você conseguiu.

(Ligação encerrada.)

`MÚSICA`

Daniel Grossos cria desconforto entre Yasmin e Mila Santana no *Noite Adentro*

por Samuca em 30/10/2019, 00h54

Costumo passar bem longe da TV nas noites de terça, faço zero questão de dar audiência para o Daniel Grossos e suas tiradas preconceituosas. Mas minha princesa Yasmin era a convidada do dia e eu, cadelinha que sou, não poderia perder. Acontece que o programa foi tão absurdo que precisei escrever sobre ele assim que acabou, ou não conseguiria dormir.

O *Noite Adentro* da semana trouxe também a mais nova sensação do momento, Mila Santana. A conversa tinha tudo para ser um sucesso — e não deixou de ser, se você focar os altíssimos números de audiência que a emissora atingiu durante a exibição ao vivo —, mas deixou todos — os que têm um mínimo de noção de mundo, pelo menos — com vergonha alheia pelo visível desconforto entre as estrelas.

Tudo começou com a pergunta sobre o batom vermelho inédito de Yasmin, insinuando que ela podia ter se sentido ameaçada por Mila, que sustenta um visual bem diferente — e muito mais ousado — do da "filha ideal". Vale lembrar que já problematizei esse apelido que a *Faces* deu para ela **nesse post aqui**, mas acho que ajuda a entender o que o entrevistador estava tentando fazer com as duas.

Mesmo na defensiva, Yasmin se saiu bem e quase aplaudi de pé quando ela questionou, sem perder a simpatia, a relevância daquilo. Ainda assim, Grossos seguiu com perguntas desnecessárias, sem contar toda a ignorância religiosa, e que soaram ainda piores pela visível tentativa de criar uma oposição entre as duas — como se as mulheres precisassem de mais gente instigando a rivalidade entre elas. Mas Yasmin e Mila deram um show de sororidade, defendendo o trabalho uma da outra e encarando as perguntas juntas, sem se deixarem abater.

O resumo da coisa é que Grossos provou ser, mais uma vez, um desserviço à TV brasileira e eu felizmente sigo fã das pessoas certas.

30 de outubro de 2019

Eu sabia que algo assim aconteceria. E não acredito que foi por causa de um batom.

Não foi uma tentativa de me rebelar ou de desafiar. Pelo amor de Deus, existem formas mais eficientes e produtivas para isso. Eu só quis usar uma coisa diferente, que me fizesse me sentir tão bem comigo mesma quanto da primeira vez que usei. Mas o mundo resolveu criar caso — porque pelo jeito não existem assuntos mais importantes por aí. E antes tivesse ficado apenas no batom, mas a noite inteira foi um show de horrores. Minha intuição de querer recusar o convite para participar estava certa.

Mas para mim o pior não foi toda essa situação.

Meu pai agiu como se a culpa fosse minha, sendo que não fui eu que fiz aquelas perguntas. Ele não quis saber se eu estava bem, não me ofereceu nenhum tipo de apoio. A única coisa relevante para ele foi o desconforto causado com a Angel. E a dor de cabeça hipotética que ele pode vir a ter. Eu tinha acabado de passar por uma hora de tensão, sendo atacada ao vivo, e ainda precisei ouvir sermão por ter tido a audácia de passar um batom diferente?

Não acredito que vou ter que aguentar mais encheção de saco pela manhã, que vai ser ainda pior porque é óbvio que vai ter Jafé se intrometendo. De novo. O que ele queria sugerindo a entrevista dupla com a Mila? E por que nenhuma de nós foi avisada?

Acho que foi isso também o que me desestabilizou, antes mesmo de o programa começar. Isso e o encontro com a Cris. Não consigo parar de pensar nela... Nem no cartão que parece pesar na minha bolsa...

Faz pouco mais de um mês que eu a conheci, usando o disfarce de Maria, mas parece que uma vida aconteceu de lá para cá.

Aquela noite foi importante não só por ter conhecido Alain, o que já foi uma reviravolta imensa. Mas por todos os outros significados. Naquela noite, não saí em busca de diversão, mas de mim mesma, e acho que tenho dado passos cada vez mais importantes nesse sentido... Mas, ao mesmo tempo, o quanto eu me movi de verdade?

Eu continuo sendo embaixadora da Angel. Ainda não apresentei nenhuma música para Jafé. Não tenho a menor garantia de que vou conseguir cantar as músicas que quero. Sigo sem nem ao menos poder escolher o batom que me agrada.

Encontrar Cris fez as palavras dela sobre mim no bar voltarem com tudo e me forçaram a encarar que não estou chegando a lugar algum. O quanto basta querer descobrir o que gosto, quem eu realmente sou, quando as pessoas e as situações ao meu redor estão tão empenhadas a me limitar?

Pelo menos uma coisa me fez sorrir.

A hashtag #FalaDaArte está em primeiro lugar nos Trending Topics.

A hashtag que Alain criou.

← Dália

HOJE

Dália
como vc tá, Yas? 4h02

acordei agora e vi sobre o programa ontem 4h02

Yasmin
Me sentindo um lixo 6h36

Discuti com meu pai logo depois, pra ajudar 6h36

ele te manda ser entrevistada por
um babaca e ainda briga com vc?? 6h39

Aparentemente, quem arranjou
a entrevista foi o Jafé 6h39

???? 6h40

ele pode fazer isso, Yas? 6h40

Ele que controla a Ágrah, né 6h40

ele ADMINISTRA a Ágrah 6h40

ele pode orientar, vetar, aprovar o
que quem tá abaixo dele vai fazer 6h41

mas não é função dele gerenciar sua carreira 6h41

seu empresário é seu pai 6h41

Explica isso pros dois 6h42

Yas, n tô cobrando isso de vc 6h42

de vc se impor sobre eles, não é isso 6h42

mas é que é estranho, bem estranho,
o Jafé se intrometer assim 6h43

Desculpa, não queria ser grossa 6h43

Mas sim, isso tá sendo um inferno 6h43

Ele já tinha aparecido numa gravação da Angel também 6h44 ✓

se vc quiser que eu leia seu contrato, a gente pode procurar alguma brecha pra te defender, deixar ele longe 6h45 ✓

ou vc pode falar com sua advogada mesmo, n precisa ser eu 6h46 ✓

mas alguma coisa vc precisa fazer 6h46 ✓

De: Maria dos Santos \<justmaria@mail.com.br>
Para: Alain Taleb \<taleb_alain@mail.com>
Data: 2/11/2019, 00:08
Assunto: Pensando pensamentos

Imagino que você não vá ver isso hoje — a sua cara de sono dizia tudo quando desligou a chamada —, mas eu não estou conseguindo dormir. Acho que só preciso escrever, sem pensar muito... Mas preciso também de um olhar de fora, de alguém que me ajude a organizar minha cabeça.

Você me perguntou mais cedo por que eu estava tão quieta. Sei que eu disse que não era nada, e não menti. Naquele momento, nem sabia muito bem dizer o que era. Passei os últimos dias amortecida.

Vou tentar explicar melhor.

Aquela reunião que tive com meu pai depois do programa foi surreal. Fiquei tão chocada e chateada que sequer interagi. E não consegui conversar a respeito disso. Mas, em resumo, ouvi meu pai falar de tudo um pouco: o quanto eu precisava me comportar, que a gente não podia correr o risco de perder o contrato com a Angel, que eu não podia continuar agindo como rebelde sem causa, que eu sou uma mimada, que não sei lidar com ser contrariada, que o mundo dos negócios funciona de um jeito específico e eu preciso acatar, que ele está tendo dor de cabeça demais tentando comprar de novo uma ação da Ágrah e que não precisa de mais preocupação nem dar mais motivo pro Jafé não confiar nele.

Eu não sei por onde começo a pontuar o quanto tudo isso é injusto.

Sei que agi pelas costas dele no Festival e sei que tenho feito um monte de coisas que ele nem imagina. Mas o que há de tão errado nisso? Qual é o grande problema de eu ter cantado uma música diferente num show? Ou qual é o absurdo de eu querer opinar sobre qual deve ser minha imagem na mídia?

Mas o pior pra mim foi o que meu pai deixou escapar. Alain, foi quase uma confissão de que está concordando em tudo com Jafé porque quer comprar a Ágrah, ou parte dela, de volta — o que ele só vai conseguir se 1) o Jafé confiar que vai ser um bom negócio; 2) meu pai tiver o dinheiro pra isso.

Eu sabia que ele queria o contrato com a Angel pra tentar se reerguer. Era o que eu queria também, caramba! Mas, meu Deus, não sabia que meu próprio pai faria de mim um mero produto, um meio pra conseguir o que ele quer, tanto faz o quanto tudo me afeta ou pode vir a afetar.

E por isso eu não tinha falado nada antes. Não consegui. Porque reconhecer tudo isso me magoa. E o mais importante, me envergonha. Me envergonha de jeitos que sequer sei explicar.

Vergonha de ser só isso pro meu próprio pai. Vergonha de pensar que, talvez, já fosse óbvio e eu que fui ingênua de não perceber. Vergonha de pensar que eu poderia fazer alguma coisa diferente.

Vergonha do que estou pensando em fazer e do que isso quer dizer sobre mim.

***

De: Alain Taleb <taleb_alain@mail.com>
Para: Maria dos Santos <justmaria@mail.com.br>
Data: 2/11/2019, 7:03
Assunto: Re: Pensando pensamentos

Yas, presta muita atenção no que vou dizer: você não tem motivo NENHUM para se envergonhar. Seu pai deve sentir isso, não você.

E presta atenção em mais uma coisa: eu não sei como funcionam seus contratos, mas, se seu pai é seu empresário, só representa você. Ele não é seu dono nem pode agir assim. Você é cliente dele, e o que um cliente faz quando não está satisfeito com os produtos ou serviços que comprou?

Não consigo imaginar como tudo isso é difícil para você, como os papéis de pai e filha devem se misturar com os profissionais. Mas, Yas, para seu próprio bem: talvez seja melhor você começar a pensar em maneiras de separar melhor as coisas.

Eu não sei o que você está pensando, mas tenho certeza de que eu nunca me envergonharia de você. E acho que você não tem do que sentir vergonha também.

3 de novembro de 2019

Não quero mais manter a imagem da Yasmin, a Filha Ideal. Aliás, eu me recuso a continuar assim.

Como eu demorei tanto para admitir uma coisa que estava na minha cara?

Eu quero ser apenas a Yasmin. Quero mostrar para o mundo as músicas que estou compondo — e que estão fluindo de mim com cada vez mais naturalidade. Quero entender o quanto minha ancestralidade diz ou não algo sobre mim, o quanto isso muda em quem eu sou. Eu não quero ser definida como árabe ou brasileira, não quero mais que me rotulem de porra nenhuma. Eu quero a possibilidade de ser as duas coisas ou nenhuma delas. Quero poder errar. Quero correr riscos. Quero ter o poder de escolher, porque, mesmo que sejam as escolhas erradas, vão ser as minhas.

Não quero mais ser a artista que fui. Mesmo que eu perca público, que eu perca espaço... Estou disposta a tentar. Se é impossível agradar todo mundo, quero ao menos agradar a mim mesma. Só sendo honesta comigo é que vou conseguir me conectar de verdade com alguém.

Venho sendo guiada pelo medo a minha vida toda: medo de desapontar, medo de não atingir as expectativas do meu pai e do público, medo de errar, medo de perder minha credibilidade. E aonde esse medo me levou? Ele não fez nada além de me limitar. De me fazer confiar em quem eu não devia.

Eu cansei de ter medo.

É por isso que fiz uma consultoria por ligação com minha advogada, para estudar o que posso fazer — e descobri muito mais do que eu imaginava.

Não quero sair por aí me envolvendo em escândalos, só quero meu direito de ser mais autêntica. Não é pedir muito. E ela me mostrou uma saída que me fez querer atravessar o telefone para dar um abraço nela e, ao mesmo tempo, foi como levar um tiro: meu contrato com a Angel é de um ano, não de cinco, para a campanha atual deles — e a renovação não é automática. Quando ela me disse isso, pedi para repetir, porque não podia ser verdade. Eu me lembro de ter sugerido para meu pai de trabalhar as mudanças que eu queria na minha carreira quando o contrato acabasse e ele me falou da vigência de cinco anos.

A advogada explicou que a minha imagem pode ser usada pela Angel por cinco anos, mas o contrato em si é de apenas um.

Eu duvido que meu pai tenha se confundido. Ou seja, ele mentiu.

Como meu próprio pai escondeu isso de mim? Como ele me fez acreditar que a situação não tinha saída? Não vai ser fácil aguentar até metade do ano que vem, mas é uma perspectiva muito melhor do que não ter perspectiva, como eu acreditava ser o caso. Eu consigo aguentar essa merda toda sabendo que ela tem prazo de validade. Eu posso ir trabalhando minha carreira e as composições nos bastidores nesse meio-tempo. Existe, afinal, uma luz no fim do túnel, mas meu pai escolheu me deixar no escuro.

Dália e Alain estão certos. Eu preciso fazer alguma coisa. Se vou ser tratada como um produto, então eu também preciso separar os papéis entre meu pai e eu. Sendo assim, vou fazer uma reunião com o Sultão, meu empresário, e informá-lo de que quero trabalhar minhas músicas autorais e estabelecer uma comunicação mais sincera com meu público — não só através das canções, mas também nas redes sociais. Dessa vez, não vou pedir permissão e vou garantir que ele entenda que estou firme em minha decisão. Não quero prejudicar meu pai, embora no momento esteja muito difícil controlar a raiva. Eu quero, sim, ajudá-lo a reconstruir seu império, mas não posso ser o único meio de ele conseguir isso.

Meu estômago embrulha só de pensar em tudo isso, porque sei que não será um confronto fácil. Ao mesmo tempo, é como se um peso estivesse sendo tirado das minhas costas. Só de pensar em tudo o que vou conquistar a partir disso! Se para conseguir o controle da minha vida, preciso me sacrificar de algum modo, que assim seja.

E, para além de como conduzir minha carreira, o que quero na minha vida é o direito de escolher quem faz parte dela.

Eu quero Alain. E não quero mais ter que escondê-lo.

Disfarce (?) 29/9/2019

Introdução???

Refrão
Quero ter minha própria voz
Quero descobrir seu som
Mas não posso fazer isso
Com uma máscara me impedindo

Se você pode me ouvir
Talvez eu também possa

Identidade (?) 3/11/2019

Voz Prisão Cantar
Compor Se apaixonar
Origens

Dizem que sou doce ⟶ Eu cansei de provar
↳ Se ninguém pode provar

O joio do trigo, da água pro vinho

Não cheguei aqui sozinha
Os passos que dei foram sobre pegadas
E eu demorei um tempo pra perceber
~~Porque~~ Que olhar pra trás nem sempre é apego
Às vezes, olhar pra trás é olhar pra dentro

← Alain

HOJE

> **Yasmin**
> Preciso te ver, Alain 23h09 ✓✓

Alain
Aconteceu alguma coisa? 23h09 ✓✓

> Não, fica tranquilo. 23h09 ✓✓

> Eu só preciso te ver. Não aguento mais tudo isso. 23h10 ✓✓

Agora? 23h10 ✓✓

> Agora. 23h10 ✓✓

Como você quer fazer? 23h11 ✓✓

Posso ir até você, mas eu consigo entrar? 23h12 ✓✓

> Vou até você. Me disfarço pra chegar aí. 23h12 ✓✓

Por mim não tem problema,
vou adorar ter você aqui! 23h13 ✓✓

Mas tem certeza? Seu pai não
vai saber que você saiu? 23h13 ✓✓

> Vai. E aí eu conto pra ele que você existe. 23h13 ✓✓

Tem certeza? 23h14 ✓✓

> Nunca estive tão certa! 23h14 ✓✓

(Transcrição do áudio 191104_142706)

(Ruído de mãos sobre a captação de áudio do aparelho seguido de som de baque e estabilização sonora.)

(Teclas em piano sendo tocadas.)

(Silêncio.)

(Mesma harmonia recomeçando, com ajustes.)

Yasmin: ♫ *Preciso me confessar/ É o que as boas garotas fazem, não é?*

(Porta se abrindo e sendo fechada em seguida.)

(Passos.)

(Interrupção da música.)

Yasmin: *Eu tô ocupada. Você precisa de algo?*

(Cadeira sendo arrastada.)

(Silêncio.)

Almir: *No que você estava pensando agindo pelas minhas costas?*

(Silêncio.)

Almir: *Eu sei das suas escapadas. Sei da sua reunião com a advogada. Sei do seu casinho.*

(Silêncio.)

Almir: *Eu encontrei seu diário, Yasmin. Os seguranças me avisaram da saída do seu carro ontem de noite e fui até seu quarto te procurar.*

Yasmin: *Eu não estava agindo pelas suas costas. Eu ia te contar, só queria primeiro ter um planejamento mais concreto e estruturado...*

Almir: *Não agiu pelas minhas costas? Consultando advogada? Saindo de madrugada pra casa de um desconhecido? Eu devia ter ouvido o Jafé e ido atrás de você no sítio.*

Yasmin: *Quê? Como o Jafé sabia do sítio?*

Almir: *E você acha que me importa como ele sabia? Você não é tão esperta quanto pensa, Yasmin. Eu confiei em você e você levou um qualquer pra nossa propriedade!*

Yasmin: *Eu confio no Alain! Mais do que em você, que mentiu pra mim!*

(Silêncio.)

(Suspiro.)

Almir: *Ele te enganou. Você não tem como saber o que ele estava planejando. Pega isso daqui.*

Yasmin: *O que é isso?*

Almir: *Só pega a pasta. E olha o que tem nela.*

(Elástico contra plástico.)

(Papel remexido.)

Yasmin: *O que é isso? Você está investindo de novo, pai?*

Almir: *Ah, não, pode me dar esse. São os outros papéis que você precisa ver.*

(Papel remexido.)

(Silêncio.)

(Silêncio.)

Almir: *Foi ele que mentiu. Eu só estava tentando cuidar de você.*

(Silêncio.)

Almir: *Você não tem como saber o que ele estava planejando nem o que estava disposto a fazer para chegar aonde queria. Ele ia te usar, Yasmin. Talvez não fosse a ideia inicial, mas depois de saber quem você era? Ele não perderia essa oportunidade.*

(Silêncio.)

Almir: *Eu preciso ir embora, tenho um voo pra pegar daqui a três horas, devo voltar na sexta. Os seguranças foram orientados a inspecionar qualquer carro que entre, de funcionários ou não, e o Roger não faz mais parte da equipe. Eles também só estão autorizados a liberar sua saída para o show e para os demais compromissos profissionais que especifiquei. Sua advogada gentilmente concordou em marcar novas reuniões apenas após entrar em contato comigo. Quando eu retornar, continuamos nossa conversa.*

(Cadeira sendo arrastada.)

(Passos. Porta sendo aberta.)

Almir: *Sinto muito, filha... Eu... Eu só quero seu bem.*

(Porta fechada.)

← **Alain**

De: Alain Taleb <taleb_alain@mail.com>
Para: Maria dos Santos <justmaria@mail.com.br>
Data: 4/11/2019, 15:47
Assunto: Me deixa explicar

Yas, por favor, eu posso explicar!

Estou tentando ligar para você, mas a ligação não completa. Por favor, conversa comigo!

* * *

De: Mail Delivery System
Para: Alain Taleb <taleb_alain@mail.com>
Data: 4/11/2019, 15:47
Assunto: Me deixa explicar

Esta mensagem foi criada automaticamente pelo provedor de e-mail.

Sua mensagem não pode ser entregue para o destinatário. Esse é um erro permanente. O endereço de e-mail abaixo não foi identificado pelo servidor.

justmaria@mail.com.br
Sem conexão.

Yasmin ✓

@yasmin_oficial

todo som conta uma história. quer ouvir as minhas?

741 Seguindo   **15,8 mi** Seguidores

Yasmin ✓   @yasmin_oficial · há 2 minutos
"It's nice to know that you were there
Thanks for acting like you care
And making me feel like I was the only one
It's nice to know we had it all
Thanks for watching as I fall
And letting me know we were done" *

💬 45   ↗ 182   ♡ 403

> **fcyasmin:** Também adoramos essa!!
> **soltaoplay:** Minha eu adolescente chorando
> **gabi_moreira:** vou até abrir o Espot depois dessa!!
> **thiagosouza:** A Avril é uma figura muito interessante, ela detém o recorde Mundial do Guinness como a mais jovem artista solo feminina a chegar ao topo da parada do Reino Unido. Aliás, você acredita na teoria de que ela morreu e foi substituída?
> **osamucadobabado:** Isso foi um simples compartilhamento de música ou um desabafo? 👀

---

* "Bom saber que você estava lá/ Obrigada por agir como se você se importasse/ Me fazendo sentir como se eu fosse a única/ É bom saber que tivemos tudo/ Obrigada por assistir enquanto eu caio/ Me mostrando que acabou."

OUSADA

• EDIÇÃO DIGITAL •

ENTRETENIMENTO

O descanso da princesa: Yasmin cancela participações em eventos do mês

por Redação, *publicado em 5/11/2019, 8h43*

Em nota emitida no Instagram da cantora, a assessoria de imprensa de Yasmin acaba de divulgar que a participação dela em eventos de novembro foi cancelada por motivos de força maior. A mensagem ainda informa que os respectivos anfitriões e contratantes já foram devidamente informados, bem como ressarcidos, nos casos necessários.

Como não havia shows programados para o mês, os fãs não serão prejudicados nesse sentido. Ainda assim, a comoção nas redes já começou, e o público questiona o que pode ter acontecido.

Nenhum comentário

Seja o primeiro!

Assuntos do momento

Yasmin

osamucadobabado: Assim, não quero ser o responsável por um caso Marina Joyce versão brasileira, mas tô ligeiramente preocupado com o sumiço da Yasmin

> **fcyasmin:** A gente também tá =/

fcyasmin: Princesa @yasmin_oficial, estamos sentindo sua falta!!

adudinhah: q q será q rolou com a Yasmin??

jesilva_: pq a Yasmin tá nos TTs?

> **nicabhj:** pq ngm sabe o que aconteceu com ela

gabi_moreira: Não curto alarmismo, mas primeiro aquela nota da Yasmin cancelando a participação em eventos, depois ela sem dar um sinal de vida que seja nas redes... Tá estranho

 **NA MIRA**

MÚSICA

Por onde anda Yasmin?

por Nádia Luz em 14/11/2019, 20h17

A cantora Yasmin não atualiza seu Instagram e Twitter desde o último dia 3. Esse é um motivo de alerta entre os fãs, já que a jovem nunca passou tanto tempo assim longe das redes.

Segundo os seguidores da cantora, mais atípica ainda foi a nota que a assessoria de imprensa dela soltou no último dia 5 comunicando o cancelamento da presença de Yasmin nos eventos de novembro. Por conta da comoção nas redes, outra nota foi liberada na mesma semana informando que nossa princesa passa bem, mas não deram detalhes sobre esse súbito desaparecimento.

Será que está tudo bem em seu castelo? Estaria Yasmin precisando de nós?

Pensando nisso, criei a hashtag [#ForçaYasmin](#) e conto com vocês para fazê-la bombar! Vamos enviar mensagens de amor para nossa princesa sentir que tem nosso apoio, seja lá o que esteja acontecendo?

15 de novembro de 2019

O silêncio, às vezes, conta uma história de respeito; outras, de cumplicidade e conforto. Hoje, contudo, ele só conta a história óbvia de solidão. Se eu tivesse sido mais esperta, teria aceitado a única lição que minha mãe me ensinou: a de que só posso contar comigo mesma.

Relutei a escrever aqui, porque nada do que eu tinha escrito era para ter sido compartilhado, muito menos exposto. Meu pai violou minha privacidade e tirou de mim meu refúgio. Como posso continuar escrevendo em algo que jamais vai voltar a ser um porto seguro? Por outro lado, que opção eu tenho?

Não tenho coragem de desabafar com Roger depois do que causei a ele. Não é justo continuar sobrecarregando Dália, que já ouviu tudo mais de uma vez, com todos os detalhes possíveis. Não tenho mais Alain.

Como eu fui estúpida.

Quando penso na nossa última noite juntos... Como eu estava feliz, de um modo quase ridículo, achando que tudo daria certo.

O som dos passos do meu pai entrando no estúdio enquanto eu tentava trabalhar em "Confesso" não sai da minha cabeça, porque aquele som definiu o antes e o depois.

Enquanto eu o ouvia, cada palavra era um choque amortecendo meu corpo. Mas a sensação de dormência era uma ilusão, um prenúncio da dor que estava por vir. E, quando entendi que minha privacidade tinha sido invadida, foi como se algo tivesse sido arrancado de mim.

Meus pensamentos não eram mais meus. Não havia lugar seguro o suficiente para onde eu pudesse correr.

Lembro de me encolher, como se meus braços me envolvendo fossem capazes de manter qualquer resquício de intimidade que pudesse ter me sobrado. Só aquilo já era doloroso demais, mas é claro que não pararia ali.

Quando assisti a *Matrix*, a pergunta que não saía da minha cabeça era qual pílula eu escolheria. Eu preferiria continuar vivendo a ilusão da Matrix? Ou iria querer descobrir a verdade por trás dela? Sendo sincera, sempre achei que ficaria com a azul, a que, se Neo tivesse escolhido, o manteria no mundo virtual ilusório. Mesmo que eu continuasse vivendo em uma mentira, ao menos ela seria minha realidade e eu viveria ignorante e feliz para sempre.

Me enfiaram a pílula vermelha goela baixo, e descobri que, depois que se toma uma, a outra sequer continua sendo uma opção. Agora que sei o que sei, não desejaria voltar para aquele mundo cor-de-rosa de mentiras, onde ouvia as canções que queria ouvir.

Só que eu não sei continuar vivendo essa realidade cinzenta e sem sons.

Como Alain mentiu para mim? Como eu fui idiota a ponto de não ver o que estava na minha cara? Será que de modo inconsciente não me esforcei para buscar mais a fundo porque tinha medo do que podia encontrar?

Os contatos do meu pai foram bem rápidos em levantar o dossiê. Em descobrir que Albert, o melhor amigo de Alain, era na verdade seu irmão mais velho. Um irmão que morreu há alguns meses em um acidente. Um irmão que também era músico e que tem diversas músicas registradas em seu nome.

Meu pai conseguiu uma gravação daquela noite do show de talentos e bateu com as composições de Albert.

"Outra vez" não é de Alain. É do irmão. Assim como todas as outras.

Albert é o gênio por trás das canções, e Alain é apenas um ladrão que se apossou delas.

Não me interessa se ele informou na inscrição do concurso que a música não era dele. Não me interessa se não tinha a intenção de cometer plágio e se assumiria, depois, apenas como intérprete das músicas.

Alain, assim como meu pai, mentiu para mim. Ele sabia o quanto as músicas dele tinham mexido comigo e se aproveitou disso para se aproximar. Teve inúmeras chances de me contar a verdade, mas preferiu ficar com a glória para si — o que já seria bem ruim, mas fica ainda pior pelo fato de o irmão dele não estar mais presente para se defender.

Meu Deus do céu, quem faz uma coisa dessas?

Eu até estaria disposta a ouvir o que ele tem a dizer, mas aquele e-mail que ele mandou para a Ágrah, depois de ter descoberto quem eu era... Um e-mail que nunca comentou comigo. E que estava lá, na caixa de entrada profissional do meu pai. Alain estava me usando para conseguir um empresário.

Eu confiei nele, apesar do medo, mas ele não só não confiou em mim de volta como me traiu. Eu me despi para Alain, de todas as maneiras, enquanto ele continuou guardando parte de si. Eu não sei mais dizer se o conheço. Se cheguei a conhecer.

Bloqueei o número dele ainda amortecida e esperei a dor me atingir.

Agora, estou esperando que ela vá embora.

Feliz aniversário pra mim.

17 de novembro de 2019

~~Sei que não deveria, mas~~

20 de novembro de 2019

É surreal. E eu não deveria estar escrevendo aqui.

23 de novembro de 2019

← Dália

HOJE

Yasmin
Você viu o e-mail que eu te mandei? 12h27 ✓✓

Dália
q e-mail? 12h29 ✓✓

n vi 12h29 ✓✓

hj? 12h29 ✓✓

Não, ontem 12h33 ✓✓

n recebi, Yas 12h37 ✓✓

fui checar agora, n tá nem no spam 12h37 ✓✓

Ah, meu note tá uma droga, acho que vou ter que trocar 12h38 ✓✓

Ele tá travando, a bateria não tá durando nada 12h38 ✓✓

ele tá assim há muito tempo? 12h43 ✓✓

Algumas semanas 12h44 ✓✓

vc tá falando comigo no note ou no celular? 12h44 ✓✓

Celular 12h44 ✓✓

Não uso WhatsApp no note 12h45 ✓✓

ok 12h45 ✓✓

vc tem antivírus? 12h45 ✓✓

1º de dezembro de 2019

Tentei me manter longe daqui. Sendo bem sincera, eu mal conseguia olhar para este diário sem lembrar de tudo o que ele desencadeou.

Mas, então, os ânimos foram acalmando e, sem as emoções tão à flor da pele, comecei a raciocinar com mais calma. Onde eu estava com a cabeça querendo colocar toda a minha carreira a perder por uma crise de identidade?

Minha carreira pode continuar segura, para minha sorte, mas e todo o resto que perdi?

O trabalho e a amizade do Roger, a confiança do meu pai...

Fui egoísta, inconsequente e ainda parti meu próprio coração. Eu me permiti me apaixonar por alguém que eu sequer conhecia, era óbvio que me machucaria.

A primeira semana depois da descoberta de papai não foi fácil. Cancelei meus compromissos e me recusei a sair do quarto. Não queria ver nem falar com ninguém. Tenho sorte de o meu pai ter jogo de cintura para lidar com a situação. A mídia achou estranho, mas, como tudo nesse meio é efêmero, os burburinhos já foram abafados por qualquer outro assunto que tenha surgido nesse meio-tempo.

Meu pai também deu o espaço de que eu precisava para processar os sentimentos e, só quando chegou a hora, tomou as providências para me trazer de volta.

Foi no domingo de manhã, logo após meu aniversário, e eu, mais uma vez, não tinha ainda saído do meu anexo. Papai então bateu à porta e, como não respondi, girou a maçaneta. Ele entrou aos poucos, como que aguardando minha permissão, mas firme o suficiente para que eu soubesse que não sairia dali até ter terminado seja lá o que tivesse ido fazer.

Sem dizer nada, ele se sentou na minha cama, ao meu lado, e abriu o laptop que havia trazido. Havia um player de vídeo aberto, que ele maximizou antes de reproduzir.

Só precisou de poucos takes para que eu reconhecesse o documentário em comemoração aos meus quinze anos de carreira. O vídeo de mais ou menos uma hora traz uma compilação de diversos momentos da minha trajetória, além de cenas dos shows da turnê comemorativa — a maior da minha carreira.

É a história da minha vida.

Conforme as cenas se desenrolavam na minha tela, outro filme se passava em minha cabeça, com as lembranças não só daqueles instantes, mas de tudo por trás deles e não documentados: os medos, os esforços, as sensações de conquista.

Me lembrei de quem sou.

Meu pai percebeu a lágrima que escorria em silêncio pelo meu rosto e me perguntou se eu sabia o que ele via quando assistia àquele vídeo. Da mesma forma que papai não desgrudou os olhos da tela para me fazer a pergunta retórica, eu também não me movi.

Então, ele me disse algo mais ou menos assim: "Eu vejo esforço, dedicação. Eu vejo uma garota extremamente talentosa que sempre soube o que queria e não mediu esforços para conquistar. Eu vejo a doçura de quem sabe ser gentil com qualquer um que passe por seu caminho, porque é guiada por um coração que transborda amor. Eu vejo você, minha filha, e não tenho dúvida alguma de que essa é sua essência".

As palavras de papai me tocaram lá no fundo. E me trouxeram de volta.

Desde então, recobrei o ânimo. Aos poucos, a tristeza foi me deixando e fui inundada pela gratidão: por ter a chance de trabalhar com o que amo, por não ter perdido meu trabalho, por ser cuidada por um pai capaz de fazer tudo por mim, por ter um público que me reverencia.

A ingratidão não havia feito nada por mim, exceto me prejudicar. Estava na hora de enxergar as coisas por outra perspectiva.

Agora, o que me resta é lidar com as consequências das minhas escolhas dos últimos meses e seguir em frente.

Só tive coragem de ligar para Roger na semana passada, e ele aceitou me receber para conversarmos. Preciso me desculpar em pessoa. Papai jamais confiará nele de novo para recontratá-lo, mas, se eu não posso ter meu assistente de volta, quero manter meu amigo.

E sobre Alain...

Quanto mais eu penso nisso, mais certeza tenho de que também precisamos de uma última conversa.

Eu preciso que me conte a versão dele dos fatos, que me diga o porquê de ter mentido. Preciso saber se ele é corajoso o suficiente para admitir que estava me usando e preciso de garantias de que não vai vazar as fotos que enviei. Ainda não acredito que me arrisquei desse jeito, fico enjoada só de pensar no que poderia acontecer se ele me expusesse...

Não vou mentir, é claro que ainda tenho sentimentos por Alain apesar de tudo. Nossa conexão — ou ao menos a que eu sentia — foi forte demais para desaparecer de uma hora para outra. Mas, agora, entendo melhor que se tratou muito mais do anseio de uma garota querendo ser amada do que de uma história de amor verdadeira.

Bom, eu precisava saber como era me apaixonar de verdade. Nas próximas vezes que eu cantar as músicas românticas que compuserem para mim, não terei dúvidas da sinceridade dos meus sentimentos sobre elas.

9 de dezembro de 2019

Afinal, Alain acabou com meu dilema.

Tomei coragem de desbloquear seu número e, para minha surpresa, recebi uma ligação na hora. Fiquei na dúvida se atenderia, mas achei melhor arrancar a casca da ferida de uma vez.

Ele pareceu surpreso quando atendi. Disse que vinha tentando me ligar todos os dias, na esperança de que eu o tivesse desbloqueado. Então implorou para me encontrar.

Falei que ia pensar e foi o que fiz. Eu sabia que precisava de um encerramento, mas queria fazer as coisas do jeito certo dessa vez. Assim, conversei com papai, expliquei o que vinha sentindo e perguntei se teria permissão para encontrá-lo. Ele ficou hesitante, mas eu o convenci com o argumento de que Alain tinha minhas fotos.

Então é isso. Depois de amanhã, vou ouvir o que ele tem a me dizer, colocar um ponto-final nessa história e, depois, esquecer que um dia conheci alguém chamado Alain.

A Esfera

CULTURA

Trama de filme: Almir Abdala, o Sultão, retoma império

por Mira Bacon em 10/12/2019, 13h23 • Atualizado há 7 minutos

Há três anos, a vida do empresário Almir Abdala sofreu uma reviravolta. Depois de um investimento malsucedido, o Sultão viu-se na obrigação de vender as suas ações da Ágrah para o sócio, Jafé Santiago. O que ninguém esperava era que o "investimento malsucedido", na verdade, tivesse sido muito bem arquitetado.

Abdala investia em IAG, criptomoeda que, após um período de relativa valorização em 2015, quando o investimento do Sultão foi feito, apresentou constante desvalorização em 2016. O caso chamou a atenção à época porque Abdala, ainda assim, aumentou os investimentos naquele período — um tiro no pé. Perder todo o dinheiro era a consequência óbvia naquele cenário. Em defesa própria, o Sultão afirmou não ter entendido o que aconteceu, já que sempre consultava a valorização da criptomoeda pelo aplicativo de investimentos e sua curva era crescente. A alegação abriu margens para que a sanidade mental de Abdala fosse questionada.

Contudo, segundo evidências recentes, a "confusão" teria sido causada por Jafé Santiago. O agora ex-CEO da Ágrah tinha acesso constante ao computador de Abdala, de quem era melhor amigo, e teria instalado nele um malware que simulava o aplicativo de investimentos usado pelo Sultão, depois de deletar o aplicativo real. Dessa maneira, o Sultão de fato teria visto em seu computador uma curva de valorização crescente da IAG, enquanto, na realidade, ela se desvalorizava.

O esquema também demorou a ser descoberto porque Santiago teria apagado o malware e reinstalado o aplicativo real, o que só aumentou a confusão de Abdala. "Foi uma confusão total. Li uma notícia falando sobre a desvalorização da IAG, mas tinha checado meus investimentos naquela manhã e estava tudo bem. Era noite, meu computador estava na Ágrah. Comentei com Jafé sobre a matéria e que aquilo era estranho. Na manhã seguinte, quando fui acessar de novo, a curva real estava lá, com todo o dinheiro que eu tinha perdido. Achei que tivesse enlouquecido. Fui parar no hospital, minha pressão estava altíssima. Eu poderia ter morrido." Quando questionado se não acompanhava o aplicativo de investimentos também pelo celular, o Sultão afirmou não se dar bem com as tecnologias e preferir fazer "esse tipo de coisa" pelo computador.

Jafé Santiago teria saído impune não fosse por Yasmin, cantora e filha de Abdala, que foi peça chave para a resolução do caso. Isso porque o ex-CEO teria também instalado um malware no computador dela, a fim de espioná-la. "Ele vinha acompanhando meus passos de perto, o que chamou a atenção até da minha melhor amiga. Quando comentei que meu computador estava estranho, ela percebeu, pelos sinais, que poderia estar infectado por um malware. Foi o primeiro passo para ligarmos os pontos até Jafé", disse a cantora. Yasmin afirma ter esquecido o computador na Ágrah um pouco antes de ele começar apresentar as falhas de sistema, um dos indícios apontando para o amigo do pai. Além disso, Yasmin se lembrou de Abdala ter comentado sobre uma informação sigilosa que Jafé sabia sobre ela.

Paralelo a isso, o Sultão vinha realizando as próprias investigações. "Na época da falência, aceitei que eu poderia estar sofrendo de demência. Me submeti a testes, consultas, exames... Minha cabeça estava em perfeito estado. Eu sabia o que tinha visto." Desde então, Almir Abdala consultou, em segredo, diversos profissionais de tecnologia para analisar seu computador. "Eu quase perdi as esperanças.

Então, enfim encontrei uma prova de que eu não tinha ficado louco. Encontraram há pouco tempo no meu computador os rastros de que o aplicativo original havia sido removido e depois instalado de novo, assim como encontraram os rastros do aplicativo falso. Eu só não sabia ainda quem teria feito aquilo, mas sabia que só poderia ter sido alguém próximo."

Segundo Abdala, ele começou a suspeitar do sócio ao perceber que Jafé se mostrava reticente em vender de volta as ações compradas três anos antes, e as suspeitas se intensificaram quando o Sultão descobriu que Jafé vinha pessoalmente se envolvendo com os compromissos de Yasmin, sua única cliente representada desde o início do caos. Fontes externas da Redação confirmaram a presença constante de Santiago em compromissos de Yasmin que Abdala não acompanhava.

Em entrevista, Almir Abdala disse: "O combinado entre nós sempre foi o de não nos envolvermos com os clientes do outro, a não ser em casos de necessidade. Como ela [Yasmin] estava representando uma grande marca [referência à grife estadunidense Angel], Jafé decidiu acompanhar de perto o andamento desse contrato, talvez para me extorquir mais uma vez no futuro. Eu estranhei algumas das atitudes dele, em especial por interferir na agenda da minha filha, e fiquei ainda mais incomodado quando ele demitiu, sem motivos, o chefe da equipe de segurança da Yasmin."

Entretanto, Abdala não teria como acusar Santiago não fosse pela filha. "Eu não fazia ideia de que meu pai suspeitava ter sofrido um golpe", declarou Yasmin. "Mas, há pouco tempo, vi ele com uns papéis sobre a investigação. Não entendi na hora, pensei até que estivesse investindo de novo. Então, quando percebi que eu tinha sido hackeada, entendi o que vi naqueles papéis. Quando descobri que meu pai também foi hackeado, somei um mais um."

Jafé Santiago foi preso na manhã desta terça-feira acusado de invasão de dispositivo, fraude e estelionato, após apresentação das provas por Almir Abdala e inquérito policial realizado em tempo recorde. O depoimento de Raul Medeiros, o funcionário demitido, foi essencial para a prisão: "Eu havia instalado um programa no computador dela [Yasmin], achando ser um antivírus. Uma semana depois, fui demitido. Não tinha conectado os dois eventos até Almir me procurar".

Com a prisão preventiva de Jafé Santiago e suas ações sendo contestadas, Abdala retomou o controle da Ágrah. O caso continuará sendo investigado pelo Ministério Público, inclusive para descobrir se Santiago atuou sozinho, desenvolvendo os softwares maliciosos, ou se os adquiriu de algum programador ilícito, que poderá ser também indiciado. Jafé Santiago, se decretado culpado de um ou mais crimes, poderá sofrer pena de reclusão e multa.

Leia também:
- Mila Santana leva cultura brasileira para a Europa
- Participação de Gabriel Rocha em especial de fim de ano é cancelada após denúncia de assédio
- Famosos e culpados: confira lista de seis artistas condenados por algum crime

Alain Taleb

@taleb_alain

Músico. Meio brasileiro. ¼ francês. ¼ marroquino

947 Seguindo   **203** Seguidores

Alain Taleb @taleb_alain · há 2 segundos
♫ "E foi assim que eu vi
Nosso amor na poeira, poeira
Morto na beleza fria de Maria
E o meu jardim da vida
Ressecou, morreu
Do pé que brotou Maria
Nem margarida nasceu"

💬 0 🔁 0 ♡ 0

FACES BRASIL

Yasmin, a Filha Ideal, é **flagrada sem roupa** em carro com desconhecido

por Fábio Alcântara | *ATUALIDADES*
@fabio_alcantara, publicado em 12/12/2019, 10h09

Poucos meses atrás, escrevi uma matéria na qual chamava Yasmin, artista da Ágrah, de "Filha Ideal". Meus argumentos para isso tinham a ver não apenas com a doçura de sua aparência e voz, mas principalmente com um comportamento exemplar em toda sua carreira: Yasmin nunca figurou em nenhum escândalo. Até hoje.

De modo lamentável, a cantora foi vista na noite de ontem sem blusa, apenas de sutiã, aos beijos *calientes* com um rapaz não identificado. Em uma das fotos, é possível vê-lo com a mão sobre o seio dela e o rosto em seu pescoço. Yasmin, de olhos fechados e cabeça para trás, estava sem dúvida aproveitando o momento.

Fica claro que o título de "Filha Ideal" talvez não seja mais uma boa aplicação à Yasmin, já que nenhum pai gostaria de ver uma foto da filha nessas condições. O questionamento que nos fica agora é se esse foi um mero deslize ou se é apenas a primeira vez que algo vazou para a mídia. Será que, afinal, o namoro com Gabriel Rocha já era um indício de caráter? Yasmin nunca foi quem pensamos ser ou ela é, a partir de agora, uma nova Yasmin?

Você também pode gostar:

- Transformação: confira o antes e o depois das celebridades
- A Filha Ideal: Yasmin, a queridinha do Brasil, assina novo contrato para salvar a pele do pai
- Corpo de verão: dicas para arrasar no calor de 2020

MÚSICA

Ela sabe mesmo o que quer! Yasmin é flagrada aos beijos!

por Nádia Luz em 12/12/2019, 10h09

Minha profissão de fã de Yasmin não me preparou para este momento, mas ele aconteceu: nossa princesa mostrou que não é feita de cristal, mas é tão humana quanto nós.

Depois do estranhíssimo período ausente das redes, Yasmin tinha voltado no começo deste mês com suas postagens habituais, tranquilizando a todos nós de que não havia nada de errado. Anteontem, porém, os jornais noticiaram o envolvimento da princesa na prisão de Jafé Santiago e, hoje, acordamos com o furo da Faces, que flagrou a cantora em uma situação um tanto quanto comprometedora, sem blusa e aos beijos com um desconhecido. Se eu estou atordoada com o tanto de informações, imagina a Yasmin? Mas, deixando de lado toda a conspiração criminosa, deixa eu me ater à fofoca do dia.

Por mais surpresa que eu tenha ficado com as imagens — porque, vamos combinar, não são nada típicas do histórico da Yasmin —, como mulher e sua fã, não posso deixar de levantar a questão: será que a situação merece tanto alarde assim?

Os comentários sobre a conduta dela já estão pipocando aos montes pelas redes sociais, e é triste constatar, mais uma vez, o peso de circunstâncias como essa na vida de uma mulher. Ninguém está questionando o caráter do rapaz-cujo-nome-ainda-não-sabemos-mas--que-é-tão-responsável-pelo-ato-quanto-ela, mas perdi as contas de quantos "afinal, ela não é tão boazinha assim" eu li por aí.

Não estou falando para ninguém sair por aí cometendo crimes de ato obsceno — o que nem chegou a ser o caso de Yasmin —, mas que atire a primeira pedra quem nunca deu uns amassos dentro de um carro. Se for para sermos condenados por isso, então a maior parte de nós definitivamente não presta. No caso dos dois pombinhos desta matéria, eles só tiveram o azar de estar no lugar errado e na hora errada — não quero nem cogitar a hipótese de a minha princesa ter sido usada e o flagra ter sido armado por ele.

Espero que Yasmin receba o apoio que merece, porque com certeza a notícia de hoje trará consequências para sua imagem e carreira.

MÚSICA

Flagra de Yasmin reforça a hipocrisia social

por Samuca em 12/12/2019, 15h12

Estou desde de manhã pensando em como fazer este post, porque eu sabia que não poderia me abster de me posicionar, mesmo que esse não seja meu lugar de fala — então não deixem de ler também estes posts <u>aqui</u>, <u>aqui</u> e <u>aqui</u>, escritos por mulheres, que têm muito mais propriedade do que eu sobre o assunto. De qualquer forma, eu não queria vir aqui apenas para repetir o que todo mundo está dizendo e que você pode encontrar em qualquer site de notícias sobre o flagra da Yasmin.

Ninguém pode dizer se o que ela fez foi certo ou errado. O ponto é que ela fez, como direito dela, dentro de suas escolhas e liberdades, e o verdadeiro questionamento não deveria ser fazer ou não, mas a repercussão que essa atitude teve.

Por que ainda fazemos um barulho tão grande quando uma mulher exerce seu direito à sexualidade? Que diferença faz se Yasmin estava dentro de um carro ou se estivesse em seu quarto? É verdade que o automóvel estava estacionado em uma via pública, mas não havia ninguém presente, além do fotógrafo — sem contar que ela e o amante estavam dentro de uma propriedade particular. E, vejam bem, o assunto é o que *Yasmin* fez, não o que ela e o rapaz fizeram — e acho que o foco nela tem menos a ver com seu status de celebridade do que com seu gênero.

Há rumores sobre como esse episódio pode afetar a carreira dela, e eu espero de verdade que não haja grandes estragos, tanto em termos de negócios quanto no abalo emocional e psicológico que pode causar nela.

FACES BRASIL

Identidade de **amante de Yasmin** é revelada

por Fábio Alcântara | *ATUALIDADES*
@fabio_alcantara, publicado em 15/12/2019, 14h40

O assunto da semana foi o deplorável flagra da cantora Yasmin em um carro com um desconhecido e, entre vários questionamentos que surgiram, o maior de todos com certeza foi: "Mas quem é ele?". Nossa revista foi atrás de informações para solucionar o mistério e hoje traz respostas, que só tornam a situação toda ainda mais infeliz.

Alain Taleb, 26 anos, é um cantor amador que faz shows pelos bares da cidade. Com cidadania dupla, franco-brasileira, e ascendência marroquina, morou a maior parte da vida na França, país de origem de seu pai, apesar de ter nascido no Brasil. Ele retornou ao país nos últimos meses, e especula-se que foi nessa época que conheceu Yasmin, que, ao que tudo indica, tem um gosto duvidoso para homens: depois de um cantor mulherengo, partiu para um cantor qualquer.

Fomos atrás dos dois para conseguir uma declaração, mas ambos preferiram não se pronunciar. Enquanto permanece o mistério sobre como o caso amoroso começou — e se ele continua! —, deixamos aqui algumas fotos e vídeos retirados das redes sociais de Alain, onde ele compartilha seu trabalho.

Você também pode gostar:
- Atitude de Yasmin pode atrapalhar contrato milionário
- Em queda: Yasmin perde seguidores nas redes sociais
- Abalo: fonte próxima afirma que relação pai X filha e empresário X cliente estaria em risco

Alain Taleb

@taleb_alain

Músico. Meio brasileiro. ¼ francês. ¼ marroquino

987 Seguindo   **17,2 mil** Seguidores

Alain Taleb @taleb_alain • há 3 dias
♫ "E foi assim que eu vi
Nosso amor na poeira, poeira
Morto na beleza fria de Maria
E o meu jardim da vida
Ressecou, morreu
Do pé que brotou Maria
Nem margarida nasceu"

💬 24   ↗ 6   ♡ 219

> **adudinhah:** adorei sua voz, moço, vou seguir 😍 🥺
>
> **fcyasmin:** Hey, não foi você que criou a # no dia do Noite Adentro?? 😱
>
> **nicabhj:** De boba a Yasmin não tem nada kkkk
>
> **eudanicastro:** sou fofoqueira e fanfiqueira demais pra não estar criando teorias com esse tuíte!!!

NOTÍCIAS

A princesa perdeu tudo: Angel desfaz contrato com Yasmin

por Portal Notícias em 21/12/2019, 16h02

A marca norte-americana Angel anunciou em uma nota hoje o fim do contrato com a cantora Yasmin, que havia sido escolhida para representá-la no Brasil.

A quebra se deu após o escândalo envolvendo Yasmin — que, até o momento, não se pronunciou nem emitiu uma nota de retratação — e o cantor amador Alain Taleb, flagrados em uma situação constrangedora na última semana.

Ainda não há informações sobre quem substituirá a cantora.

• EDIÇÃO DIGITAL •

ENTRETENIMENTO

Babado! Cris Novaes é a nova empresária de Yasmin

por Redação, *publicado em 29/12/2019, 20h13*

As reviravoltas no caso Yasmin não param. Desta vez, a notícia é que a cantora não mais é representada pela Ágrah, empresa de seu pai, Almir Abdala, que administra sua carreira desde o início. Cris Novaes, que também representa Mila Santana, é a nova empresária da artista. A empresa Ágrah tem estado em destaque nas últimas semanas, depois da prisão de Jafé Santiago, o ex-sócio de Abdala. Ainda não é possível prever os desdobramentos da saída da cantora para a empresa.

Em nota, Yasmin revelou que foi necessário optar por novos caminhos, mas agradeceu o excelente trabalho que o pai sempre fez por ela e deixou claro que, embora desfeita a parceria comercial, o elo familiar permanece forte. Também segundo a nota, o contrato da cantora com a atual gravadora não foi afetado pela mudança de empresários.

Almir Abdala não se pronunciou até o momento.

---

3 comentários

raquel_cunha: tô acompanhando tudo com minha pipoca 🍿🍿🍿

Mari Luchesi: amada!! alguém precisa fazer uma linha do tempo, já tô ficando perdida

Samuca: Eu AMEI essa parceria!! Juntas e shallow now!!

Alain Taleb ✓

@taleb_alain

Músico. Meio brasileiro. ¼ francês. ¼ marroquino | Rep.: @agrahbr

987 Seguindo   **893,1 mil** Seguidores

Alain Taleb ✓ @taleb_alain · há 7 segundos
Uau. Isso… aconteceu. Está mesmo acontecendo.

💬 34   ⇗ 89   ♡ 201

Alain Taleb ✓ @taleb_alain · há 6 dias
Oh là là! Je suis vérifié :)

💬 1,1 mil   ⇗ 902   ♡ 15,9 mil

Alain Taleb ✓ @taleb_alain · 1 de jan de 2020
Feliz ano-novo! Bonne année!

💬 786   ⇗ 254   ♡ 3,6 mil

Alain Taleb ✓ @taleb_alain · 16 de dez de 2019
Para quem quiser conhecer meu trabalho, tenho uns covers no YouTube: youtube.com/AlainTaleb

💬 178   ⇗ 543   ♡ 10,3 mil

Alain Taleb @taleb_alain · 12 de dez de 2019
♬ "E foi assim que eu vi
Nosso amor na poeira, poeira
Morto na beleza fria de Maria
E o meu jardim da vida
Ressecou, morreu
Do pé que brotou Maria
Nem margarida nasceu"

💬 2,5 mil   ⇗ 3,7 mil   ♡ 865

FACES BRASIL

Alain é o **novo artista da Ágrah** e já assinou **contrato** com gravadora

por Fábio Alcântara | ATUALIDADES
@fabio_alcantara, publicado em 14/1/2020, 10h14

Se foi uma surpresa o anúncio de que Yasmin não era mais artista da Ágrah, a revelação de que o mais novo contratado da empresa de seu pai é Alain Taleb com certeza deixou todos nós ainda mais chocados. Quem ia imaginar que o Sultão empregaria justamente o homem que colocou sua filha em uma situação tão delicada? E, ainda mais, que garantiria para ele um contrato com a Mondial Records com tanta rapidez?

Porém, se formos pensar de forma analítica, a decisão de Almir Abdala era esperada. O empresário é conhecido por seu tino para os negócios e, com o rapaz em alta, seria um desperdício não se aproveitar do momento — e usá-lo, também, para fisgar uma grande gravadora.

"Alain tem um talento que vi em poucos jovens ao longo da minha carreira", disse o empresário em entrevista à Faces. "Sua voz combina emoção, profundidade e presença de maneira capaz de cativar a todos. Seria injusto não o reconhecer apenas porque as condições que o apresentaram a mim não foram das mais favoráveis."

Abdala afirmou ter começado a trabalhar o primeiro álbum de Taleb. "Ainda não queremos dar muitas informações, mas são músicas muito importantes para ele e com uma forte conexão com sua história de vida."

Já estamos todos ansiosos pelo que está por vir!

Você também pode gostar:

- De casa nova! Aos 24 anos, Yasmin está morando sozinha
- Brasileiro, franco-marroquino e filho de muçulmano, Alain Taleb comenta suas origens e a importância das educações católica e islâmica em sua formação
- China tem primeira morte por misteriosa pneumonia viral

• EDIÇÃO DIGITAL •

ENTRETENIMENTO

Yasmin cancela turnê em comemoração aos 20 anos de carreira

por Redação, *publicado em 16/3/2020, 18h24*

Muito se especulou nas últimas semanas se Yasmin faria uma turnê comemorativa por seus vinte anos de carreira. Desde os últimos escândalos envolvendo a cantora, ela perdeu muitos seguidores nas redes sociais e sofreu críticas severas. E o momento mais chocante foi quando optou por não mais ser representada pela Ágrah, que sempre administrou sua carreira.

Hoje a cantora acabou com o mistério. Em publicação em seu Instagram, Yasmin disse que a turnê não acontecerá por dois motivos.

"Assim como o mundo, estou amedrontada pelas notícias chegando sobre o novo Coronavírus. Tendo em face essa realidade nos abatendo, pensar em qualquer tipo de turnê seria não só fantasioso, mas de extrema irresponsabilidade. Talvez eu esteja sendo alarmista, talvez esteja errada e tudo vá se resolver dentro de poucos meses. Mas, diante da incerteza, prefiro usar esse tempo de reclusão para (re)pensar minha arte", escreveu ela, fazendo um gancho para o segundo motivo: os vinte anos de carreira serão comemorados de um jeito inusitado.

Sem maiores informações sobre o que seria esse jeito, resta aos fãs apenas especular.

Yasmin terminou a postagem pedindo aos seus seguidores para seguí-la em sua nova conta no TikTok, onde ela pretende estar mais ativa para compartilhar seu processo criativo, e fazendo um apelo para que todos permaneçam em casa, respeitando a quarentena decretada na última semana e oficialmente iniciada no dia de hoje.

Nenhum comentário

Seja o primeiro!

Alain Taleb ✔

@taleb_alain

Músico. Meio brasileiro. ¼ francês. ¼ marroquino | Rep.: @agrahbr

987 Seguindo   **2,8 mi** Seguidores

Alain Taleb ✔ @taleb_alain · há 1 segundo
E é para você também.

💬 27   ↱ 43   ♡ 94

Alain Taleb ✔ @taleb_alain · há 16 segundos
Chegou o grande momento. Conheçam "Outra vez", uma das músicas mais significativas da minha vida. Albert, c'est pour toi.

💬 406   ↱ 1,7 mil   ♡ 3,8 mil

Alain Taleb ✔ @taleb_alain · há 2 dias
Falta pouco.

💬 1,7 mil   ↱ 5,3 mil   ♡ 6,4 mil

Alain Taleb ✔ @taleb_alain · 25 de jul de 2020
Farei hoje uma live no meu Instagram. Mesmo @ daqui!

💬 786   ↱ 254   ♡ 3,6 mil

Alain Taleb ✔ @taleb_alain · 23 de jul de 2020
Fiquem em casa. Usem máscara. Se cuidem. Cuidem de quem vocês amam.

💬 4,7 mil   ↱ 7,9 mil   ♡ 43,1 mil

NA MIRA

MÚSICA

Alain lança sua primeira música

por Nádia Luz, *em 26/8/2020, 11h03*

Impossível se esquecer do bafafá envolvendo Yasmin e Alain Taleb no final do ano passado, não é mesmo? Entre as muitas reviravoltas, esteve a contratação do cantor, até então desconhecido, pela empresa que sempre representou Yasmin, e também a saída da cantora da Ágrah.

Algumas teorias especulam que Alain teria exposto Yasmin para sair do anonimato — eu mesma cheguei a cogitar isso na época. Porém, a própria Yasmin declarou que Alain não teve culpa, que eles apenas tiveram o azar de serem flagrados "em um momento que não deveria pertencer a mais ninguém além deles". Assumo ter ficado aliviada, tanto porque seria muito cruel ver a Yasmin passar por algo assim quanto porque... Bom, tem como não se encantar pelo Alain?

O cantor não é muito ativo no Twitter, mas aparece com frequência no Instagram, onde posta vários trechos dos seus covers — que estão completos no YouTube. Só aí já dá para se apaixonar pela voz melodiosa, além do, vamos combinar, charme que transborda quando ele toca. Porém, ainda não tínhamos como conhecer bem qual era o estilo da música de Alain — até porque ele posta de Sam Smith a Belchior — e estivemos todos mega-ansiosos pela divulgação do seu trabalho, que precisou ser adiada por conta da pandemia. Segundo Almir Abdala, as gravações já haviam começado quando as medidas de isolamento social foram anunciadas, interrompendo o projeto e deixando todos nós na expectativa. Mas, ao que tudo indica, a produção voltou a mil por hora no estúdio particular de Abdala para que o álbum seja lançado no próximo mês.

"Respeitamos todas as medidas de segurança. Tanto eu quanto Alain ficamos em isolamento por duas semanas e, agora, ele está hospedado em minha casa para trabalharmos no álbum. Estamos contando com uma equipe presencial rotativa oferecida pela gravadora, de maneira a continuarmos seguindo as orientações do Ministério da Saúde sem interromper a produção, mas a maior parte dos colaboradores está trabalhando de maneira virtual", disse Abdala numa entrevista.

Enquanto o álbum todo não sai, ganhamos um presente: está liberado na plataforma de streaming Espot o primeiro single do cantor!

Alain já era um crush desde que suas primeiras fotos foram divulgadas, mas agora, ouvindo sua voz S-E-M P-A-R-A-R, estou sem dúvida apaixonada e invejando Yasmin naquele carro até minha quinta geração.

"Outra vez" é uma balada de pop rock com influências do folk. Além de linda, fica ainda mais emocionante conhecendo seu significado: foi escrita pelo irmão mais velho de Alain, que era compositor e faleceu há menos de dois anos em um trágico acidente. Segundo o último post do cantor no Instagram — que me levou às lágrimas, devo dizer —, o álbum será um tributo ao irmão, contendo apenas as músicas escritas por ele.

"Devo tudo ao meu irmão. Além de ter sido o melhor exemplo e parceiro que eu poderia ter, minha vida mudou depois de sua morte. Se estou aqui hoje, foi porque suas palavras me guiaram. É meu dever mostrar ao mundo o gênio, além do homem incrível e talentoso, que ele era." Onde se candidata para ser mãe dos filhos de Alain?

MÚSICA

Ouça agora "Identidade", novo single de Yasmin!

por **Samuca** em *19/9/2020, 13h03*

PARA TUDO QUE ESTE MOMENTO É MEU!

O momento pelo qual eu mais esperei nos últimos meses chegou: saiu a música nova da minha princesa!

Yasmin tinha prometido comemorar seus vinte anos de carreira de um jeito inusitado e cumpriu! O single "Identidade", parte do novo álbum homônimo da cantora, é muito diferente de tudo que ela já lançou!

Desde o ano passado, Yasmin esteve quase sumida da mídia. Suas poucas aparições nas redes sociais foram um tanto misteriosas e sempre relacionadas a um processo criativo.

Agora, são tantas as coisas que quero comentar que nem sei por onde começo. Talvez o mais sensato seja: pelo começo. Falemos da capa escolhida para *Identidade*.

Esqueçam os tons pastel e o ar doce que caracterizava os álbuns de Yasmin. Se a fonte em caixa-alta sem serifa escolhida para o título não passa a mensagem gritante de que estamos diante de algo inédito na carreira da cantora, a foto em preto e branco deixa as coisas bem claras. Sentada de costas, sem nenhuma peça de roupa, Yasmin nos encara por cima do ombro com um olhar que exala desafio.

Não há nada do corpo de Yasmin exposto, sua nudez está longe de ser sexualizada; o que se deseja dizer é pura e simplesmente "estou aqui como sou".

Foi uma das capas mais fortes e bonitas que já vi na minha vida.

Não bastasse o impacto trazido pela imagem, esse é um álbum com composições 100% autorais, outra novidade na carreira da artista, que até então interpretava canções compostas para ela. E, de acordo com os créditos, Yasmin não foi apenas letrista, mas também trabalhou nas melodias!

Então falemos do single que dá nome ao álbum!

"Identidade" é diferente de tudo que Yasmin já cantou — o mais próximo, talvez, tenham sido as canções de *Fases da lua*, mas que ainda assim não tinham o amadurecimento de agora. Nessa música não há lugar para as batidas repetidas e as letras adolescentes. Quem fala é uma mulher em fase de descoberta, sem medo de assumir quem é durante — e após! — esse processo. Yasmin não abandonou o pop, mas trouxe uma batida diferente do que já tinha trabalhado. O ritmo tem uma pegada meio rock, os arranjos são mais elaborados e o resultado como um todo é muito envolvente. Definitivamente, Yasmin está em uma nova fase — e algo me diz que só agora conheceremos todo seu potencial como artista.

Minha princesa voltou com tudo, e ainda melhor!

IDENTIDADE

Composição e interpretação: Yasmin

Desde criança me ensinaram
Eu devia me comportar
Eu era o trigo, separado do joio
Algo fácil de se acostumar

De repente eu percebi
Que nem tudo é o que parece
Água pode virar vinho
Leite pode azedar
Meu bem, talvez eu seja o joio
E tanto faz o que você vai achar

Diziam que eu era doce,
Mas ninguém podia provar
É bem melhor ser o que quero
E desse gosto eu saborear

[Refrão]
Meiga, comportada, exemplar
Apenas palavras para me anular
De pura pra puta
Só muda uma letra
E também o mundo inteiro
Se eu ousar errar
Mas agora perdi o medo
Porque de qualquer jeito vão me rotular
Eu sou o que sou e o que mudo
E muda, eu cansei de ficar

Não cheguei aqui sozinha
Meus passos seguiram pegadas
Elas estavam ali, eu é que não vi
No fundo, eu precisava aceitar
Que olhar pra trás nem sempre é apego
Às vezes, olhar pra trás é olhar pra dentro

[Refrão]

Alain Taleb ✓

@taleb_alain

Músico. Meio brasileiro. ¼ francês. ¼ marroquino | Rep.: @agrahbr

991 Seguindo   **3,2 mi** Seguidores

Alain Taleb ✓ @taleb_alain • há 4 minutos

Confesso que estou orgulhoso.

💬 976   ↪ 3,9 mil   ♡ 7,6 mil

> **osamucadobabado:** Ok, não sei o que pensar.
> **fcyasmin:** AHHHHH
> **nicabhj:** se ela não quiser eu quero
> **eudanicastro:** INFARTANDO AQUI
> **adudinhah:** isso é o que eu acho que é??
> **gabi_moreira:** O cara expôs a Yasmin pra ficar famoso às custas dela, ela sofrendo hate e vocês td babando nele. Tá serto.

React: "Confesso", mais um single de Yasmin

SOLTA O PLAY
2,3 mil curtidas
374 mil inscritos

Inscrever-se

(Transcrição do vídeo publicado em 25 de setembro de 2020)

(Uma moça loira de cabelo liso está sentada em frente a um monitor de computador.)

Tati Passos: *E aí, gente linda? Bora pra mais um react do* Solta o play?

(Vinheta de abertura.)

Tati Passos: Identidade, *o novo álbum da Yasmin, foi lançado na última semana e já deu o que falar desde que o single que dá nome ao álbum foi liberado pra nós. Todo esse alvoroço aí tem acontecido porque a cantora apresentou um trabalho muito diferente do que ela fez até então, e que foi ainda mais surpreendente porque foi a estreia dela como compositora.*

(A câmera dá zoom e foca o rosto da youtuber.)

Tati Passos: *Pra quem não sabe, a Yasmin sempre foi intérprete e não participava da produção das músicas. Agora, além das letras de autoria dela, também esteve envolvida na concepção da forma musical de todas as canções.*

(A câmera dá um zoom ainda maior.)

Tati Passos: *E vale lembrar que a produção toda foi agora, durante a pandemia, em grande parte no estúdio caseiro da Yasmin, com apoio da gravadora, tá?*

(Após um efeito de transição, o enquadramento da câmera mostra a youtuber próxima de um notebook, cuja tela não aparece no vídeo. Ela clica em um botão e a voz de Yasmin surge com as primeiras notas de "Confesso".)

(Tati Passos arregala os olhos.)

(A voz, no início quase a cappella, passa a receber acompanhamento melódico.)

(Tati Passos faz uma pausa.)

Tati Passos: *Uau! Ok, já preciso fazer uma pausa. A Yasmin acertou muito nesse começo. A primeira impressão que a gente recebe é da voz dela, com só um baixo ali de fundo acompanhando com uma nota ou outra, esse BOM-BUM. Isso por si só já dá um destaque enorme pra voz, ainda mais pelo contraste, porque o timbre dela sempre foi muito leve. Mas reparem como ela já começa entregando técnica também. A voz dela segue leve, mas num registro mais de peito, pra ganhar mais corpo, e que ela combinou com esse rouquinho que gera um som muito interessante. E aí, logo em seguida, ela mete um fry com a introdução dos outros instrumentos e gera quase que uma explosão que ainda vai crescer até o refrão. E vocês perceberam a riqueza da harmonia, da combinação dos instrumentos? É com certeza uma música que tem os aspectos comerciais, mas que tem também um trabalho artístico mais refinado de fundo, que a gente não via muito nas outras músicas dela.*

(Tati Passos solta o play e continua ouvindo. A cabeça dela se mexe ao som da música, até que em um momento ela arregala os olhos ou entreabre a boca.)

(A música chega ao refrão.)

Tati Passos: *Caramba, eu não esperava isso!*

(A youtuber pausa a música.)

Tati Passos: *A música cresceu ainda mais, e vocês notaram como ela foi subindo pra voz de cabeça pra fazer os agudos e falsetes, mas como também conseguiu não deixar o timbre fininho? Como ela sustenta a potência da melodia?*

(A youtuber continua ouvindo a música.)

(Antes da repetição do último refrão, ela pausa de novo.)

Tati Passos: *Cara, que incrível! Nessa última ponte, não sei se deu pra notar, mas ela colocou as respirações, quase ofegantes, de uma* *forma muito controlada. Sabem como isso evoca o cansaço que a letra comunica? E assim, um ponto importante da letra que eu ainda não mencionei: vocês percebem como ela dialoga diretamente com o último álbum da Yasmin, o* Confissões? *Eu arrisco dizer que essa música é o grito da Yasmin pra exercer a liberdade artística dela, é a ruptura com o que ela fazia antes — ou com o que faziam ela fazer. E as simbologias que ela usou? A maçã caindo, que tem tanto a ver com o pecado original quanto com a física e a gravidade... AHH eu tô pirando, de verdade!*

(Tati solta o play e ouve a música até o fim.)

Tati Passos: *Olha, estou sem palavras. Eu já tinha gostado de "Identidade", mas essa? Arrisco dizer que esse álbum é um dos melhores lançamentos do ano.*

(Após um efeito de transição, a câmera dá um pequeno zoom em Tati, tirando o computador do enquadramento.)

Tati Passos: *Bom, eu fico por aqui! Deixa nos comentários se você já ouviu o* Identidade *e se quer react de mais músicas do álbum!*

(Botões de curtida e inscrição aparecem na tela com efeitos sonoros.)

Tati Passos: *Ah, e não se esqueça de curtir e se inscrever aqui no canal. Beijos, até o próximo vídeo!*

CONFESSO

Composição e interpretação: Yasmin

Preciso me confessar
É o que as boas garotas fazem, não é?
Mas não acho que você esteja pronto para ouvir
Essa confissão não é
A mesma que aquela, não era sincera
Ainda esperando lírios
Mas sou uma rosa vermelha se abrindo

Eu aceitei todas as vezes que você disse que eu preferia o dia
Eu não fazia ideia de como a noite era
Você fez de tudo pra eu não descobrir
Só que a culpa é minha também
Porque era mais fácil não te perguntar
E melhor do que me sentir como agora

[Refrão]
Eu confesso que cansei e confesso que não quero mais
Mas não adianta, não sei o que quero, confesso
Já que confesso que não sei e confesso que tanto faz
Eu não preciso saber pra onde ir
Pra saber que não quero ficar aqui
Confesso que só quero ser

Você está ouvindo o som, feito antiácido em água?
É o aperto se dissolvendo enquanto escrevo
Escorrendo com a tinta por toda folha
Não tenho escolha
Sinta o papel pesar com tudo que era meu

[Refrão]

Você pode tentar
Mas não vai conseguir
Ninguém pode impedir
A maçã de cair

[Refrão]

Assuntos do momento

Em chamas

fcyasmin: Ahhhh saiu mais uma!! Bora dar stream pra "Em chamas" gente!!

gabi_moreira: "Em chamas" é minha fav, sim ou com certeza?

osamucadobabado: "Em chamas" 🤝 Baco Exu do Blues 🤝 Tesão do brasileiro

mariluchesi: botei em chamas pra tocar em casa e não tava de fone kkkk... fiquei assim 😵

soltaoplay: Ô, gente, vamo com calma. "Em chamas" é boa, mas não é esse afrodisíaco todo aí não

> **adudinhah:** é que a gente que é solteiro tá sofrendo na pandemia Tati kkkkk

thiagosouza: Sempre muito boa a evolução musical da Yasmin. "Em chamas" traz uma nítida influência do jazz e, arrisco, de Janis Joplin (o uso do piano me remeteu a "A Woman Left Lonely"), além de outras semelhanças que quero desenvolver melhor. Então, segue o fio! 🧶

adri89: só eu q achei em chamas meio blé?

leiturasdalu: Finalmente comecei Em chamas! Pra quem perdeu, tô relendo a trilogia antes de ler o Cantiga. A experiência com Jogos Vorazes foi melhor do que eu lembrava, e as expectativas são altas, até pq esse era meu favorito

nicabhj: em chamas 🔥 🔥 🔥

> **claracampos:** @nicabhj q isso amiga 😵 😵 😵
> **nicabhj:** @claracampos é a música nova da yasmin amiga
> **claracampos:** @nicabhj ah

EM CHAMAS

Composição e interpretação: Yasmin

Era noite quando você ligou
Dizendo que também me queria
Três palavras, com som de promessa
Você não sabe o que provocou

Tão simples quanto um enigma
Uma algazarra de sensações
A ardência com sabor
O prazer no perigo
Sua chama me chamando
Eu queimo
E o poder é avassalador

A espera é uma tortura
Mas eu não quero parar
Neste momento,
Só há um caminho
Eu e você
Chegando lá

Enquanto espero, só resta uma saída
De repente, meus dedos são os seus
Se está na minha cabeça, como pode ser tão real?
Meu grito é um socorro e o alívio final

A espera é uma tortura
Mas eu não quero parar
Neste momento,
Só há um caminho
Eu e você
Chegando lá

FACES BRASIL

O **fim definitivo** da Filha Ideal

por Fábio Alcântara | *ATUALIDADES*
@fabio_alcantara, publicado em 30/9/2020, 18h02

Há apenas um ano, Yasmin anunciava seu novo contrato com a Angel e firmava sua posição como boa moça no cenário musical. Nos últimos nove meses, contudo, as reviravoltas foram tantas que nos perguntamos como foi que tudo tomou um rumo tão inesperado.

Depois de ter se envolvido em um escândalo sexual, perdido o contrato publicitário milionário, demitido o próprio pai e contratado uma empresária alinhada com os "valores feministas", Yasmin sumiu da mídia, deixando todos nós com dúvidas sobre seus rumos. O romance com Alain Taleb, que ficou conhecido por conta de sua participação no escândalo, não sobreviveu à fatídica noite no carro, e agora os artistas seguem seu trabalho separados, mas em uma espécie de relação simbiótica.

Pouco depois de a Ágrah lançar o álbum de Alain, foi anunciado o single de Yasmin. As divulgações parecem ter impulsionado uma à outra e, embora Almir Abdala e Cris Novaes afirmem não terem trabalhado em conjunto a estratégia de marketing, ela parece ter sido bem eficaz.

Se o trabalho de Alain demonstra sensibilidade e talento, o álbum *Identidade* nos faz questionar se Yasmin fez as melhores escolhas. Suas músicas autorais, que em nada remetem à doce cantora de antes, parecem uma tentativa de desabafo ritmada, um esforço de uma jovem mimada querendo ir além das aparências — e, para isso, usando palavras de baixo calão ou apelando para alusões sexuais. Isso para não mencionar a capa completamente apelativa, que não revela muita coisa, mas deixa muito para nossa imaginação.

Yasmin já havia perdido o título de Filha Ideal desde que foi, de modo vergonhoso, descoberta naquele carro. Agora, ela também deixa para trás a carreira que construiu ao longo de vinte anos.

Espero que tenha sorte nessa nova etapa.

Você também pode gostar:

- Novos hábitos: Yasmin aproveita pandemia para diminuir consumo de carne
- Graduação à distância é objetivo de Yasmin, que prestará vestibular para psicologia
- Com familiares na França, Alain Taleb declara: "Sinto saudades"
- Julgamento de Jafé Santiago adiado para 2021 por conta de atrasos na investigação durante a pandemia

2025

A quietude na sala me avisa que passei as últimas horas imersa em meu diário de anos atrás. Anoiteceu, e eu sequer reparei.

Esfrego os olhos em uma tentativa de fazer a TV entrar em foco. Inútil. Não posso mais adiar a ida ao oftalmo — a pontada incômoda nas têmporas concorda.

Ainda assim, não me levanto do sofá. O analgésico pode esperar.

Não é só a avalanche de lembranças que mantém meu corpo inerte. É incrível como tudo o que escrevi no diário em minhas mãos moldou minha realidade. As palavras são, de fato, poderosas o bastante para isso.

Meus desabafos deram contornos mais sólidos ao que antes eram só especulações do meu pai sobre Jafé. Foram as reclamações sobre as aparições inesperadas dele em meus compromissos que indicaram para meu pai que de fato havia algo acontecendo. Também, se meu pai não tivesse lido meu diário, não teria entrado aquela manhã em meu quarto com os papéis sobre Alain... E o papel que estava ali por engano.

Tudo teve um timing perfeito.

Nunca vou me esquecer da manhã de domingo após meu aniversário de 24 anos em que meu pai se sentou ao meu lado e me mostrou o documentário sobre meus quinze anos de carreira. Suas palavras ressoam em mim de tempos em tempos; em partes por eu tê-las escrito, mas em especial pelo impacto que tiveram em minha vida.

Abro o diário. Ao chegar na entrada do dia 1º de dezembro, percorro o dedo pela página até chegar no trecho que desejo, depois de meu pai perguntar se eu sabia o que ele via quando assistia ao documentário:

"Eu vejo esforço, dedicação. Eu vejo uma garota extremamente talentosa que sempre soube o que queria e não mediu esforços para conquistar. Eu vejo a doçura de quem sabe ser gentil com qualquer um que passe por seu caminho, porque é guiada por um coração que transborda amor. Eu vejo você, minha filha, e não tenho dúvida alguma de que essa é sua essência."

Ele estava certo — hoje, mais do que nunca.

Eu só não assimilei sua opinião da maneira que ele gostaria quando me disse aquilo. Mesmo que o tenha feito acreditar que sim.

Naquele dia, meu pai acreditou que me emocionei por perceber a vida que eu havia conquistado e estava questionando, e deixei que ele pensasse isso porque seria vantajoso se ele contasse com o fato de que eu havia me resignado. Mas, na minha cabeça, a história que estava sendo contada pelos registros na tela do laptop era outra.

Aquilo era o maior chamado do meu eu que eu poderia ouvir.

Nas primeiras imagens, estavam as cenas da garotinha que tinha uma voz. Uma voz que havia sido reprimida diversas vezes, até ser esquecida. "Yasmin sem filtro", "Yasmin sincerona" ou qualquer outro adjetivo que recebi foram apagados pelo lado meigo e mais palatável, que também era meu, mas que não era quem eu sou por inteiro.

Eu havia, sim, sido aquela garota: a filha ideal. Contudo, em algum momento daqueles últimos meses, tinha deixado de ser e retomado a capacidade de dizer, por mim, quem eu era. Como uma estrela cadente, meu deslocamento foi tanto que era impossível retornar ao lugar em que eu costumava estar. E eu não podia continuar daquela forma, senão aceitaria interpretar para sempre o papel de ser apenas parte de mim.

E havia, ainda, outro motivo para aquelas lágrimas. Eu, que já estava magoada com meu pai, percebi que a resistência dele em aceitar a mudança da minha imagem — a minha mudança — não era uma mera preocupação comigo ou medo de ter minha carreira prejudicada. Ele estava preocupado única e exclusivamente com ele. Meu pai colocara os negócios e a amizade dele com Jafé acima de mim, como sempre fizera e eu nunca tinha admitido.

Depois de eu ter me recuperado do choque de descobrir que meu pai lera meu diário, eu o questionei sobre ele não ter dito uma palavra sequer sobre Jafé, sobre como ele me incomodava desde sempre... Me lembro de o meu pai suspirar. Aquele suspiro contava uma história que, naquele momento, eu não tinha como saber e que precisei de muito tempo para compreender: meu pai estava fazendo uma escolha. Ali, depois de ter lido meu diário, as suspeitas sobre os crimes de Jafé gritavam mais do que nunca, então *havia* motivos para meu pai acreditar em mim. Mas, se ele acreditasse em *tudo* — sobre os olhares, sobre a presença incômoda desde que eu era criança —, seria obrigado a admitir que também errara. Que colocara a filha em risco, me mantendo perto de um homem em quem não devia ter confiado. Mas meu pai escolheu acreditar apenas no que era conveniente para ele.

Eu não conseguia mais defendê-lo. Não tinha como dizer que suas constantes mudanças de opinião sobre como conduzir minha carreira eram uma manipulação de Jafé. Eu já tinha me dado conta de que meu pai não era o herói que até então eu acreditava que ele fosse, mas foi só ali, vendo aquele vídeo apelativo que entendi por fim que ele não só era incapaz de assumir os próprios erros, mas, acima de tudo, não queria perder a influência e o controle sobre mim.

Assim que fiquei sozinha, comecei a elaborar meu plano.

Eu precisava descobrir como demitir meu próprio pai. Se até então eu cogitava aguardar o fim do contrato com a Angel, a partir daquele momento soube que o romperia. Eu não me importava mais se meu pai precisava daquele dinheiro. Se era aquele o tratamento que ele me daria, então seria eu a me valorizar como merecia. Além disso, meu pai não aceitaria ser demitido por mim sem contestar, então eu precisava dar um motivo a ele.

Também tinha noção de que, sem meu pai, eu precisaria de alguém para substituí-lo. Essa, entretanto, era a menor das minhas preocupações, porque eu sabia muito bem quem gostaria que trabalhasse para mim. Precisei ser cuidadosa ao contatar Cris Novaes sem ser descoberta, mas, tirando isso, tudo apenas fluiu. Era quase como se ela já estivesse esperando minha ligação.

Agora, olhando para trás, não sei dizer o quanto dos acontecimentos seguintes foram golpe de sorte, se eu apenas me permitira estar mais alerta aos sinais ao meu redor ou se de fato existia uma ação do destino em jogo, fazendo com que as coisas fossem como deviam ser.

Um dia daquela semana, enviei um e-mail qualquer para a Dália — o e-mail que ela nunca recebeu e que nos permitiu descobrir que meu computador fora hackeado. A conexão com Jafé não foi instantânea, mas bastou forçar a memória sobre quando os bugs tinham começado para perceber que foi logo após eu ter esquecido o notebook na Ágrah. Também, quando nos perguntamos quem mais poderia ter feito aquilo, na mesma hora Dália apontou as aparições estranhas de Jafé em meus compromissos e lembrei que ele contara para meu pai sobre minha ida ao sítio com Alain — uma informação que Jafé não teria como saber a não ser que estivesse me espionando.

Aquilo era assustador em um nível que eu não sabia definir, além de um golpe extremamente cruel em alguém cuja privacidade fora violada há tão pouco tempo... Então, foi como um clique. No mesmo instante, me lembrei do papel que estava por engano na pasta que meu pai me entregara com as provas contra Alain.

Era uma impressão do aplicativo de investimentos que meu pai usava quando perdeu todo o dinheiro, mas havia umas palavras dizendo algo sobre ser falso. Eu não entendi o que vi enquanto estava com o papel na mão, mas, quando descobri que fui hackeada, tudo fez sentido. Meu pai também tinha sido.

Se eu estivesse certa, a situação era muito mais cruel do que eu supusera.

Quando entrei sem bater em seu escritório, meu pai me ouviu com atenção. Minha expressão deve ter entregado que algo de muito sério estava acontecendo. Contei para ele o que as descobertas que eu e Dália fizemos e nem precisei falar nada sobre a suspeita de que Jafé o tinha hackeado também, anos antes. Aquela era a chave que faltava para meu pai concluir as próprias investigações.

Foi a primeira vez que vi meu pai desmoronar, e, ao abraçá-lo, fui para ele o apoio que um dia ele fora para mim. Eu estava chateada *por* ele, mesmo que ainda estivesse magoada *com* ele. Meu pai tinha, sim, errado comigo, mas ele não merecia aquilo. Para além do prejuízo, teve sua sanidade mental questionada — ele mesmo se questionou. E tudo isso provocado *intencionalmente* por seu melhor amigo.

Eu fora traída havia pouco tempo e sabia o quanto doía, mas aquele grau de manipulação e traição beirava o sadismo.

Nas horas seguintes, conforme a perplexidade com aquela situação absurda se assentava, fui me dando conta do significado implícito em tudo aquilo: meu pai retomaria a Ágrah e não dependeria mais nem de mim, nem do meu contrato. E, mesmo se tivesse que pagar a multa para a Angel, não seria mais um abalo tão grande em suas economias.

Foi ridículo como senti um peso ser tirado das costas. No fundo, eu ainda me preocupava em prejudicar meu pai.

Mas o alívio logo foi substituído pela apreensão. Porque, diante das novas circunstâncias, não havia mais nada me impedindo de agir. Eu estava prestes a fazer escolhas que mudariam minha vida para sempre e sabia que elas não seriam fáceis.

Então, enquanto meu pai se organizava para dar os próximos passos e retomar o que era seu por direito, eu fazia a mesma coisa. O primeiro cuidado que tomei foi garantir que ele voltasse a ler meu diário para se tranquilizar de que eu voltara a ser a filha obediente. A facilidade com que as mentiras das últimas páginas saíram de mim são, hoje, a prova de que eu me colocara como prioridade em minha própria vida e já não era mais quem um dia tinha sido. Se quem eu amava mentira para mim, eu podia muito bem fazer o mesmo.

Eu o fiz acreditar que estava arrependida, que ainda não falava com Roger — o que eu já tinha feito semanas antes. Depois de muitas lágrimas e desculpas da minha parte, meu amigo me tranquilizou de que, afinal, foi ele quem escolhera me ajudar. Ele era adulto e havia tomado as próprias decisões ciente do risco que corria. Então confessou que repensava a profissão havia algum tempo e que, por mais que adorasse trabalhar comigo, não era aquilo com que tinha sonhado. Roger disse que vinha flertando com a ideia de abrir a própria empresa e achava que, de modo inconsciente, aceitou me ajudar na expectativa de ser descoberto. Mesmo não sendo fácil, admitiu não se orgulhar de não ter tido coragem de pedir demissão e que estava satisfeito com como as coisas se desenrolaram para ele. Hoje, ele está bastante feliz com sua empresa de promotoria de eventos.

Mas, analisando bem, além das mentiras que escrevi, também existiam meias-verdades que, pelo contexto, levariam meu pai a crer no que ele queria.

Por exemplo, eu precisava daquele último encontro com Alain, pelos motivos que aleguei e por aqueles que omiti. Quando aceitou me encontrar, Alain não fazia ideia de que estava indo para uma armadilha — uma que foi muito fácil de preparar, consumida como eu estava pela raiva que um dia foi minha tristeza.

Depois do meu comportamento exemplar daquelas últimas semanas e por estar satisfeito com minha participação no desmascaramento do Jafé, foi fácil fazer meu pai acreditar que Alain havia me ligado, e não o contrário. E, como estava convencido do meu bom comportamento, ele ficou com pena quando implorei para que me deixasse usar um de seus carros sem os seguranças; afinal, aquele momento exigia privacidade.

Quando cheguei ao mirante, o lugar onde eu havia sido tão feliz dois meses antes, Alain estava me aguardando, encostado em sua moto. Eu tremia — pela mágoa que ele havia me causado, pelo alívio traidor que me inundou ao vê-lo, pelo nervosismo com o que eu faria a seguir.

Pisquei o farol e ele caminhou até mim.

O silêncio dentro do carro, depois que ele bateu a porta, contou a história de todas as palavras não ditas entre nós.

Eu estava magoada por ele ter mentido sobre coisas tão importantes.

Alain estava ressentido por eu tê-lo afastado sem lhe dar chances de se defender.

Nós dois estávamos ansiosos, mas por motivos diferentes.

Quando ele começou a explicar que não pretendia mentir, mas não soube o que fazer ao perceber que eu havia criado uma conexão com ele a partir das músicas, ouvi seu desespero de ser perdoado. Alain havia se apaixonado por mim, como eu havia me apaixonado por ele, e temeu me perder se contasse a verdade. Mais do que tudo, temia não ser suficiente para mim se eu descobrisse que ele não era tão genial quanto o irmão. E, por isso, enviara o e-mail para a Ágrah, assim como tentara contato com outros empresários. Era a tentativa dele de se provar para mim, sem depender da minha ajuda.

Pela primeira vez desde que tomara minha decisão, vacilei. Em algum momento, ouvindo aquelas palavras, minha raiva tinha me abandonado. Eu continuava ressentida pela mentira e omissão de Alain e ainda achava o que ele havia feito imperdoável...

Mas será que realmente era? Será que o erro de Alain teria tido o mesmo peso se eu não tivesse descoberto, um pouco antes, que meu pai também tinha mentido para mim?

Mesmo que eu tivesse ido até ali com um objetivo, naquele instante, tive a opção de escolher. Eu podia ir embora, preservar nós dois e nos dar uma chance de tentar mais uma vez... Ou podia ficar e destruir aquilo que mal havíamos começado.

Eu fiquei.

E fiz Alain acreditar que eu o perdoara, apesar de ainda estar magoada. Eu o fiz acreditar que minha paixão por ele era maior do que tudo.

Eu me desculpei por tê-lo bloqueado, mas expliquei que fora necessário para processar o que estava sentindo. Em partes, era verdade, mas a intenção por trás daquilo não era sincera.

Não foi difícil nós nos rendermos aos beijos que estávamos desesperados para trocar. Alain ainda tentou nos refrear quando as coisas começaram a esquentar, lembrando que eu não estava disfarçada e que estávamos em um lugar público.

Eu o calei puxando-o para ainda mais perto de mim.

Eu sabia que não precisava ir muito além, que tirar minha blusa seria o bastante.

Quando abri os olhos e vislumbrei o sinal de positivo do fotógrafo da *Faces*, estrategicamente posicionado onde havíamos combinado, soube que estava feito. Se tinha sido aquela revista a responsável por criar a Filha Ideal, que fosse ela também quem a destruísse.

Fingi recobrar a consciência e pedi que Alain parasse.

Doeu quando ele se afastou. Eu sabia que não se aproximaria de novo.

Perguntei se poderíamos ir com calma e encontrar uma forma de seguir a partir dali. Ele concordou e, com um olhar cheio de esperança, voltou para sua moto.

Alain ainda aguardou que eu desse partida, porque, é claro, não era o tipo de pessoa que me deixaria ali sozinha. Pela distância e pela baixa iluminação, ele nunca viu as lágrimas escorrendo pelo meu rosto. Eu o usei e me aproveitei dos seus sentimentos para quebrar o contrato, fazendo com que ele acreditasse que nosso encontro era um recomeço.

Quando ele percebeu o que havia acontecido depois do desenrolar do dia seguinte, tentou falar comigo, talvez para perguntar por que eu fizera aquilo.

Nenhuma das minhas respostas seria boa o bastante, nenhuma delas traria o conforto que ele buscava. Então me limitei a dizer: "Porque precisei que fosse assim". Ao silêncio que se seguiu, pigarreei e acrescentei: "As fotos... minhas. Ainda existem?".

Ele soltou uma risada irônica de quem não acreditava que eu havia feito aquela pergunta e me garantiu que eu podia ficar despreocupada.

No fundo, eu sabia que Alain não me prejudicaria.

Demitir meu pai depois de todo o escândalo foi muito mais fácil; ele percebeu que me perdera e que não sabia mais do que eu era capaz, além de estar irritado demais por ter sido enganado — a cara que ele fez ao ouvir a confissão de que eu arranjara o flagra em vez de ter sido vítima dele foi impagável.

Estávamos todos — eu, Alain, meu pai — quites.

Eu procurei, então, uma forma de me redimir com Alain: sugeri que a Ágrah o contratasse. Ele era talentoso, estava sob os holofotes, tinha uma história trágica que poderia ser aproveitada para ter sucesso com a mídia. Por mais que meu pai mal suportasse dizer o nome de Alain, foi obrigado a admitir que eu estava certa. Alain, por sua vez, ou estava com raiva demais do mundo para se importar, ou talvez não tivesse um orgulho assim tão grande e não demorou muito a aceitar a proposta que, um dia, dissera sonhar em receber apenas por méritos próprios.

Era o dinheiro, outra vez, falando mais alto.

O resumo é que eu manipulei todos ao meu redor para conquistar minha liberdade. Em retrospecto, não teria feito nada diferente, mesmo que lamente ter sacrificado um amor que não voltei a experimentar, mesmo depois de cinco anos. Hoje, talvez, eu fosse capaz de encontrar outras soluções. Contudo, naquele momento e naquelas condições, só via uma saída.

Com a decisão daquela noite, eu me tornei mais consciente do que nunca de que cada escolha tem suas consequências e arquei com cada uma delas: seja pelas pessoas que afastei, pela inocência que perdi, pela imagem que precisei reconstruir quase do zero ou por todas as críticas que sofri. A questão é que falariam de mim mesmo que eu não fizesse nada. Eu fiz o que fiz porque entendi que era a única responsável pela minha vida, e mais ninguém prezaria pelos meus interesses além de mim.

O preço de estar no comando das minhas decisões foi alto — mas eu o pagaria de novo.

Ainda assim, seria mentira se dissesse que minha garganta não se apertou quando encontrei no diário o frescor que perdi para sempre. Aquela ingenuidade, parte da visão de quem ainda não tinha enxergado a realidade com a frieza que ela pede, ficou para trás. Meu diário registrou meus últimos momentos antes de adentrar a vida adulta.

Parte de mim sente falta principalmente daquela capacidade de amar sem reservas. Em nenhum dos homens que vieram depois de Alain encontrei a mesma ligação, a sensação de que o mundo era um lugar repleto de possibilidades. Meus relacionamentos foram todos acompanhados de uma distância, de um receio analítico e calculista que me fazem primeiro sondar o que aquela união pode trazer em meu benefício — e de que formas o outro pode sair beneficiado. Além de uma chance de novidade, meus casos, embora envoltos em reserva, são mais prazer carnal e um exercício de poder. Algo que, de certa forma, também devo a Alain, porque foi com ele que descobri a amplitude desse prazer.

O que entendo, hoje, é que sexo era algo muito reprimido em mim antes de Alain. Eu cresci precisando me proteger dos comentários públicos feitos sobre meu corpo. Cresci sob a reprimenda constante do meu pai, que talvez fizesse aquilo para me proteger, mas, no fundo, fazia também para me manter sob seu controle. Sexo, durante toda minha adolescência e início da vida adulta, era sinônimo de "errado". Alain apareceu justo quando eu percebia e me questionava a respeito. Talvez, eu o tenha conhecido *porque* vivia esse processo de questionamento — e, assim, permiti me abrir pela primeira vez para alguém.

O que eu sei é que me libertei de qualquer amarra, e é inegável que, agora, parte do meu prazer está vinculado a quanto me sinto poderosa vendo o que posso provocar em outra pessoa, saber que a tenho nas mãos antes de tê-la entre minhas pernas — e que ela estará ali quando eu quiser, seguindo o script que eu produzir. Sempre ouvi falar dos perigos de deixar o poder subir à cabeça, mas, a cada vez que fui tomada por ele, só quis ter mais.

Não me lembro também de ter ouvido alguém reclamar. Ninguém com quem dormi estava buscando um lugar na minha vida para além da minha cama.

Talvez seja esse o significado de maturidade — encarar as coisas como são — e eu, hoje, apenas seja mais cuidadosa antes de entregar meu coração. Como eu mesma registrei, uma das poucas verdades entre todas aquelas mentiras calculadas, não precisei de muito tempo para entender que minha paixão por Alain se tratou muito mais do anseio de uma garota querendo ser amada do que de um amor cósmico.

Ao mesmo tempo, nós dois fomos os únicos a viver aquela relação. Ninguém além de nós sentiu a força com que nos conectamos — e eu *sei* que foi recíproco.

Volto a abrir o diário até chegar ao trecho escrito depois de nosso encontro:

"Quero registrar tudo desde o começo para poder voltar aqui no futuro e ter certeza de que, sim, foi tão especial quanto me lembro. Quero registrar porque narrar é uma forma de manter um acontecimento vivo."

Foi por isso que peguei o diário depois de tanto tempo. Eu precisava voltar a entrar em contato com os sentimentos que tranquei dentro de mim antes de descobrir o que há no pen drive que Alain me enviou e que agora me encara da mesa de centro da minha sala de estar, à minha frente.

É claro que acompanhamos a vida um do outro, lendo as notícias aqui e ali. Ainda me lembro da primeira vez que ouvi "Outra vez" no Espot, no dia de seu lançamento. Seria mentira se eu dissesse que não fiquei mexida. Aquela música tinha significado muito para mim e era estranho dividi-la com o mundo. Ao mesmo tempo, apesar de ainda magoada, eu estava feliz por Alain. Estava sendo um ano absurdamente difícil, para mim e para o mundo, e vê-lo realizar seu sonho era sem dúvidas algo de bom em meio a tudo aquilo.

Da mesma forma, sei que ele sentia algo parecido por mim; seu tuíte menos discreto do que eu gostaria no dia do lançamento de "Confesso" não me permitiu conter o sorriso. Porém, tudo isso ficou para trás e, por melhores que estejam a carreira dele e a minha, não voltamos a ter contato. Em duas ou três ocasiões, nos esbarramos em eventos e premiações, trocando um cumprimento educado. Mas nunca fomos além disso, e tanto meu pai — com quem hoje tenho uma relação saudável, livre das mágoas passadas, aliviadas pela necessária distância que impusemos entre nós — quanto Cris fazem o possível para evitar nossa aproximação, em especial na mídia, que não demorou muito a esquecer nosso caso, como esperado.

Não sei se Alain foi capaz de me perdoar por eu ter me aproveitado dos seus sentimentos, e não posso me desculpar sabendo que não me arrependo daquelas escolhas — ainda que lamente por ter precisado ser assim. O tempo foi passando e, com ele, pareceu cada vez mais sem sentido tocar em um assunto tão delicado. Mais fácil assim.

Por isso, foi uma surpresa encontrar o envelope aguardando em cima da minha mesa. Alain poderia ter me enviado aquilo, o que quer que fosse, por e-mail, mas fez questão de me mandar o dispositivo. Fiquei espantada como, mesmo após tantos anos, eu me sentia capaz de entender suas atitudes sem que ele me explicasse: posso apostar que Alain fez isso para que eu tivesse em minhas mãos algo que ele também manuseou. É a forma dele de se fazer presente.

Pego da mesa o bilhete escrito à mão que recebi junto do pacote e releio as palavras acima de um número de telefone: "Sem você, ela nunca será a mesma coisa".

Respiro fundo. Fecho os olhos. Quase escuto o sangue sendo bombeado pelas veias. Quando volto a abrir os olhos, pego o notebook, decidida, e plugo o pen drive.

Na pasta do disco externo, só há um único arquivo de música.

Reconheço a melodia na mesma hora e, por trás dos acordes que jamais fui capaz de esquecer, ouço Alain me dizendo que ele também não conseguiu apagá-la de si.

Por melhor que seja a gravação, sei que ela é amadora, feita, no máximo, no estúdio que ele sem dúvida tem em casa. Tenho certeza de que mais ninguém, fora nós dois, conhece essa música, composta anos antes durante nossas chamadas de vídeo.

O som do violão me traz a imagem dos dedos de Alain deslizando pelas cordas, concentrado na tarefa de extrair do instrumento seu melhor tom. É claro que ele era mais do que capaz da tarefa, mas ainda não ouvi algo mais bonito do que a melodia produzida por sua voz — e, quando Alain começa a cantar na gravação, minha certeza é reforçada.

Um arrepio frio percorre minha pele, ainda que as janelas estejam fechadas e, lá fora, nenhuma brisa ecoe na noite. Uma a uma, as células do meu corpo despertam, libertando uma emoção aprisionada por tempo demais em meu peito.

Eu choro. Choro porque a música é linda. Choro porque a arte tem esse poder. E choro porque, afinal, ela abre uma cicatriz e toca sem pudores onde ainda dói.

Choro porque nunca vou ser capaz de esquecer e superar Alain Taleb.

Quando a sala volta a ficar em silêncio, eu me acalmo. E me dou conta de que falta algo na música.

Quando a compusemos, criamos os acordes para violão e piano.

Ele só utilizou voz e corda nessa gravação, deixando na música espaços onde deveria haver outros versos.

O que falta sou eu.

Alain me enviou uma mensagem.

Talvez os erros do passado sejam superáveis. Talvez exista a possibilidade de um futuro. Talvez "maturidade" também signifique ser capaz de reconhecer o que deve ser deixado para trás em nome da felicidade.

Escrevo em meu celular uma mensagem e envio para o número que Alain colocou no bilhete:

Acho que chegou a hora de essa canção conhecer o mundo, não?

Nesta noite, a nossa música me conta uma nova história.

Uma que planta a esperança de um recomeço.

NOSSO MUNDO

Composição e interpretação: Yasmin e Alain Taleb

Por um tempo vaguei
Sem um norte, sem rumo
Eram passos incertos
Num constante tropeçar
Tinha menos a ver
Com caminhos e rotas
Era um lapso de ideia
Do que a vida pode ser

Um mundo ideal
É algo que nunca entendi
E agora eu descobri
Te tendo aqui
Enfim pra onde ir

Um mundo ideal
Me prometeram e não vivi
Não sei se me excedi ou reprimi
Perdi as linhas pra me definir
(Agora eu sei pra onde quero ir)

Mas então eu ouvi
Sua voz me guiando
Uma chance que espero
Para enfim me libertar
Um mundo ideal
(É o que vamos viver)
É aquele em que sei respirar
E com você aqui, eu tenho o ar
E nunca mais eu vou fingir

Um mundo ideal
Um mundo que vamos criar
Não posso mais voltar desse lugar
O nosso mundo feito para amar

Nosso mundo (e de mais ninguém)
Feito por nós (somente nós)
Só seu e meu

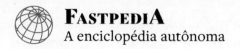

Yasmin

Nota: Se procura outras pessoas com esse nome, veja Yasmin (desambiguação).

Yasmin dos Santos Abdala (15 de novembro de 1995) é uma cantora e compositora brasileira de ascendência libanesa. Depois de alcançar o sucesso como cantora mirim, Yasmin se estabeleceu como um dos grandes nomes do pop brasileiro de sua geração.

Vida e carreira

▶ 2001–2014

▶ 2015–2026

O auge da nova fase da cantora se deu após o lançamento do álbum *15* em 2015, que rendeu a ela, pela primeira vez, o prêmio Polishow de Álbum do Ano. A carreira de Yasmin foi afetada pelos negócios malsucedidos de seu pai no ano seguinte, que fizeram com que Almir Abdala perdesse o controle da Ágrah. Contudo, em 2019, uma investigação provou que o empresário fora vítima de um golpe aplicado por seu sócio, Jafé Santiago, que, após conclusão do julgamento, cumpriu a sentença de prisão entre os anos de 2021 e 2024[7]. Almir retomou seu império ainda em 2019, mas já não mais representava a filha, que assinou contrato com a empresária Cris Novaes — que a representa até hoje — após demitir o pai.

Identidade marcou o início da nova fase musical e de vida de Yasmin. Com canções mais maduras, compostas por ela própria, a cantora recebeu diversos prêmios importantes, inclusive o Grammy Latino de Música Pop do Ano por "Confesso", título que faz referência ao álbum anterior de Yasmin, *Confissões*, considerado o pior de sua carreira.

Intimidade, como o próprio nome alude, apresentou composições mais intimistas, totalmente produzidas durante a pandemia de coronavírus, e recebeu elogios da mídia. O jornal *A Esfera* definiu o trabalho como "sensível, potente e honesto"[8].

Em 2022, Yasmin fez uma longa viagem ao Líbano, país de nascimento de seu pai. Em suas redes sociais, a cantora destacou o quanto havia sido importante para ela pensar suas origens. Da viagem, surgiu a base de inspiração para o álbum *Yalla*, cujo título é uma homenagem à palavra que, de tão popular no Líbano, acabou por se tornar uma espécie de estilo de vida no país. "Descobri que ela é muito comum para expressar praticamente qualquer tipo de sentimento, da raiva à felicidade, então fez muito sentido ser o nome do álbum. A música também tem essa capacidade", afirmou[9]. Em outubro de 2023, Yasmin decidiu destinar parte dos lucros de *Yalla* à Palestina[10], durante a nova guerra com Israel. Tempos depois, fez o mesmo para o Líbano[11], quando o país, em apoio à Gaza, passou a também ser bombardeado e atacado.

Para surpresa dos fãs, em 2025, poucos meses depois do lançamento do álbum *Sob meus pés*, Yasmin anunciou estar trabalhando em um álbum em colaboração com outros artistas. No mesmo ano, foi lançado *Duetos*, trazendo, entre as composições, "Nosso mundo", composta em parceria com o cantor Alain Taleb, cuja estreia na música se deu em 2019 após envolvimento em escândalo sexual com Yasmin. O músico, que havia recebido o prêmio Polishow de Artista Revelação em 2021 por seu álbum *Tributo*, com músicas compostas por seu falecido irmão[12], conquistou a mídia desde suas aparições iniciais e lançou dois discos autorais desde então, mas ainda não havia participado de nenhuma colaboração com outro artista.

"Nosso mundo" foi a música mais ouvida de 2025 e recebeu o prêmio Polishow de Música do Ano no início de 2026. Para além do sucesso em números, a música marcou também o anúncio do relacionamento entre Yasmin e Alain. Em entrevista[13], eles disseram que pretendem continuar trabalhando juntos, mas mantendo suas carreiras separadas. Yasmin ainda afirmou que, com Alain, "tem descoberto os diferentes sons que contam uma história de amor".

Discografia

Álbuns de estúdio

- *Bate o sino* (2000)
- *Yasmin* (2001)
- *Yasmin: remix* (2002)
- *Brincadeiras de quintal* (2004)
- *Férias* (2005)
- *Meu segredo* (2007)
- *Gostinho de verão* (2009)
- *YaYa Dance* (2010)
- *A maior estrela* (2012)
- *Fases da lua* (2013)
- *15* (2015)
- *Confissões* (2018)
- *Identidade* (2020)
- *Intimidade* (2021)
- *Yalla* (2023)
- *Sob meus pés* (2024)
- *Dueto* (2025)

Prêmios e indicações

Ano	Prêmio	Categoria	Trabalho	Resultado
2013	Prêmio Polishow	**Álbum do ano**	*A maior estrela*	Indicado
2016	TVM Songs Awards	Artista do ano	*15*	Indicado
	Prêmio Polishow	**Álbum do ano**	*15*	Vencedor
	Prêmio Polishow	Música do ano	"Esse meu coração"	Indicado
2018	Queridinhos do Público	Artista brasileiro favorito	*Confissões*	Indicado
2021	Prêmio Polishow	**Álbum do ano**	*Identidade*	Vencedor
	Prêmio Polishow	Música do ano	"Confesso"	Vencedor
	Prêmio Polishow	Artista do ano	*Identidade*	Vencedor
	TVM Songs Awards	Artista do ano	*Identidade*	Vencedor
	Grammy Latino	Melhor álbum pop	*Identidade*	Vencedor
2024	Prêmio Polishow	**Álbum do ano**	*Yalla*	Indicado
2026	Prêmio Polishow	Música do ano	"Nosso mundo"	Vencedor

NOTA DA AUTORA

A filha ideal foi primeiro publicado em 2020 como novela. A ideia surgiu em 2019 no grupo de WhatsApp da agência, Increasy, quando colegas escritoras quiseram escrever releituras contemporâneas de princesas de contos de fadas e publicá-las em uma antologia. Naquele ano, tinha estreado o live action de *Aladdin*, uma das minhas animações favoritas da Disney, e a combinação foi perfeita. Aliás, sobre isso tenho algumas curiosidades para contar.

A primeira, totalmente irrelevante para esta nota, é que me lembro de assistir ao desenho no cinema, quando tinha apenas 3 anos, e pedir para ir ao banheiro bem na famosa cena do passeio de tapete entre Jasmine e Aladdin, ao som de "Um mundo ideal". Na minha inocência, pedi para meu pai pausar o filme enquanto minha mãe me levava para fazer xixi. Por isso, deixo aqui expressas minhas desculpas públicas à minha mãe, que acabou perdendo a cena icônica por conta de a minha bexiga ser de um tamanho de ervilha até os dias de hoje.

A segunda, por sua vez, talvez seja o grande motivo para esta história existir: durante minha vida inteira, fui questionada sobre ser descendente de árabes — o que não sou — e ouvi que me parecia com a Jasmine. Exatamente por isso, quando o live action foi lançado, publiquei uma foto no meu Instagram fazendo um cosplay da princesa, que gerou inúmeros comentários sobre minha semelhança com ela e, no fim, fez a minha amiga Clara Savelli me sugerir escrever a releitura de *Aladdin*.

Aqui, é importante dizer que *Aladdin* não é uma história 100% original da Disney, mas é mais ou menos baseada num conto de *As mil e uma noites*. Entre as muitas discrepâncias das duas versões, estão os cenários de cada um dos enredos: enquanto a versão da Disney se passa em uma cidade fictícia chamada Agrabah, mas que estaria localizada no Oriente Médio, a versão original se passa na China. Vale dizer, o famoso palácio da versão da Disney é inspirado no Taj Mahal, que fica na cidade de Agra.

Para a minha versão, optei não só por seguir a estrutura da história da Disney — exceto pela Dália, cujo nome e amizade com a princesa foram um empréstimo do live action, uma vez que o desenho carece de personagens femininas significativas —, como também fiz escolhas próprias de enredo que não conversam de todo com a original. Entre elas, as ascendências de Yasmin e Alain.

Na versão de *A filha ideal* publicada em 2020, havia apenas uma rápida menção à ascendência árabe e indiana de Yasmin, mas que, por falta de tempo e espaço narrativo, não pude aprofundar. Era algo que me incomodava, porque eu sabia ser de suma importância. Assim, quando surgiu a oportunidade de relançar o livro, a primeira coisa em que eu sabia que mexeria era isso.

Nesta nova versão, Yasmin é descendente de libaneses cristãos. Enquanto pesquisava sobre a comunidade árabe no Brasil, descobri que a maior parte dela é proveniente do Líbano, o que fundamentou minha decisão. Ainda assim, optei por manter o nome da empresa de Almir como Ágrah pela proximidade sonora com Agrabah, ainda que seja uma referência à cidade indiana Agra. No caso de Alain, que sequer era árabe na primeira versão, a escolha pelo Marrocos fez mais sentido, considerando sua ascendência também francesa.

Como não sou descendente de árabes e não tenho nenhum contato com o Islã, precisei fazer pesquisas a respeito do assunto para fazer uma caracterização respeitosa das personagens e evitar trazer informações erradas. Ainda assim, assumo o erro se tiver falhado em qualquer um desses aspectos e deixo como sugestões o site *História islâmica* (https://historiaislamica.com/), uma fonte importante no meu processo de pesquisa, e o perfil da maravilhosa Fabiola Oliveira (@fabiolaoliver), que eu já acompanhava e foi fundamental durante minha escrita. Também, embora o conflito entre Líbano e Israel não seja de forma alguma trabalhado na história, achei que seria importante fazer ao menos uma rápida menção a ele, considerando que *A filha ideal* menciona o Líbano e foi reescrito e editado enquanto o país sofria com a invasão.

Além disso, a Yasmin passa por todo um processo complexo de conscientização sobre sua identidade racial. Essa foi, talvez, uma das partes mais difíceis e desafiadoras da escrita, sobretudo por eu ser branca e não lidar diretamente com nenhuma das questões que ela e Alain enfrentam. Procurei me fundamentar em leituras variadas sobre raça e racismo, em especial, aquele voltado às comunidades árabes — inclusive, o artigo* mencionado pelo Samuca sobre a discriminação sofrida por mulheres negras árabes existe, ainda que tenha sido publicado em 2020.

Também é real a manchete "China tem primeira morte por misteriosa pneumonia viral", que aparece como notícia relacionada à matéria que anuncia o contrato de Alain pela Ágrah. Fiquei extremamente impactada ao me deparar com essa notícia agora, em 2025, por dois motivos: 1) sabemos o que a "misteriosa pneumonia viral" se tornou; 2) meia década já se passou. Isso mesmo, meia década. Por isso, mantive a manchete exatamente como ela foi noticiada pelo G1.

Outra parte nem um pouco simples de desenvolver foi toda a trama criada por Jafé Santiago. Por mais que existam diferentes tipos de malware por aí, o que ele usa para aplicar o golpe em Almir Abdala foi uma invenção para a história — mais especificamente, uma ideia do meu marido para me ajudar —, da mesma forma que a IAG é uma criptomoeda fictícia. Também é importante ressaltar que, embora já se falasse em "crime cibernético" em 2019, o termo só entrou no código penal brasileiro em 2022 e, por essa razão, Jafé não poderia ser acusado desse crime aqui na história.

Ainda preciso dizer que, embora eu seja apaixonada por música — inclusive já me arrisquei a fazer aula de canto —, minha compreensão técnica sobre o assunto é nula. Aliás, arrisco dizer que,

---

* Thomson Reuters Foundation. "Inspiradas pelas manifestações antirracistas, mulheres negras lutam contra a discriminação nos países árabes." *O Globo* — Celina, 25 jun. 2020.

como compositora, sou uma excelente cozinheira — e sequer gosto de cozinhar. Dessa maneira, é possível que as letras de músicas aqui presentes não façam tanto sentido como composições reais. Afinal, sou romancista, não musicista. Nesse sentido, os vídeos da vocal coach Beth Roars foram também um suporte importante à escrita (aliás, passei a acompanhar o canal dela depois das pesquisas de tanto que gostei do conteúdo!).

Ah, e uma observação sobre o Alain — ou melhor, sobre o português dele. Apesar de alfabetizado em português, o contato predominante com a língua francesa durante quase toda a vida fez dele mais falante de francês do que de português. Procurei expressar isso por meio do uso de um português mais formal e menos acostumado a expressões cotidianas, além de alguns pequenos erros, como de conjugação verbal ou mesmo de vocabulário, com aplicação de palavras erradas, mas sonoramente próximas das que seriam corretas. Contudo, como não sou falante de francês, é possível que os erros cometidos não sejam os que, de fato, um nativo francês cometeria — e uso aqui a liberdade criativa para ter usado as palavras como usei.

Por fim, se você leu meus outros trabalhos, deve ter percebido uma diferença muito maior neste processo de reedição em comparação com *Escrito nas estrelas?*, que também foi reeditado pela Harlequin. No caso de *Escrito nas estrelas?*, procurei interferir o mínimo possível no texto. Porém, com *A filha ideal*, não se tratava apenas de uma reedição. Logo de cara a proposta era transformar a novela em um romance, o que essencialmente muda a estrutura narrativa. Assim, embora a nova versão siga os acontecimentos gerais da versão anterior, é uma nova obra — o que me permitiu uma liberdade poética e criativa maiores, com mais interferências textuais. Aliás, pouquíssimas passagens originais foram preservadas na íntegra nesta nova edição.

Espero que a Yasmin e o Alain tenham embalado sua leitura e proporcionado momentos tão gostosos quanto me proporcionaram durante a escrita!

AGRADECIMENTOS

No curso de roteiro que fiz durante a edição deste livro, Jorge Furtado menciona que o cinema é uma arte coletiva. Arrisco a dizer que a literatura também — *A filha ideal* não seria o mesmo sem cada pessoa que me ajudou a fazer dele o que é.

Como sempre, começo agradecendo a Harlequin e a todo time HarperCollins Brasil. Obrigada por acreditarem nas minhas histórias e por as tornarem reais. São vocês que as levam até as pessoas em um processo que começa no editorial, passa pelo marketing, pelo comercial e vendas e segue adiante incessantemente. Obrigada a cada pessoa que trabalha em meus livros, de forma direta ou indireta. Acreditem quando digo que vocês me fazem sentir em casa!

Julia Barreto, você está comigo desde o primeiro livro e eu sinceramente não consigo me imaginar escrevendo algo que não vá passar por suas mãos. De verdade, sua voz virou uma daquelas na minha cabeça que escuto como forma de orientação quando estou precisando, e é inegável me perguntar "O que a Julia acharia?" sobre qualquer coisa que eu escrevo — até legendas nas redes sociais. É sério. Obrigada por ser tão cuidadosa e competente. Não acredito que um dia serei uma escritora completa, porque acredito estar sempre em formação, mas tenha certeza de que aprendi muito sobre escrita sendo editada por você. A escritora que sou é, em partes, graças a você.

Camila Gonçalves, obrigada por cada apontamento tão pertinente e por não se incomodar em corrigir todas as minhas reticências erradas — prometo me esforçar nos próximos! Obrigada também por todas as risadas que seus comentários no texto me proporcionaram durante a edição; suas reações deixaram o processo mais leve. Ah, e o Samuca agradece por sua percepção certeira em fazer da voz dele mais presente na história!

Ren Nolasco, obrigada por mais uma capa maravilhosa. Já te considero como capista particular! Laura Folgueira, estou também quase te chamando de "minha preparadora" depois de três trabalhos com você. Obrigada por ser tão cuidadosa e competente, tornando a experiência dos leitores ainda melhor — sim, você que me lê. O combo Julia+Camila+Laura certamente tornou a narrativa muito mais fluida, vai por mim. E obrigada, também, a Mayara Menezes, Natália Mori e Julia Páteo por completarem o time de responsáveis pela edição incrível de *A filha ideal* que, agora, quem está lendo tem nas mãos.

Mari Dal Chico, Alba Milena, Guta Bauer e Grazi Reis: eu não faço a menor ideia de como vocês dão conta de mais de oitenta autores (vocês têm clones e não contaram pra gente?), mas seguem sendo pontes para nossos sonhos. Mari e Alba, em 2025 se completam dez anos de quando vocês me disseram, naquela Bienal do Rio, que eu já era, sim, uma escritora e que não era pra eu desistir — e aqui estamos. Vocês enxergaram muito mais longe do que eu era capaz e seguem me dando outras perspectivas todas as vezes que preciso. Obrigada por tudo — mesmo!

Obrigada também a cada pessoa que me ajudou com aspectos totalmente desconhecidos por mim, mas que eram fundamentais para esta história. Flávio Gerab, por ter topado compor "Outra Vez" lá em 2020, quando eu estava levemente desesperada por não fazer a menor ideia de como eu daria conta de escrever a primeira versão de *A filha ideal* e ainda compor músicas. Ella Blum, obrigada pelas aulas de canto quando eu sequer imaginava que reescreveria a história da Yasmin: além de elas terem me proporcionado algo que sempre tive vontade de fazer, me deram uma noção melhor para falar sobre cantar. Ainda, agradeço por sua gentileza e disponibilidade em me ajudar com a gravação de "Confesso", cujos arranjos contaram com a contribuição da incrível Day Oliveira — obrigada a você também! Marília Rabassa, obrigada por todo o esclarecimento sobre investimentos — e pelos mais de vinte anos de amizade. Eliane Rodrigues, obrigada por toda orientação judicial — e pelo apoio moral. Taís Ferreira, obrigada por ter se disponibilizado a tirar minhas dúvidas sobre como são os franceses flertando; seu vídeo com o Paul Cabannes foi de muita utilidade — aliás, os vídeos do Paul foram uma importante fonte de pesquisa sobre diferenças culturais entre o Brasil e a França e sobre a sonoridade do português na voz de um falante de francês! Dani Gonçalves e CACs Línguas: assim como foi com o canto, comecei as aulas de francês sem imaginar que elas teriam aplicação prática aqui, e com certeza acrescentaram muito durante a construção do Alain. Aimee Oliveira e Lola Salgado, obrigada por serem um acolhimento e espaço seguro para todo e qualquer desabafo meu; além disso, ao ouvirem minhas inseguranças sobre a reescrita dessa história, vocês não só me ajudaram a me sentir mais confiante como também me deram insights e ideias valiosas para seguir em frente. Por fim, obrigada pelos comentários que estampam a quarta capa desta edição — e obrigada Clara Savelli e Carol Camargo por também terem topado ler e comentar!

Magda Marques, fã clube Aionetes, clube de membros Nossa Vida Literária e todas as pessoas que me leem: vocês não imaginam o quanto são fundamentais. Obrigada por me abraçarem e abraçarem minhas histórias! Evelyn Sena, pessoas que produzem conteúdo literário na internet, livreiros, livreiras e todas as pessoas que trabalham com livros: vocês são essenciais para levar nossos escritos a quem lê. Obrigada por apresentarem histórias de forma tão contagiante, sobretudo em circunstâncias que, muitas vezes, podem ser tão desanimadoras. Não duvidem da importância e relevância de vocês!

Rafa, não é a primeira vez que eu te menciono em um agradecimento de algum livro meu, mas é a primeira vez que agradeço meu marido. É inegável o quão bem você me faz, e "obrigada" não é suficiente para expressar a paz e o amor que você me traz — e o quanto tudo isso também me torna uma escritora melhor. Você faz além do que pode para que eu possa ter foco unicamente em escrever meus livros, e isso é muito mais do que um dia sonhei encontrar em alguém. Ah, e obrigada também por ter contribuído com o aprimoramento desse livro. Sua ideia sobre o Jafé ter usado um malware me ajudou em um ponto da história que eu estava totalmente travada — e, assumo, a sua ênfase em a Yasmin ser uma "pentelha" na primeira versão foi um alerta importante sobre como trabalhá-la melhor (mas não precisa mais ser tão enfático assim, tá?).

Por fim, um livro chamado "a filha ideal" (ainda que seja uma alcunha um tanto quanto questionável) não poderia terminar de forma diferente. Mamãe e papai, a dedicatória tinha que ser para vocês. Boa parte das minhas memórias de infância são de nós assistindo aos desenhos, que eram um luxo naquela época, mas ainda assim vocês me permitiram ter e ver todos. Vocês assistiram ao mesmo filme repetidas vezes — até mesmo uma em seguida da outra, porque dormi no cinema — só para que eu e o Zé pudéssemos viver esses momentos. Acho que nenhum de vocês imaginava a importância que as histórias teriam em minha vida, e vocês me alimentaram com elas desde a primeira infância. Obrigada por isso, e por tudo que me deram depois: vocês me permitiram sonhar e correr atrás dos meus sonhos, mesmo que tenham precisado fazer sacrifícios para isso. Zé e Cacaia, vocês são a parte musical da família. Eu posso não ter ficado com esse dom, mas é inegável o quanto vocês me influenciaram nesse aspecto — sejam pelas referências, seja pela própria inclinação que desenvolvi nesse sentido (a habilidade não está em questão aqui, ok?). E Zé, obrigada por embarcar na minha loucura de realmente compor "Confesso" e fazer um trabalho tão bonito. Vocês todos são parte de mim, são parte de quem sou. Amo vocês!

Músicas e álbuns citados

- "No fundo do coração", Sandy e Junior
- "O pinto", Raça Pura
- *Fruto proibido*, Rita Lee
- "Best of you", Foo Fighters
- "So what", P!nk
- "Smooth", Santana
- "Bem que se quis", Marisa Monte
- "Lanterna dos afogados", Paralamas do Sucesso
- "I giorni", Ludovico Einaudi
- "It Ain't easy", Irma
- "Cruisin", Smokey Robinson
- "Moon river", Barbra Streisand
- "Pensando em você", Paulinho Moska
- "Through Glass", Stone Sour
- "Safe & Sound", Taylor Swift
- "Preciso dizer que te amo", Cazuza e Bebel Gilberto
- "Umbrella", Rihanna
- "Girl on fire", Alicia Keys
- "Fire", Red Hot Chilli Peppers
- "Bedroom Wall", Banks
- "My Eyes", Blake Shelton
- "Apocalypse", Cigarettes After Sex
- "Sex on fire", Kings of Leon
- "Blackbird", The Beatles
- "Máscara", Pitty
- "My happy ending", Avril Lavigne
- "Flor de Lis", Djavan
- "Woman Left Lonely", Janis Joplin

Escaneie o código dentro do aplicativo Spotify para ouvir a trilha sonora — inclusive "Confesso", composta exclusivamente para este livro:

Este livro foi impresso pela Vozes, em 2025, para a Harlequin.
O papel do miolo é Avena 70g/m² e o da capa é Cartão 250g/m².